AFFAIRES CRIMINELLES

DU MÊME AUTEUR
CHEZ LE MÊME ÉDITEUR

Le Chinois (en collaboration avec Jean-Max Tixier)
Triangle d'or (en collaboration avec Charles W. Scott)
Le Chinois 2 (en collaboration avec Jean-Max Tixier)
La Peau d'un caïd (en collaboration avec Jean-Max Tixier)

Georges N'Guyen Van Loc
présente

AFFAIRES CRIMINELLES

PRESSES
DE LA CITÉ

ISBN 2-258-04037-X

Sommaire

Préface

On connaît mon attachement pour Marseille. On sait combien j'aime ma ville natale, d'un amour que le temps n'a pas entamé. Cette ville, pourtant, on n'a cessé de l'accuser de tous les maux, de tous les vices, de toutes les tares. On lui a tissé une légende sordide qui dénonce en elle la cité des mauvais garçons, des putes et des truands, des trafiquants de tous bords, la capitale du crime, la plaque tournante de tous les trafics. Elle reste aux yeux de beaucoup un Chicago méditerranéen, le séjour de tous les dangers, un lieu de perdition, une sorte de chaudron du diable où bouillonne le mal. Les faits divers, le cinéma, les articles, la littérature, la télévision ont vu dans cette mauvaise réputation un filon. En l'exploitant, ils l'ont accentuée.

De fait, Marseille est un grand port ouvert à toutes les influences, un carrefour propice aux trafics, aux affaires louches, où de jeunes loups aux dents longues viennent se tailler une place et tenter la fortune. C'est une ville cosmopolite où s'affrontent les races, les religions, les intérêts, les clans. Elle a ses quartiers chauds, ses boîtes de nuit célèbres dans le monde entier, ses héros du vice et du crime. Des gangs rivaux s'y sont livré des guerres impitoyables pour s'en assurer la maîtrise. Des centaines d'hommes y ont laissé leur vie dans des règlements de comptes. L'argent appelle l'argent. Le sang appelle le sang. Le soleil brille aussi pour les anges déchus. On assure que le mistral fait le ménage. Que le ciel et les âmes redeviennent limpides après qu'il a soufflé.

Tout cela est vrai. La prostitution, la drogue, le racket, le meurtre. Pendant des années (comme je l'ai raconté dans *Le Chinois* et *Le Chinois 2*, mes deux livres de souvenirs), à la tête du GIPN, j'ai dû intervenir dans la région marseillaise pour résoudre des crises graves qui menaçaient l'ordre public. J'intervenais avec mes hommes dans les coups durs, en ultime recours. Dans d'autres domaines : les stupéfiants, les mœurs, la voie publique, mes collègues menaient et mènent en permanence une action difficile, ingrate, souvent dangereuse, pour faire respecter la loi et assurer la sécurité des honnêtes gens. On a vu récemment que la police payait un lourd tribut pour assurer ses missions. La lutte contre le grand banditisme ne cesse pourtant d'alimenter la chronique. Elle n'est jamais terminée. Ses ressorts restent les mêmes et nous savons combien la violence tourmente notre société. Avec la place prise par la drogue, cela ne fera qu'empirer. La plupart des délits lui sont d'ores et déjà imputables.

Mais la violence ne se limite pas au seul milieu. Elle affecte toutes les couches de la population parce qu'elle résulte du conflit des passions, parce qu'elle met en jeu des rivalités d'intérêts, des jalousies, des déceptions, la folie ou le désespoir. Il suffit quelquefois d'un grain de poussière pour dérégler une vie bien rangée et la faire basculer dans l'horreur. Il suffit d'une minute pour transformer un honnête homme en meurtrier, une innocente passante en victime. Les plus grandes difficultés se rencontrent peut-être dans les affaires où l'on est aux prises avec des gens qui n'appartiennent pas au milieu, n'en connaissent pas les règles, agissent sous l'emprise de la passion. Elles résultent aussi du fait que les nouvelles générations de truands ne respectent plus rien et n'obéissent plus à la même éthique que leurs anciens. Dès lors, tout devient possible.

Les histoires que l'on va lire sont écrites par des journalistes spécialisés et par d'authentiques écrivains. Elles relatent des épisodes réels qui se sont déroulés dans la région de Marseille ou présentent des liens avec elle. Ils jalonnent son histoire depuis le début de ce siècle. Tous ont défrayé en leur temps la chronique, soulevé l'opinion. Ils sont l'image même de la vie dans son versant nocturne. Quelquefois, les noms ont été changés par respect pour les protagonistes encore en vie ou leur famille, parce que les affaires n'ont pas été résolues et ont été classées, enfin parce que les intéressés purgent encore leur peine ou, ayant payé leur dette à la société, méritent qu'on les laisse désormais en paix.

C'est cette diversité de thèmes et de personnages, jointe à la diversité des talents qui se sont unis ici pour en brosser la fresque sanglante, qui fait l'intérêt de cet ouvrage. Des histoires fortes et vraies, une galerie de portraits souvent atroces, la douleur et la mort. Chacune projette une lumière crue sur un drame enveloppé de nuit. Et ce qu'elle révèle alors, la mémoire n'est pas près de l'oublier.

Georges N'GUYEN VAN LOC

De Valinco à Valinco

– Quand tu seras mort, Recco, ton âme hantera pour l'éternité les eaux du golfe de Valinco sans jamais pouvoir toucher le port. Les âmes de ceux que tu as tués ou dont tu as brisé la vie te repousseront toujours vers le large.

L'on pourrait se croire au cœur d'une tragédie grecque. Mais ces paroles incantatoires prononcées avec violence par maître Cristole en ce 13 juin 1983, au cœur d'un prétoire bondé, ne font sourire personne.

Depuis le début de ce procès fleuve qui se déroule à Draguignan devant les assises du Var, jurés, juges et avocats baignent dans l'horreur et l'étrangeté.

Thomi Recco, l'accusé, a l'air soudain bizarre. Finies les reparties cinglantes, les envolées lyriques. Pour la première fois, il semble avoir peur. Si peur qu'il se tasse au fond de son box et ne bouge plus, terrassé par le sort qu'on vient de lui jeter.

En l'attaquant sur le registre de la superstition, l'avocat de la partie civile a trouvé la faille; la seule capable d'émouvoir ce meurtrier corse qui, au dire des experts, fait preuve d'une surprenante absence d'affectivité.

Thomi Recco ferme les yeux. Il a peur. Valinco...

Y aura-t-il là-bas toujours quelqu'un pour l'empêcher d'aborder librement la côte ? N'en sortira-t-il donc jamais ?

Derrière ses paupières closes, le passé le rattrape, le contraint à revivre son histoire, tel un avant-goût de ce purgatoire qui le terrorise.

En cette nuit du 25 au 26 octobre 1960, les eaux remuent méchamment dans le golfe corse de Valinco. Voilà deux jours que la tempête les brasse, les tord, les projette par paquets sales sur la côte.

Ce soir encore, les maisons basses des pêcheurs gardent leurs hommes. Ici, l'on n'aime pas défier la mer quand elle devient furieuse.

Pourtant, sur un mauvais pointu, deux pêcheurs se préparent à sortir : Pierrot et Joseph-Thomas, dit Thomi, Recco.

Depuis l'âge de quatorze ans – ils en ont maintenant environ vingt-cinq – « les pirates », comme on les appelle ici, sortent la nuit par tous les temps. Le jour, ils partent vendre le fruit de leur pêche dans les villages de la montagne, à Olmetto et Sartène.

En quittant le petit port de Propriano, Thomi jette un œil aux barques de pêche amarrées. Pas une ne manque.

– Parfait, murmure-t-il, tandis qu'un lent sourire éclaire ses traits émaciés.

Sitôt la jetée passée, les embruns se ruent à l'assaut de la barque. Au-dessus du moteur poussif, Pierrot doit se coucher sur la barre.

Thomi balaie de ses yeux incroyablement bleus l'étendue noire. Pas un lamparo. Rien qu'eux et cette mer forte, complice. Un temps idéal pour la pêche à la « saucisse ».

Il s'assure que le bâton de dynamite est bien calé entre les caisses et les filets et se tourne une dernière fois vers le port dont les feux diminuent. Demain, la mamma sera contente de leur pêche. La mamma...

Son visage perd de sa dureté en l'évoquant. La veilleuse doit déjà brûler pour eux devant la statuette de la Vierge. Il la voit, petite ombre silencieuse aux habits de deuil, qui les attendra jusqu'au matin sur la chaise de paille.

La mamma qui, en dépit de la fatalité qui s'acharne sur les siens, ne fléchit pas. Et pourtant, elle en a subi, la pauvre...

« Quand le tonnerre gronde, a-t-elle coutume de dire, c'est toujours sur les Recco qu'il s'abat. »

Voilà longtemps que, pour elle, la violence et la mort se mêlent au quotidien. Des onze enfants que lui a donnés Jean, il n'en reste que trois. Les autres... Cela tient du mauvais roman noir :

Toussaint est mort assassiné; Francine, tuée en tombant d'une échelle; Paulin-Louis, un accident de la circulation; Pierre, mort en bas âge, empoisonné par du lait frelaté; un autre, assassiné sur une plage; une fille internée chez les fous...

Et tout cela à cause du sort jeté sur la famille par cette tortue fabuleuse pêchée par le père lors d'une nuit sans lune dans le golfe de Valinco...

Lorsqu'ils parviennent au large de la plage où le Rizzanese se fond dans la mer, les premières lueurs détachent le ciel de l'eau.

– Nous y sommes, crie Pierrot en coupant le moteur.

Thomi se lève et, après avoir jeté les filets, allume la mèche de la « saucisse » et la projette le plus loin possible.

L'explosion provoque une énorme gerbe et les

deux hommes doivent se retenir au franc-bord de la barque violemment malmenée.

Bientôt des poissons, beaucoup de poissons, flottent à la surface, ventre en l'air, terrassés par l'onde de choc.

Pendant une bonne heure, Thomi et Pierrot s'affairent autour des filets de cette pêche miraculeuse mais interdite. Quand enfin ils relèvent les yeux, la mer s'est apaisée et une aube rose chasse les derniers nuages.

Épuisés mais contents, ils s'accordent un instant pour manger leur pain et leur fromage et boire quelques gorgées de rosé de Sartène.

Le jour se lève sur la mer. La tempête s'éloigne. Le soleil sort lentement de l'eau et se défait de ses derniers filaments gris. La journée sera belle.

Soudain, Pierrot fronce les sourcils, l'œil rivé à la côte.

Thomi se retourne et perd à son tour sa belle humeur : depuis la route de Capo Laurosi, Joseph Casabianca, garde maritime principal de Propriano, les surveille.

Il descend de sa moto et d'un geste, leur intime d'aborder sur la plage. A n'en pas douter, il a tout vu et s'apprête à les verbaliser.

Les traits de Thomi se durcissent, son regard si bleu prend un éclat inquiétant.

– Lâche les filets et obéis-lui, intime-t-il à son frère, tout en saisissant son fusil.

– Tu veux qu'on laisse une pêche pareille ? s'insurge Pierrot. Il remarque alors l'arme dans la main de Thomi : qu'est-ce que tu fabriques avec ce fusil ?

Thomi ne répond pas. La loi, tant qu'elle ne le gêne pas, il s'en accommode. Mais Joseph Casabianca lui fait obstacle depuis trop longtemps et il n'aime pas les obstacles.

– Mets le moteur en marche et laisse-moi faire.

Casabianca a laissé sa moto sur la route et sitôt qu'ils accostent, il s'avance vers eux.

– On cherche encore les ennuis ?

Calmement, Thomi pointe son arme sur le garde maritime.

– Fais pas le con !

La détonation fait taire Joseph Casabianca. Il s'écroule, frappé en pleine poitrine.

– Tu es fou ! hurle Pierrot.

Thomi hausse les épaules. Il ne sait qu'une chose : Joseph Casabianca ne se mettra plus en travers de son chemin. L'obstacle est éliminé.

Un gémissement s'échappe derrière eux. Bien qu'il se vide de son sang, Casabianca respire toujours.

Sans l'ombre d'une émotion, Thomi bondit et lui assène sur la tête deux coups si terribles que la crosse de son arme s'ébrèche.

Mais le malheureux bouge encore et émet une atroce plainte.

Alors Thomi ne se contrôle plus. Bien que petit, il est tout en force. S'emparant d'une pierre d'une trentaine de kilos, il la précipite sur le crâne de sa victime.

Le craquement est sinistre et le silence qui s'ensuit plus encore. Le ressac semble soudain hostile.

Tandis que Thomi ramasse son arme, Pierrot reste pétrifié devant le corps.

– Cristu ! Une belle connerie ! lâche-t-il enfin. Et en plus, on a perdu la pêche ! Ça valait bien la peine de sortir par ce temps de chien ! On a gagné gros !

Thomi l'empoigne aux épaules et vrille ses pupilles glacées dans celle de son frère.

– Il n'y a que toi, moi et la mer qui savons. Et aucun de nous trois ne parlera.

Thomi omet un détail. Le débris de crosse oublié près du cadavre, dans la hâte de la fuite, ainsi que le garde-main de son fusil parleront, eux.

Le travail de la police se trouve être d'autant plus aisé que seule la barque des Recco est sortie cette nuit-là.

Thomi nie farouchement et accuse un certain Joseph Parise dont l'alibi, vérifié, se révèle exact.

A Propriano, les langues vont bon train derrière les volets clos. L'on se signe devant la tombe de Casabianca. Ici, l'on ne vit pas dans le souvenir des morts, mais avec eux. Et celui-ci s'avère encore plus présent que les autres, par la secousse émotionnelle qu'a provoquée l'atrocité du crime. Non seulement au village mais dans toute la Corse.

Dans le golfe, les Recco sont connus pour être durs à la tâche et affables avec tous. Mais ceux qui côtoient Thomi de près connaissent ses impulsions rapides et la violence qu'elles engendrent. Aussi, nul n'est tout à fait sûr que, durant cette nuit fatidique, les « pirates » n'aient eu maille à partir avec Casabianca...

La police, elle, n'en est plus aux supputations. Elle a la certitude de tenir le coupable. Les charges réunies contre les Recco les accablent. Inculpés d'assassinat, ils sont écroués à Bastia.

Ce n'est qu'un mois plus tard, le 30 novembre, que, pressé par les enquêteurs, Pierrot craque et avoue :

– C'est Thomi l'assassin.

Un aveu qui entraîne celui de son frère :

– Oui, c'est moi.

Mais le 18 janvier 1961, il se rétracte :

– Ni moi ni mon frère ne sommes coupables.

Le 15 avril, lors d'une reconstitution, Pierrot Recco se rétracte à son tour :

– J'ai menti : notre barque n'a pas mis le cap sur le Rizzanese.

Le 6 décembre 1962, le procès s'ouvre aux assises de Haute-Corse. Ce sera l'un des plus retentissants des annales judiciaires corses.

Durant toutes les audiences, l'accusé ne cesse de clamer son innocence, réfutant systématiquement ses propres aveux, poussant Alexis Matteï, le président, à bout.

– Je l'ai peut-être dit mais c'est faux, clame-t-il sans cesse.

Pour Adam Romani et Raymond Filipi, les avocats de la partie civile, le doute n'est pas permis et, « devant un tel crime, il n'y a pas de transaction possible. Un crime où la stupidité le dispute à la sauvagerie. »

L'avocat général Thiers a écouté les parties en présence avec une profonde attention. Il se souviendra à jamais de ce procès, le dernier de sa carrière. Il est las de la Corse, de ses superstitions, de ses silences et de ses codes.

Quelle est cette famille Recco décimée de façon si inconcevable ? Comment faire la part du vrai et du faux dans les protestations de l'accusé ? Que vient-il y mêler des invocations ? Oublie-t-il qu'on se trouve dans un prétoire ? Qu'il y a eu meurtre ? Un meurtre qualifié de « sauvage » par les avocats de la partie civile.

Dans un silence attentif, l'avocat général Thiers se lève. Dans son réquisitoire, il ne va rien celer du débat intérieur qui l'agite :

– J'ai longtemps réfléchi. Un pareil forfait appelle le châtiment suprême.

Il soupire, visiblement accablé.

– Aussi vais-je requérir la peine capitale. C'est un devoir auquel je ne dois pas faillir. Cet homme est-il responsable ? Je suis tiraillé par les jugements divergents des experts. Je vous livre mon drame. A vous, Messieurs les jurés, de conclure.

Une houle monte de la salle. Hostile au réquisitoire ? Favorable ? Difficile à dire. Mais tous ont réagi au terme de « peine capitale ».

Petite forme toute de noir vêtue, la mamma n'a pas bronché. Depuis qu'elle est née, elle ne connaît que la souffrance et elle sait la maîtriser. Pierrot montre moins de dignité. Son regard balaie avec colère les jurés, le président, les avocats, tout ces salauds qui s'apprêtent à achever sa famille agonisante.

Dans le box des accusés, Thomi Recco semble réaliser enfin ce qu'il encourt. Il ne pérore plus. Comme s'il sentait soudain la lame de la guillotine approcher de son cou, il écarte d'un doigt nerveux le col de sa chemise impeccablement repassée.

Afin d'impressionner favorablement les jurés, ses avocats lui ont conseillé une tenue correcte. Et, en effet, l'on a du mal à croire que cet homme en costume-cravate, aux cheveux soignement taillés, ait perpétré une telle horreur.

Pourtant certains détails troublent la belle image. Durant tout le procès, l'accusé a trop parlé, et sans discernement. Et puis, il y a ce regard bleu, dérangeant, qui semble de verre. Tandis que les traits du visage et les mains bougent, tentent d'émouvoir, de persuader, les yeux restent fixes, dépourvus d'émotion. Des yeux que l'on a du mal à croiser sans malaise.

La parole est à la défense, l'ultime chance. Pendant trois heures, maîtres Jean Lodovici et René Floriot s'attachent à démontrer la fragilité de l'accusation portée contre leur client. Leur conclusion laisse les jurés pantois :

– Aussi, demandons-nous pour notre client l'acquittement au bénéfice du doute.

Thomi approuve d'un hochement de tête. Ces mots lui soufflent un vent de liberté. Et son incroyable faculté d'oubli a déjà effacé de son esprit les terribles réquisitoires de la partie civile et de l'avocat général.

Les jurés, eux, les gardent en mémoire.

Au terme de quarante minutes de délibérations, le verdict tombe :

Thomi Recco vient d'échapper de justesse à la peine de mort mais il est condamné à la réclusion perpétuelle.

Marseille, 1977

La gare Saint-Charles vomit son flot discontinu de voyageurs. Parmi eux, un homme, au costume à la fois neuf et démodé : Thomi Recco. Il vient de purger quinze ans de prison à la centrale de Clairvaux.

Un sourire satisfait éclaire ses traits au souvenir des adieux de ses gardiens. Tous lui ont souhaité bonne chance pour ce nouveau départ. L'un d'eux lui a même donné une tape amicale dans le dos, un geste familier dont d'ordinaire ils se gardent envers les détenus. Mais lui c'est différent.

Là-bas, n'est-il pas passé pour un détenu modèle ? Ne dirigeait-il pas la chorale le dimanche ? Ne tenait-il pas le rôle d'assistante sociale auprès des autres prisonniers ? Cette conduite exemplaire lui a valu de voir sa peine commuée d'abord en vingt ans, puis en dix-sept, en comptant sa détention préventive en Corse.

Thomi redresse le buste. « Pour moi c'est différent », se répète-t-il en survolant la foule d'un œil de conquérant.

A la centrale, des amis lui ont donné une adresse, quartier du Panier, où il trouvera facilement à se loger. Car pour lui, plus question de la pêche ni de la Corse. Il se fera une place au soleil sur le continent, à Marseille, cette ville aux relents de goudron et de mer où il se sent déjà chez lui.

13 juin 1979

Thomi Recco roule vers Béziers en sifflotant. Le soleil chauffe agréablement son bras gauche qui dépasse de la portière de sa camionnette. La monotonie de l'autoroute l'incite à la rêverie.

En deux ans, il est parvenu à se forger une image respectable. Ses années à la centrale de Clairvaux lui semblent appartenir au passé d'un autre! Seul le patron de Sporasud, la société marseillaise qui l'emploie en tant que chauffeur-livreur, connaît son histoire.

Quant à ses collègues, tous le tiennent en estime, appréciant l'égalité de son humeur et le cœur qu'il met à l'ouvrage.

« Béziers 50 km », indique un panneau. Il se carre du mieux qu'il peut sur l'inconfortable siège et se replonge dans ses pensées.

Ce soir, il doit dîner chez Antoinette, sa tante de Plan-de-Cuques. Il aime bien cette vieille et apprécie l'image de bon neveu qu'elle lui renvoie. Après, il passera la nuit chez Chantal Malfati, une jolie brunette qu'il fréquente depuis quelque temps et qui le regarde comme le bon Dieu. La vie est belle. Elle pourrait l'être plus encore si la fortune ne se faisait attendre.

Un panneau annonce Béziers. Avec un soupir, il s'engage sur la route qui mène à la grande surface Mammouth. Il doit y livrer une combinaison de plongée à une certaine madame Coste.

Hélas! celle-ci est absente ce jour-là et, visiblement, les autres employés du supermarché n'ont que faire de lui et de sa livraison. A cette heure, les bureaux sont fermés. Aussi se renvoie-t-on de l'un à l'autre cet ennuyeux livreur.

– Trouvez-moi quelqu'un qui me signe le reçu, explose-t-il enfin, à bout de patience. Sans une signature, je ne peux pas livrer. Il est déjà 13 h 30 et j'ai d'autres clients à voir.

En désespoir de cause, on le conduit aux personnes du comptage.

L'employée accepte de prendre son colis et lui demande de le faire passer par le « trapon ».

Avec soulagement, Thomi s'exécute. Il va enfin pouvoir repartir.

Mais il est dit que, ce jour-là, rien ne doit bien aller pour lui : trop volumineux, le colis ne passe pas à travers le « trapon ».

– Désolé, mais nous ne pouvons vous ouvrir pour le prendre, lance la bouche peinte en rose vif derrière l'hygiaphone.

Les doigts de Thomi se crispent sur le paquet. Cette adorable garce qui le nargue depuis sa vitre blindée et le réduit à l'impuissance lui donne des idées de meurtre. Mais ses dix-sept années de prison lui ont appris que la docilité paye parfois mieux que la rébellion. Aussi se compose-t-il un sourire humble :

– J'ai fait deux cents kilomètres pour cette livraison, j'en ai autant à faire dans l'autre sens et je n'ai pas encore déjeuné. Dites, vous n'allez pas me faire revenir… ?

Derrière l'écran de glace, la jeune femme a surpris dans les prunelles bleues un éclat fugace qui lui a déplu. L'a-t-elle rêvé ? Le visage débonnaire qu'il lui présente maintenant n'a rien de terrorisant. Seule l'impatience s'y devine. Une impatience légitime.

Prenant sur elle, elle lui désigne la porte :

– Venez.

Le battant blindé s'ouvre et là, Thomi connaît la plus grande émotion de sa vie : sur la table entourée de coffres, se trouvent des dizaines de liasses de billets de banque. Il y en a pour une fortune.

Le temps de prendre le colis, et l'employée a déjà refermé la porte de cette caverne d'Ali Baba. Thomi n'a fait qu'en entrevoir le contenu. Mais l'image ne s'effacera plus de son esprit.

– Tu collectionnes toujours les armes à feu ?

Gilles Le Goff repose son verre et opine. D'un mouvement sec, il repousse une mèche brune. Économie de gestes et de paroles, menton carré, visage décidé, l'homme garde de ses années d'infanterie quelque chose de martial dans l'allure.

Pour la énième fois, il vient d'évoquer en compagnie de son ami Thomi Recco ses années d'Algérie et le général Noiret dont il était chauffeur.

Le présent est plus terne, entre sa maison de Carqueiranne et son emploi de factotum à la maison d'enfants « La Pinède ». Il garde la nostalgie de son passé militaire.

En Thomi Recco, cousin de son ami René Nappo,

il a trouvé une oreille complaisante. Une amitié est née.

– Tu t'intéresses aux armes, à présent?

Thomi secoue la tête avec un sourire désinvolte :

– Moi non. Mais un ami en fait collection et sa femme m'a invité pour son anniversaire. Avec un pistolet ou un fusil, je suis sûr de lui faire plaisir. Peux-tu me conseiller en me montrant les tiens?

L'autre accepte volontiers. Voilà un domaine sur lequel il aime s'étendre.

Aussitôt, Thomi se polarise sur un pistolet, le seul parmi une quinzaine de fusils.

– Un 22 LR, explique Gilles Le Goff. Il appartient à mon fils Jean-Philippe. Si tu en offres un à ton ami, tu lui feras sûrement plaisir.

Thomi se saisit de l'arme d'une main fébrile :

– Combien ton fils me le vendrait-il?

Gilles le regarde avec surprise :

– Il n'est pas à vendre. Jean-Philippe y tient. Son parrain le lui a offert. Mais tu n'auras aucun mal à t'en procurer un identique chez un armurier. C'est un modèle courant.

Thomi ne sourit plus. Il paraît soudain tendu :

– 10 000? A 10 000 F, il me le cédera.

Gilles Le Goff le fixe, incrédule :

– Un 22 LR est loin de valoir cette somme!

Thomi saisit le bras de son ami. Ses doigts se crispent comme des serres.

– Peu importe le prix! dit-il d'une voix sourde. Tu m'as dit que ton fils était en permission la semaine prochaine, n'est-ce pas? Parle-lui de ma proposition, s'il te plaît.

Quand la porte se referme derrière Thomi, Gilles Le Goff reste préoccupé.

Le comportement de son ami lui a paru étrange.

Dès que son fils rentrera, il le mettra en garde. Pour rien au monde, il ne doit céder l'arme à Thomi.

Une voix lui souffle que cet ami collectionneur n'existe pas.

Il y a foule en ce 22 décembre 1979, dans la galerie marchande du Mammouth de Béziers où les retardataires effectuent leurs derniers achats de Noël.

Raymond Maffre, septuagénaire encore fringant, admire un étalage de vins millésimés. Prenant son voisin à témoin, il plaisante en souriant :

– Là-dedans, il y a des bouteilles dont le prix me fait passer le goût.

En levant les yeux vers l'inconnu auquel il vient de s'adresser, il réalise qu'il a perdu l'occasion de se taire.

L'homme lui jette un regard terrible qui le contraint à baisser le sien. Un regard incroyablement bleu, qu'il n'oubliera plus.

Dans la grande surface, les boules rouge et or suspendues au plafond brillent comme des promesses de joie. Impression qu'accentuent les chants de Noël diffusés en sourdine et les rayons de chocolats et de foie gras, pris d'assaut par des clients fébriles.

Les caissières, quant à elles, ne sont pas à la fête. Elles ont beau forcer l'allure, les queues s'allongent interminablement devant leurs caisses. Un vrai cauchemar dont elles sortent au bout de huit heures, épuisées.

L'une d'elles, Jacqueline Carrière, n'est pas à ce qu'elle fait et doit, à plusieurs reprises, rectifier ses comptes. Quelque chose la tracasse, ou plutôt quelqu'un.

Non loin d'elle, près de l'une des portes, stationne

depuis un bon moment un homme chargé d'un carton. Seuls ses yeux bougent. Des yeux très bleus. Doit-elle prévenir la sécurité ?

Mettant ses craintes sur le compte de la fatigue, elle n'en fera rien.

Isolées dans leur salle de comptage, Josette Alcaraz, Renée Chamayou et Sylvette Maurel, trois jeunes et jolies femmes, ne lèvent pas le nez de leurs liasses de billets. Elles aussi souffrent d'un terrible surcroît de travail. Il se brasse des sommes folles durant les fêtes et une erreur dans les chiffres est vite arrivée.

– Il y a quelqu'un devant l'hygiaphone, remarque soudain Josette d'une voix lasse, se replongeant aussitôt dans ses comptes.

– J'y vais, lance Renée en se levant.

Devant la vitre, un homme lui sourit. Mais où a-t-elle déjà vu ces yeux si bleus ?

14 h. Le temps s'arrête dans le Mammouth de Béziers, figé par l'horreur.

Dans la salle de comptage, l'on vient de découvrir Josette, Renée et Sylvette baignant dans leur sang, abattues à bout portant d'une balle derrière l'oreille gauche. Trois meurtres perpétrés de sang-froid et avec une grande précision d'exécution, ainsi que le démontre l'autopsie.

Josette Alcaraz est morte la première sous les yeux de ses deux camarades. Renée Chamayou est tombée la seconde après avoir esquissé un geste dérisoire pour se protéger, comme en témoigne son index traversé par une balle. Sylvette Maurel a été tuée la dernière après que son assassin lui a cassé deux dents et fendu la lèvre supérieure. Dans sa main crispée, l'on retrouve une liasse de 19 000 F.

L'assassin a emporté 640 000 F et laissé derrière lui un seul indice : 4 balles de calibre 38 spécial. Et la présence insolite d'un carton contenant trois vestes usagées. Un carton bien trop grand pour pouvoir passer à travers le « trapon »...

– Ceux qui ont commis une telle atrocité méritent la mort, assène Thomi Recco, en pointant sa coupe de champagne vers un assassin imaginaire.

Honoré Ruperto, son collègue de travail, approuve. Le triple meurtre de Béziers est sur toutes les lèvres, à Marseille comme ailleurs.

Dans les locaux de Sporasud, à l'occasion de la nouvelle année, Thomi Recco a apporté cinq bouteilles de champagne. Il a le verbe haut en remplissant les verres et affiche une assurance nouvelle.

Bien que louée par tous, sa générosité soudaine ne manque pas de surprendre. Sa position est modeste au sein de la société et la dépense pour un tel apéritif, extravagante.

Extravagante aussi, sa discussion. Entre deux gorgées de mousse pétillante, ne parle-t-il pas d'acquérir une maison, assurant pouvoir avancer sans problème 500 000 F ? Ne propose-t-il pas de prêter 30 000 F à l'une des secrétaires, désireuse d'acquérir une voiture ?

Thomi ne s'arrête pas là. Dans le quartier du Panier où il habite, il offre dans les bars des tournées générales.

– Alors Thomi, on a gagné au Loto ?

Combien de fois n'entend-il cela ! D'un geste évasif et empreint de mystère, il élude. Et personne n'insiste. Au Panier, l'argent va et vient sans qu'on en connaisse trop la provenance. On en a l'habitude.

Dans ces rues sales du vieux Marseille où naquirent autant de malfrats que de belles âmes, Recco se sent chez lui. Ici, le linge aux fenêtres, les carreaux cassés, les odeurs de poivrons frits et de sauce tomate, les bars louches et les gens qui, le soir, sortent leurs chaises dans la rue pour bavarder, rappellent à Thomi son village.

Ici, les prostituées comme les artisans le saluent d'un signe amical ou s'arrêtent pour lui parler. Ici, surtout, depuis qu'il brandit son argent comme un étendard, on commence à le prendre pour un « monsieur ». Une sensation plus grisante qu'un parfum de femme.

Mais ces libéralités ne sont pas du goût de tous. Chantal, sa compagne, veut savoir d'où lui vient cette soudaine manne. Et les cadeaux qu'il lui offre en guise de réponse n'apaisent pas ses inquiétudes. Bientôt, le doute s'installe.

Fait-elle le lien entre cet argent et le triple assassinat de Béziers ? Thomi laisse-t-il échapper une phrase qui éveille ses soupçons ?

Toujours est-il qu'un matin de janvier, elle se rend chez Sporasud et se renseigne auprès du chef du personnel sur l'emploi du temps de Thomi durant la journée du 22 décembre. Apprenant que la société était alors fermée pour congés, elle éclate en sanglots :

– J'aurais préféré que ce soit une histoire de femme ! lâche-t-elle devant les secrétaires médusées.

Pour Gilles Le Goff, ce ne sont plus des doutes mais des certitudes. C'est avec des étoiles dans les yeux que, six mois plus tôt, Thomi lui avait parlé des liasses aperçues dans la salle des coffres du Mammouth de Béziers. Un Thomi qui, depuis le hold-up meurtrier, n'a plus réclamé l'arme de Jean-Philippe. Coïncidence ?

D'autres « détails » troublent Gilles. Depuis quelque temps, Thomi porte des vêtements griffés, a les poches pleines de liasses en très petites coupures, et change de voiture au gré de son humeur.

Un train de vie incompatible avec un salaire de chauffeur-livreur.

Gilles ne le dénoncera pas mais lui fait comprendre qu'il ne veut plus le voir.

Alors Thomi devine que Le Goff sait et qu'il va devoir l'éliminer.

Il fait froid en cette soirée du 18 janvier 1980. Derrière la vitre du salon, Sandrine Le Goff, une jolie brunette de onze ans, attend impatiemment le retour de sa mère.

Tout comme son époux, celle-ci travaille à la maison d'enfants « La Pinède », à la Capte. Elle finira tard et il lui faudra encore faire la route jusqu'à Carqueiranne.

Sandrine frissonne et regarde la pendule : 19 h 20. Elle se sent très seule dans la maison. Son grand frère, qui fait son service militaire, lui manque. Quant à son père, il passe depuis quelque temps le plus clair de ses soirées dans son atelier du rez-de-chaussée. Visiblement, quelque chose le tracasse. Même Maman s'en est aperçue et lui en a fait la remarque. Mais il n'a rien voulu dire.

Soudain un véhicule s'engage dans l'allée et éclaire de ses phares la maison. Croyant qu'il s'agit de sa mère, la fillette bondit hors de la demeure.

Sa déception est vive en reconnaissant Thomi, le cousin de René. Sans savoir pourquoi, elle ne l'aime pas. Celui-ci l'a vue et, après une fraction de seconde, lui sourit.

– Où est ton père ? lui jette-t-il depuis l'allée.

Le cœur de Sandrine s'affole. Pourquoi a-t-elle soudain si peur ?

– En bas. Dans l'atelier, bredouille-t-elle en refermant la porte.

Presque aussitôt, lui parvient l'écho d'une dispute. Les éclats de voix gagnent rapidement en force et en violence. Des meubles sont basculés. Il y a des bruits de lutte.

Affolée, la fillette se précipite sur le téléphone et compose le numéro de « La Pinède ». Il faut vite prévenir Maman. Il est 19 h 15, elle doit encore s'y trouver.

C'est madame Simot, la conseillère pédagogique qui décroche :

– Il y a quelqu'un qui en veut à mon papa, sanglote l'enfant. J'ai peur. Il est en bas. C'est le cousin de René. Appelez la police.

Vaguement inquiète, la directrice tente de la rassurer et alerte aussitôt monsieur Coutrix, un voisin des Le Goff qui est directeur d'école et connaît bien la fillette.

A peine Sandrine a-t-elle raccroché qu'en bas, un coup de feu éclate. Terrorisée, la fillette se recroqueville dans un fauteuil, ravalant les sanglots qui l'étouffent.

« Papa est plus fort, se murmure-t-elle comme une litanie. Papa est plus fort. Papa est plus fort. Papa...

En bas la porte a claqué. Avec un extrême soulagement, elle reconnaît la voix de monsieur Coutrix, le maître d'école, qui l'appelle depuis le vestibule. Elle se redresse, jambes tremblantes. Ils sont sauvés.

Mais un autre coup de feu claque. Lui succède un terrible silence. Elle a beau tendre l'oreille, elle n'entend plus la voix de monsieur Coutrix. Son cœur s'emballe. Maman ? Que fait Maman ?

Tout à coup, des pas montent l'escalier. Une folle terreur la paralyse, l'empêche de bouger, de se cacher.

Lorsque Thomi Recco ouvre la porte et lui sourit, un son inarticulé, presque inaudible, s'échappe de sa gorge.

Moins d'une heure plus tard, ne voyant pas revenir son époux, Jacqueline Coutrix se rend chez les Le Goff.

La villa n'est plus qu'un cimetière : Gilles Le Goff, Jacques Coutrix et Sandrine ont été abattus d'une balle derrière l'oreille gauche.

Des balles provenant de la même arme que celle utilisée lors du triple meurtre du Mammouth de Béziers...

Draguignan, juin 1983

– Je suis innocent à cent pour cent ! Je suis le bouc émissaire idéal. Je suis victime d'une machination ! Je suis comme le Christ au Catenacciu, je porte ma croix ! Seule ma foi en Dieu me fait tenir !

– Salaud, Recco ! Tu n'es qu'une pourriture ! J'aurai ta peau !

Jean-Philippe Le Goff, fils et frère de deux des victimes de Carqueiranne, tente de renverser la barrière métallique de protection pour bondir sur l'accusé. Le service d'ordre doit intervenir.

– Ma vie n'a été qu'une longue suite de souffrance, geint encore Recco.

– Mais ce n'est pas possible d'entendre des choses pareilles ! explose à son tour Guy Maurel, l'époux de l'une des victimes du Mammouth de Béziers.

Dans le prétoire, d'autres voix renchérissent.

– Assassin ! Assassin ! Maudit ! Ordure !

La salle d'audience ressemble à une poudrière. Il y règne un tel climat de haine qu'un rien peut provoquer un pugilat. Et bien que le dispositif de sécurité soit très important et que chaque personne, y compris magistrats et jurés, ait subi une fouille avant d'entrer, le président craint le pire. Inquiétude légitime.

L'homme au regard d'un bleu irréel qui se trouve dans le box des accusés doit répondre de deux des plus monstrueuses affaires criminelles de la décennie : six meurtres avec préméditation dont celui d'une enfant de onze ans. Thomi Recco a avoué en être l'auteur avant de se rétracter. A présent, il nie tout en bloc.

Le président s'éponge le front et lance un coup d'œil vindicatif aux murs étouffants et vétustes. La cour d'assises de Draguignan n'a pas été prévue pour un procès d'une telle envergure.

La salle est bondée. Il y règne une chaleur insupportable. Quelques personnes, prises de malaise, ont dû être évacuées. La presse, les équipes de télévision et les parties civiles sont entassées sur des méchantes chaises métalliques et derrière des tables d'écolier. La partie traditionnellement réservée au public a été réduite à la portion congrue.

Les cris ne cessant pas, le président intervient :

– Du calme, mesdames et messieurs, je vous en prie.

En vain. Les invectives fusent de plus belle. L'accusé ne se trouble pas. Avec un ample geste, il prend à témoin les photographes qui le mitraillent de leurs flashes.

– Faites votre travail, messieurs! plastronne-t-il. Voyez de quelle machination je suis victime.

Disant cela, il lève les bras en croix. Pour ressembler au Christ auquel il cherche à s'identifier, il s'est laissé pousser les cheveux jusqu'aux épaules. Ainsi coiffé et avec son costume trois-pièces, il ressemble à un chef apache ayant revêtu une tenue de cadre supérieur.

Depuis le début de ce terrible procès, il crie, vocifère, gémit, pleure, se signe, menace, mêle incantations et réflexions acides, se roule dans son box; et surtout, montre envers la partie civile une arrogance qui choque même ses défenseurs. A plusieurs reprises, ceux-ci interviennent :

– Taisez-vous, Recco! Un peu de respect pour les familles des victimes, s'il vous plaît.

Alors Thomi se tait. Durant ces brefs instants de calme, il s'inquiète de la haine qu'il suscite. Se tournant vers ses gardes, il s'enquiert avec angoisse :

– Vous me protégez bien, au moins?

Après l'audition des médecins légistes, le juge Nunez est appelé à la barre.

Silhouette ronde, cheveux bruns, grosses lunettes, ce magistrat d'allure débonnaire vient d'instruire trois années durant l'affaire Thomi Recco. Son témoignage sur la première audition de Recco, le 21 janvier 1980, va être capital. Un témoignage terrifiant :

– Très calmement, se souvient-il, Thomi Recco me décrivit le triple crime de Carqueiranne avec beaucoup de détails. Il me montra même la façon dont il avait abattu la petite Sandrine d'une balle derrière l'oreille, une main sur la hanche, en visant de l'autre main. J'en fus impressionné...

Le gendarme Bertrand, qui reçut le premier les aveux de Recco, va rapporter cette phrase terrible qu'eut alors l'accusé :

– Quand je tire sur quelqu'un, je le fais derrière la

tête. Comme ça, je n'ai pas à me retourner pour savoir s'il est mort.

Or les six victimes ont été tuées de la même manière : une balle derrière l'oreille gauche.

Recco proteste et se pose en victime.

– Les gendarmes qui m'ont arrêté m'ont arraché des aveux sous la torture. Ils m'ont sodomisé avec un manche à balai, m'ont roué de coups, jusqu'à me perforer le tympan droit ! Lorsque les médecins m'ont examiné, j'étais une vraie loque humaine !

– Pas du tout, rétorquent les médecins interrogés. Quand nous l'avons examiné, il était dans un état normal et nous n'avons relevé nulle trace de sévices.

Recco proteste, vilipende le corps médical, la justice et, soudain, exhibe une coupure de presse représentant un CRS lors d'une manifestation à Paris. La mine perfide, il lance :

– Les gendarmes mentent, les flics mentent. Voyez comme ils tabassent les gens !

– Recco, taisez-vous ! explose une fois de plus maître Lombard, son défenseur. Laissez-nous faire notre travail et taisez-vous !

L'espace de quelques minutes, Thomi Recco se tasse sur son banc. Les familles des victimes ne le quittent pas des yeux. Madame Alcaraz, mère de l'une des jeunes femmes assassinées à Béziers, sanglote en silence.

Dans leurs regards se mêlent horreur et interrogation : est-ce ce pantin pitoyable qui a tué de sang-froid leurs filles, leurs femmes, leur mari ?

Tout l'accuse pourtant. Des témoins, comme l'homme qui s'était adressé à lui devant la cave à vin de la galerie marchande du Mammouth, l'une des caissières, l'ont formellement reconnu. Avant de mourir, Sandrine l'a dénoncé. Des preuves accablantes.

– Il n'y a dans Recco, résume l'un des psychologues experts, aucune anomalie mentale, mais un mépris total pour la vie d'autrui et une complète indifférence à la mort. Il suffit que l'on s'oppose à lui pour qu'il tue.

Dans son box, Recco écoute attentivement et jette un regard inquiétant sur la cour, le témoin et le public.

– Je suis comme le Christ... recommence-t-il.

– Vous n'êtes qu'un monstre, l'interrompt maître Collard avec virulence, et vous nous faites douter de notre foi en l'homme! Mais vous voulez parler, Recco, eh bien parlons! Racontez-moi comment vous avez tué Sandrine? Sandrine, morte les yeux grands ouverts, dans l'épouvante!

Thomi Recco baisse la tête. L'ombre de la plus innocente victime pèse alors sur la salle d'un poids intolérable. Tous ont à l'esprit la photo de Sandrine sur les journaux, petite fille brune en robe blanche.

– Dis-moi, pourquoi tu as tué mon père? Et ma petite sœur? Pourquoi? Tu l'avais devant toi et tu l'as tuée!

L'invective de Jean-Philippe Le Goff s'achève dans un sanglot. Près de lui, sa mère chancelle.

Le président se racle la gorge. L'émotion est à son comble dans le prétoire.

– Monsieur Le Goff, je vous en prie, maîtrisez-vous...

– Tu te prends pour le Christ, Recco! hurle alors Jean-Philippe. Eh bien moi, je te clouerai sur la croix!

Au premier rang, protégée par un important service d'ordre, une petite femme brune et potelée regarde d'un air atterré Thomi nier, ergoter, narguer, persifler, contredire les témoins, faire des clins d'œil aux jurés, réfuter ce qui le gêne, approuver ce qui l'arrange.

Il s'agit de Chantal, devenue depuis le 10 juin 1980, madame Recco. Pour elle aussi, ce procès est une descente aux enfers.

Le réquisitoire de Bréjoux, l'avocat général, sera implacable. Faisant référence au premier procès de Recco, en 1961, il lance :

– Le procureur général avait alors demandé la peine capitale. Aujourd'hui, vous êtes devant nous et cela ne peut que nous interroger sur le fonctionnement de notre justice pénale. Maintenant, vous vous sentez tranquille, Recco ! Vous savez qu'il ne sera jamais porté atteinte à votre intégrité physique.

Soudain, il pointe sur Thomi Recco, un doigt accusateur :

– Qui êtes-vous Recco ? jette-t-il violemment. On me dira que vous êtes issu d'une famille qui ressemble à une stèle funéraire ! Mais ce destin qui s'acharne sur vous et les vôtres, c'est vous seul qui le façonnez par vos crimes !

A ces mots, Micheline, la mère de Thomi, toute de noir vêtue, du foulard jusqu'aux bas, se recroqueville et pleure en silence, se mordant jusqu'au sang les doigts de sa main gauche.

Voilà peu, Antoine, un autre de ses fils, a été inculpé en Corse pour le meurtre de deux campeuses. Elle, ne veut pas croire à toutes ces horreurs. Elle ne peut avoir engendré tant de monstres ! Ce sont de bons fils...

Dans le box, Thomi sent bien que plus rien ne fonctionne.

C'est alors que maître Cristole lui assène sa terrible imprécation et le renvoie à Valinco. La boucle est bouclée.

Recco ne répond plus. Il est K.O. La pièce sordide qu'il a jouée plusieurs jours durant est terminée. Il n'est plus qu'un triste sire au visage blanchâtre. Et tous ceux qui attendent une ultime tirade en seront pour leurs frais.

Joseph-Thomas Recco, quarante-neuf ans, part la tête basse et rate sa sortie.

Le 14 juin 1983, après 1 h 45 de délibérations, le verdict tombe.

Réclusion à perpétuité. Pour la seconde fois...

Pauline D'URGEL

Parricide à Pelissanne?

Les producteurs ne pouvaient rêver mieux comme promotion, c'était leur jour de chance : l'affaire Cartland, également baptisée l'énigme de Pelissanne, débute, coïncidence inouïe, à peine croyable, le jour même où un film mettant en scène le crime de Lurs, *L'Affaire Dominici*, sort sur les écrans français et est présenté à la presse par l'un des plus illustres protagonistes de l'instruction et du procès mémorable de Digne : Me Émile Pollak.

Le non moins illustre Jean Gabin interprète, en effet, le rôle du patriarche de la Grand'Terre, le vieux Gaston Dominici – condamné à mort, gracié et rendu plus tard à la liberté par le général de Gaulle –, vingt et un ans après l'horrible assassinat, dans la nuit du 4 au 5 août 1952, à Lurs (Alpes-de-Haute-Provence), de trois touristes et campeurs anglais : Sir Jack Drummond, savant mondialement connu pour ses travaux en diététique, Lady Ann, son épouse, et leur fille, la petite Elizabeth.

Quelle est donc cette « énigme de Pelissanne » ?

Deux touristes britanniques sauvagement attaqués en Provence, de nuit en rase campagne et dont l'un, le père, John Basil Cartland, succombera à ses multiples blessures. Une Hillman, comme celle des

Drummond. Une caravane, qui n'est différente de celle des Drummond que parce qu'elle est rose, de marque Sprit, et ovale. Deux campeurs, tous deux professeurs, donc des intellectuels, comme Sir Drummond, et dont l'un, la victime, aurait plus ou moins été agent secret, sous l'autorité du général Andrew Spears et de l'amiral Louis Mountbatten, lors de la dernière guerre mondiale, comme l'aurait également été le chercheur en diététique.

Étrange, très étrange, pour ne pas dire captivant.

Activité vraie ou fausse, jamais officiellement démentie, du reste, par les autorités britanniques, qui permettra un temps aux journalistes, une bonne centaine, venus de toute l'Europe et même d'Amérique, de se livrer aux hypothèses les plus mirobolantes, aux déductions les plus rocambolesques. Articles dans lesquels on mêlera, au nom de l'espionnage et à la faveur de lettres anonymes fort documentées adressées aux rédactions, des hommes voués à la postérité, comme Churchill, les généraux de Gaulle, Weygand et Giraud, les amiraux Muselier et Darlan, Sir Olivier Duncan et son collaborateur, Michael Lasseter, mort mystérieusement à Cannes, Jacques Soustelle, le roi italien du pétrole Enrico Mattei, le diplomate américain Robert Murphy et bien d'autres, à des gangsters comme Robert Blémant – ancien commissaire à la DST, il est vrai –, Antoine Guerini, caïd marseillais, et les Kray brothers, notamment, parrains de la pègre londonienne.

Les cigales, le soleil, les pins, la Provence, l'odeur du miel et de la lavande. Et celle du sang aussi. Le sang de Britanniques, agents secrets.

Par certains côtés, on le voit, l'énigme de Pelissanne n'est pas sans rappeler l'affaire Dominici, tant par la nationalité, la personnalité et les activités secrètes des victimes que par le cadre, l'heure et l'horreur du drame. Comme elle, elle passionnera l'opinion. Comme elle, elle mettra dans l'embarras tous ceux qui y participeront officiellement : gendarmes, policiers, magistrats et même diplomates. Comme elle, elle divisera la presse et les polices, ainsi que les juristes, de part et d'autre du Channel.

Mais les analogies ne peuvent aller plus loin. D'abord, l'affaire Cartland ne durera que 59 jours, du 19 mars au 17 mai 1973, et n'aura pas de conclusion judiciaire, contrairement au crime de Lurs, qui fera long feu, des années durant, avec une contre-enquête diligentée par d'autres policiers, mandés par Paris. Ensuite, les paysans joviaux et prolixes de Pelissanne n'ont rien à voir avec les hommes de la terre, muets comme des carpes, de la Provence de Giono, tel ce « clan » Dominici. Pas plus que Sir Jack Drummond avec John Basil Cartland et son fils, Jeremy Bryan. Pas plus que la loi française avec la loi anglaise. Pas plus que les commissaires Grégoire Krikorian et Émile Gonzalvez, surnommés *Boumediene* et *Jack Palance* par une presse britannique frondeuse et friande de ressemblances, respectivement chargés de l'enquête, après que la gendarmerie eut été dessaisie, avec le célèbre commissaire Edmond Sebeille, surnommé *Rien-à-Déclarer*, en son temps, par une presse française tout aussi moqueuse.

On l'a su dès le début : Pelissanne ne serait jamais Lurs.

Ce que l'on ignorait, cependant, c'est qu'il y aurait un inculpé, qui ne serait jamais jugé, et que l'on ne connaîtrait jamais la vérité.

Frédéric-Claude Delaude, trente-trois ans, attaché de presse aux établissements Ricard, quitte Montpellier, où il est allé rendre visite à des parents, pour regagner la ville d'Aix, où il demeure. Il a pris la route vers 23 heures, au volant de sa 2 CV. Après Salon-de-Provence, lorsqu'il abandonne la nationale 113 pour emprunter la 572 qui traverse le village de Pelissanne, il est à des lieues de se douter que, bientôt, en cette nuit du dimanche 18 au lundi 19 mars 1973, il sera le premier témoin de l'affaire criminelle la plus obscure et la plus déroutante enregistrée en France, au cours des dernières années : l'énigme de Pelissanne.

On dit qu'ils sont nombreux, du côté de Puimoisson et sur le plateau de Valensole, à être devenus fous à cause du mistral. Cette nuit, ce vent du diable secoue la Provence comme si elle n'était qu'un arbousier. Il souffle à s'époumoner. Certaines rafales atteignent vingt-huit nœuds.

A travers les vitres latérales de la voiture, Frédéric-Claude Delaude peut voir défiler le paysage : barrière dentelée de pins sveltes et de larges bosquets, éclairée par la lumière crue de la pleine lune. Parvenu dans les lacets du Jas de la Dame, le conducteur rétrograde. Il l'a fait instinctivement.

Une lueur rouge et or vient soudain de fuser dans le noir total du ciel. Elle danse au-dessus des arbres, du côté de Pelissanne. Tous ses sens en éveil, Delaude reporte son attention sur le ruban sinueux que déroule l'asphalte. En principe, il ne devrait pas tarder à se trouver à la hauteur de ce qui n'est pour lui, à première vue, qu'un incendie de forêt.

Brusquement, le pinceau des phares de sa 2 CV happe, sur le bord de la route, la silhouette d'un homme de grande taille se détachant sur la vive clarté des flammes. En arrière-plan, sur une légère éminence dominant la route, une caravane brûle.

L'homme fait des gestes désespérés. Il cherche manifestement de l'aide. Delaude freine et s'arrête. L'inconnu s'approche, haletant, titubant comme après une longue course. C'est une sorte de Viking, large et puissant, plutôt jeune, tout juste la trentaine, aux cheveux pourtant déjà rares, mais à la barbe blond-roux fournie et soignée. Malgré le vent et le froid de cette nuit de mars, il ne porte, au-dessus d'un pantalon bleu de velours côtelé, qu'une simple veste de pyjama. Ses yeux, d'un marron très foncé, presque noir, reflètent la panique. Plié en deux, se tenant le ventre d'une main, il semble terriblement souffrir. Des traces de sang ou de griffures barrent son front dégagé et pâle. Delaude est sorti de son véhicule, le prend à la taille pour le soutenir tout en l'interrogeant du regard.

– J'ai été attaqué et blessé! dit le Viking.

– Attaqué, mais comment cela?

Dans un français très correct où pointe un net accent britannique, l'homme explique alors que lui-même et son père ont été victimes d'une agression pendant qu'ils dormaient tranquillement dans leur caravane. Mais il ne donne aucune précision, dans l'immédiat, sur les circonstances de cette agression, ni sur son ou ses auteurs.

– Comment vous a-t-on blessé? s'enquiert Delaude. Que voulez-vous que je fasse?

– J'ai reçu deux coups de couteau.

Et l'Anglais ajoute, montrant ses blessures du doigt :

– Au ventre et à la poitrine.

– Mais qu'est devenu votre père? Est-il blessé, lui aussi?

– Je l'ignore, répond l'inconnu en écartant les mains en signe d'impuissance.

Puis il se laisse tomber au sol et se plaint :

– Je perds du sang et j'ai très mal. Il faudrait me conduire dans un hôpital.

Frédéric-Claude Delaude ne perd pas de temps à poursuivre cette conversation. Il aide le blessé à s'asseoir sur le siège avant droit de la 2 CV et se précipite vers la caravane, qui flambe de plus belle, à la recherche du père de son interlocuteur, pour lui porter un éventuel secours.

Mais il ne voit rien, ni dans le véhicule que les flammes rendent inabordable, ni aux alentours, pourtant bien éclairés par l'incendie, ni auprès de la voiture tractrice, une Hillman blanche, de type Avenger, immatriculée en Grande-Bretagne sous le numéro YYU 999 H.

Dépité et un peu étonné de ne pas avoir trouvé la deuxième victime, Delaude revient vers son automobile. Le silence est absolu. La tranquillité de la nuit n'est troublée que par le crépitement intermittent du feu et, par moments, quelques rafales de vent. Au loin, on entend pourtant le ronflement encore faible d'un moteur. Le véhicule approche, venant de la direction d'Aix-en-Provence. C'est une Renault 4 L de couleur rouge. Deux femmes se trouvent à son bord, Jeanine Sobansky, la conductrice, une jeune décoratrice originaire de Bruay-en-Artois, et sa mère, Paulette, femme de médecin, qui est venue rendre visite à sa fille, installée depuis peu en Provence.

A son arrivée sur les lieux, la décoratrice ne réalise pas immédiatement ce qui se passe.

– Il doit s'agir d'un feu de camp, dit-elle à sa mère.

Par curiosité, Jeanine freine cependant et vient s'arrêter à la hauteur de la 2 CV de Delaude. Elle remarque alors la présence des deux hommes et, en particulier, celle du grand blond barbu, qui lui paraît complètement désemparé. Delaude s'approche, lui explique la situation dont il vient lui-même d'être avisé et demande :

– Pouvez-vous vous charger de prévenir la gendarmerie la plus proche ?

– Je m'en occupe, répond la décoratrice. Je vais à Pelissanne.

La petite voiture rouge démarre en trombe et fonce en direction de cette localité. En cours de route, Jeanine réalise qu'elle s'est trop avancée : il n'y a pas de gendarmerie à Pelissanne. La plus proche est à Salon. Heureusement, le dancing *Le Galion* est encore ouvert et elle connaît bien le patron, Jacques Sourdon. Pour elle, c'est la solution. Elle va téléphoner.

Lorsqu'elle joint la brigade de Salon, le planton de service note l'heure. Il est exactement 1 h 10. Le plan d'alerte habituel est déclenché. La brigade de recherches de la gendarmerie est avisée. On prévient également les pompiers.

La mission de Jeanine Sobansky est terminée. Elle rejoint sa mère qui l'attend dans la voiture, devant *Le Galion*.

– Tu as tardé, Jeanine, lui dit-elle. Dépêchons-nous de rentrer. Il se fait vraiment tard.

– Oui, répond la jeune fille, qui brûle pourtant d'envie de retourner sur les lieux du drame. Nous saurons par les journaux ce qui est exactement arrivé.

La petite voiture rouge repart et se perd dans la nuit. De son côté, Guy Massieux, l'un des derniers clients du *Galion*, pensant sans doute se rendre utile, démarre vers les lieux indiqués par Jeanine, à bord de sa 403 bleue.

Resté seul avec le blessé, Delaude se demande ce qu'il va bien pouvoir faire. Les autorités ont théoriquement été prévenues par cette jeune femme. Mais il faut maintenant essayer d'enrayer l'incendie qui menace la pinède, et tenter de sauver l'Hillman, qui risque à tout moment de s'embraser. Il faut également, en priorité, faire hospitaliser le blessé. C'est évidemment beaucoup pour un seul homme.

Mais voilà qu'une seconde 4 L, de couleur blanche celle-là, arrive sur les lieux. Il est 1 h 15. Delaude se précipite au-devant de cette voiture providentielle et, à grands gestes, fait signe au pilote de stopper. A son bord se trouvent trois jeunes Beaucairois, en goguette en cette nuit de week-end : Alain Weltman, Michel Chambonnet et Joseph Lorenzo. Ils viennent de quitter le bowling des allées de la Craponne, à Salon-de-Provence, après avoir pas mal éclusé au *Bar du Marché* de Beaucaire, et se rendent à Aix pour y boire un dernier verre, où ils savent que la boîte *Le Mistral* reste ouverte jusqu'à l'aube.

L'attaché de presse leur expose rapidement la situation et s'inquiète de l'incendie qui risque de se propager à la campagne alentour, avec les poussées de mistral. Il leur demande de l'aider.

Le sens civique n'étouffe pas ces trois jeunes gens plus ou moins marginaux, qui ont même eu quelques démêlés avec la gendarmerie, pour des bricoles, il est vrai, mais ils décident de prêter main-forte à Delaude, qui leur est sympathique [1].

Dans un premier temps, Michel Chambonnet débranche le tuyau du butane qui relie encore la

1. Ils seront d'ailleurs un temps inquiétés par les enquêteurs, à cause de ces antécédents, mais vite mis hors de cause, après vérification de leur emploi du temps. A l'heure présumée du drame, ils se trouvaient à Salon, au *Bowling Splendid Bar*. Alibi confirmé par la patronne, Mme Mellano.

caravane à la bouteille de gaz comprimé, posée à même le sol, à l'aplomb de la flèche d'attelage. De son côté, Delaude remarque, au même endroit, la présence d'une petite bonbonne blanche en matière plastique. Craignant qu'il ne s'agisse de carburant, il la repousse du pied, à quelque distance du foyer. Après quoi, les sauveteurs consacrent tous leurs efforts à circonscrire l'incendie qui a déjà embrasé la presque totalité de l'engin. Ils y parviennent en partie, puis songent à protéger l'Hillman, qu'ils écartent de quelques mètres.

Handicapé d'une jambe, Alain Weltman se rend utile en boitillant jusqu'à la 2 CV. Il demande au blessé, à tout hasard, s'il ne sait pas où sont les clés de l'Hillman. Par une chance vraiment providentielle, l'homme les a justement dans la poche de son pantalon et les tend à Weltman. Clés en main, c'est Joseph Lorenzo qui lance le moteur et qui éloigne la voiture du brasier. Avant de sortir, il prend une veste en loden posée sur le siège arrière.

– L'Anglais a froid et réclame un chandail ! lui a lancé Michel Chambonnet.

Le blessé, le loden jeté sur les épaules, est alors emmené par Delaude en direction de l'hôpital de Salon. En cours de route, la 2 CV croise le véhicule de patrouille de la gendarmerie qui se dirige à grande vitesse vers les lieux du drame. L'attaché de presse propose à l'Anglais de le ramener près de la caravane pour le mettre en contact avec les gendarmes. Mais l'homme ne semble pas y tenir.

– J'ai très mal, confie-t-il de nouveau. Je préfère me faire soigner.

Les deux hommes poursuivent alors leur route vers Salon.

Entre-temps, attirés par les flammes, d'autres

conducteurs ont arrêté leurs véhicules sur la route, à quelques centaines de mètres du brasier. C'est d'abord la Ford Cortina vert clair des époux Blasco, Arlette et Raymond, opérateur à la société Shell-Berre, qui rentrent de Narbonne, où ils ont passé la journée avec leur fils, chez les parents d'Arlette. Vient ensuite la 403 bleue de Guy Massieux, le client du *Galion*, alerté plus tôt par Jeanine Sobansky. Il y aurait également eu sur les lieux une 4 L de couleur grenat. Mais son propriétaire n'a pu être identifié. Sa présence a été signalée par Raymond Blasco et par sa femme.

Arrive enfin la voiture de la gendarmerie, précédant de très peu celle des pompiers. Il est exactement 1 h 30.

Pendant que les pompiers se rendent maîtres de l'incendie, le maréchal des logis-chef René Manson et son adjoint, le gendarme Modesti, s'informent de ce qui s'est passé, auprès des témoins présents. Ceux-ci rapportent ce qu'ils ont pu apprendre, tant par Claude Delaude que du blessé lui-même, et précisent qu'un deuxième Anglais aurait réussi à s'enfuir et pourrait être dans les parages.

Gendarmes, pompiers et témoins se déploient alors en éventail pour ratisser le terrain. Après une rapide battue, c'est à 1 h 50 qu'on retrouve le corps du deuxième Anglais.

Il gît, face contre terre, baignant dans son sang, le corps allongé dans un épais buisson. La lumière crue des torches s'attarde sur l'ébène du sang, qui déjà encroûte le crâne, et le fait chatoyer en facettes sombres et profondes. On retourne le corps. Une plaie horrible apparaît alors sous les faisceaux lumineux : l'homme semble avoir été égorgé. Un sillon sanglant souligne la pâleur du cou maigre et ouvre vers le ciel des lèvres béantes, encore tièdes.

Un premier examen de l'Hillman permet bientôt aux gendarmes de découvrir, serrés dans la poche d'une portière, les passeports des Britanniques. Ils peuvent lire : « John Basil Cartland, né à Londres le 19 mai 1912, professeur de langues, demeurant 11, Powis Square, Brighton – BN.1 – Sussex. » Jeremy Bryan John Cartland, son fils, né le 4 février 1944, à Brighton, est domicilié à la même adresse, et est professeur de langue anglaise.

Se mettant à l'écart et invitant, d'un signe de tête, le gendarme Raymond Modesti à le suivre, René Manson glisse dans l'oreille de son adjoint :

– Des Anglais ! Tu te rends compte ? L'affaire est d'importance. Il ne faut pas commettre la moindre erreur. On ne nous le pardonnerait pas. Dieu garde ! Souviens-toi de l'affaire Dominici !

Mais il faut d'abord rendre compte. Par radio, Manson obtient le contact avec son chef hiérarchique, l'adjudant-chef Pierre Labourdenne, commandant la brigade mixte de Salon.

L'alerte se répercute de grade en grade, d'échelon en échelon. On dormira peu, cette nuit-là, dans la gendarmerie. On se souvient encore des contestations et des hauts cris qui marquèrent la période des constatations, lors de grosses affaires antérieures. Immanquablement, l'affaire de Lurs revient en mémoire, en même temps que l'avalanche de polémiques qu'elle déclencha.

Le commandant Joseph Cario, responsable de la compagnie de gendarmerie de Salon, est tiré de la tiédeur de son lit par le grelot aigre et insistant de son téléphone.

– Surtout, pas de loupé ! ordonne-t-il.

Il fera partager son insomnie au procureur de la République, à Aix-en-Provence, M. Moulis. La police judiciaire de Marseille sera prévenue à 5 heures.

La machine judiciaire se met en marche.

Le commandant Joseph Cario, le lieutenant Pierre Billaud, son adjoint, et l'adjudant-chef Pierre Labourdenne arrivent sur les lieux du drame vers 2 heures du matin. Ils sont accompagnés de l'adjudant Yves Salendre, chef de la brigade des recherches, techniquement chargé de procéder à l'enquête.

Petit, trapu, l'œil malin et mobile en diable, une Gauloise éternellement fichée au coin des lèvres, l'adjudant Salendre est un enquêteur de grande classe. A la police judiciaire, on le tient pour « le gendarme le plus " flic " de la région ». Ce qui n'est pas, dans la bouche de ces messieurs, un mince compliment. C'est le Maigret de la gendarmerie. Voilà l'homme sur qui pèsera l'écrasante responsabilité des premières constatations et investigations.

Contrairement à la splendide nature alentour, à quelques dizaines de mètres, les lieux du drame sont un incroyable champ d'épandage, criblés d'immondices. Que diable les Cartland sont-ils venus faire en cette galère ? Ils n'auraient eu qu'à s'arrêter quelques centaines de mètres avant, ou à rouler une minute de plus pour se trouver au sein d'une nature plus conforme aux normes du camping. Les jolis coins ne manquent pas dans les parages. Bizarre, tout de même. Auraient-ils stoppé brusquement, pour une raison particulière ?

Le bosquet au creux duquel le corps de John Basil Cartland a été découvert se trouve en arrière-plan de la caravane, vu depuis la route. Il s'étend en ligne continue et sensiblement parallèle à la route, qui passe elle-même à cent dix mètres de là.

Ici, lavé par le mistral, le ciel est toujours d'un bleu cru. Ici, c'est la « montagnette » de Daudet aux airs de Palestine, composée de roches blanches comme la craie, de troupeaux de jeunes pins et d'oliviers biscornus. Cette « montagnette », parsemée de thym, de lavande, de farigoule et d'asphodèle, c'est une immense crèche cernée par des collines sauvages qui se dressent de toutes parts, quadrillant une terre brune écrasée de soleil, de Tarascon à Graveson, de Saint-Cannat à Aurons, de Barbentane à Boulbon, d'Eyrargues à Châteaurenard, de Saint-Rémy-de-Provence à Pelissanne.

En arrière-plan, là-bas, vers la Barben, s'élèvent les tours de l'imposant château ayant appartenu au marquis de Forbin, marin du roi, qui s'illustra dans les campagnes de Messine. A huit cents mètres sur la gauche enfin : l'*Auberge de la Touloubre*, attenante au zoo de la Barben.

Le bosquet au creux duquel le corps de John Basil Cartland a été découvert se trouve donc en arrière-plan de la caravane, vu depuis la route. Chaussé comme pour la marche, le cadavre est couché sur le ventre, les jambes allongées et entravées par un pantalon de pyjama à fleurs, baissé en accordéon jusqu'aux chevilles, comme s'il avait été sur le point de satisfaire un besoin naturel, au moment de la mort. Si le bas-ventre et les fesses sont nus, le thorax est en revanche protégé par un tricot de peau et par deux épais pull-overs. Le bras gauche repose sur le sol le long du flanc, la main ouverte vers le ciel. Celle-ci a laissé échapper un mouchoir taché de sang, qui fait comme une grosse fleur blanc et rouge sur l'herbe fraîche.

Le visage est marqué d'excoriations linéaires superficielles, sur le côté gauche. Une entaille large et profonde, intéressant la carotide, semble être, à première vue, la cause de la mort. Mais on relève également, sur la partie occipitale du crâne, une plaie irradiante importante, cachée sous l'amas de cheveux encroûtés de sang.

De la caravane, il ne reste plus maintenant que débris calcinés et fumants, qu'il est impossible de trier dans l'immédiat. L'examen de la voiture tractrice, l'Hillman G-L Avenger, est, en revanche, plus intéressant. Les enquêteurs notent que la porte du conducteur, à l'avant droit, est fermée mais non verrouillée. C'est ainsi que l'avait lui-même trouvée le témoin Weltman. Les gendarmes constatent, eux aussi, que les trois autres portières sont fermées et en position de verrouillage. Elles ne présentent aucune trace d'effraction.

On trouve, dans l'Hillman même, la bonbonne en plastique que Frédéric-Claude Delaude avait écartée d'un coup de pied, et la bouteille bleue de gaz comprimé que Michel Chambonnet avait débranchée. La bonbonne contient encore un peu de liquide, un détail qui sera déterminant un peu plus tard.

Sur le siège arrière, on note la présence d'objets divers : un parapluie, deux cannes, des livres dont un ouvrage qui préfigurait une horrible réalité : *The Fetterman Massacre.* Il est signé par Dee Brown, l'auteur de *J'ai enterré mon cœur à Wounded Knee.*

Un ratissage sérieux est effectué aux alentours. Mais la présence de détritus de toutes sortes ne facilite pas les choses. L'éclectisme des gendarmes est mis à rude épreuve. Trois objets, qui ont un rapport certain avec le drame, sont récupérés : un gros couteau de cuisine au manche en bois noir et à la lame tachée de sang, une hache au fer également maculé de sang et une enveloppe de coussin, elle-même ensanglantée.

Le couteau est trouvé dans un buisson, à quelque cinquante mètres au sud-sud-ouest du corps. L'arme a simplement été jetée dans les fourrés qui l'avaient, jusque-là, dissimulée aux regards.

La hache est découverte, cachée sous un bloc d'aggloméré, à près de soixante-dix mètres au nord du point où gît le cadavre. On semble avoir pris un soin tout particulier à la camoufler. Elle pèse une livre et demie; son manche, imbibé de sang, mesure trente-cinq centimètres environ. Sur le fer, on peut lire : *W. Marple and Sons*. C'est de toute évidence une hache forestière de marque anglaise, appartenant très probablement aux victimes.

L'enveloppe du coussin est retrouvée dans le bosquet, à vingt-cinq mètres au sud-sud-est du corps. Tachée, elle aussi, de sang, elle est lestée d'un moellon d'aggloméré de poids respectable qui contribue à faire de cet innocent article de literie un redoutable fléau d'arme.

Ce même 19 mars, le gendarme Christian Gandon se rend à l'hôpital de Salon, au chevet de Jeremy. Il est 3 heures du matin. L'état du blessé est si peu grave qu'on n'a pas cru devoir déranger le chef de service. C'est l'interne de garde, Jean Louvard, qui lui a prodigué quelques soins.

– De fines blessures, vraiment, confie-t-il au gendarme Gandon. Des griffures superficielles, sans doute provoquées par arme blanche : l'une à la hauteur du pectoral droit, l'autre à celle de l'hypocondre, c'est-à-dire la partie latérale de la région supérieure du ventre.

D'évidence, la lame n'a pas pénétré au-delà de la région sous-cutanée. Jeremy Cartland présente également certaines excoriations sur le côté droit du visage, mais il s'agit plus de petites griffures que de véritables coupures ou blessures.

Alité dans une salle commune, il est en état de parler et accepte de donner quelques explications au gendarme.

Il a quitté l'Espagne, en compagnie de son père, le samedi 17 mars au matin, à bord de son Hillman. Ils étaient allés y chercher la caravane, achetée l'année précédente à un ami britannique.

Les deux hommes franchissent la frontière française le lendemain, dimanche 18 mars, vers le milieu de la matinée, au Perthus. Ils passent par Perpignan, Arles, Salon, Pelissanne, où ils prennent de l'essence. Normalement, ils auraient dû pousser jusqu'à Jouques, où ils possèdent un terrain depuis 1962, mais ils s'arrêtent, vers 19 heures, à environ trois kilomètres de Pelissanne. La caravane est dételée. Ils dînent et se couchent vers 22 heures.

Dans le courant de la nuit – Jeremy ne peut préciser l'heure exacte –, il est réveillé par des bruits de voix. Il sort et voit un homme installé dans l'Hillman, sur le siège avant gauche du passager, qui semble « trafiquer » quelque chose sous le tableau de bord.

Jeremy Cartland interpelle cet individu. Au même moment, il reçoit un violent coup derrière la tête qui lui fait perdre connaissance. Il revient à lui un peu plus tard. Combien de temps dure cette période d'évanouissement ? Il ne peut le préciser. Toujours est-il qu'il se retrouve à quelques mètres seulement de la caravane en flammes. Il réalise en outre qu'il est blessé. Il se précipite vers la caravane pour voir si son père s'y trouve. Il ne le voit pas, pas plus qu'alentour. Il descend alors vers la route. C'est à ce moment-là qu'il arrête Frédéric-Claude Delaude et que les secours s'organisent.

A l'issue de toutes ces constatations, de ces diverses opérations et auditions de première heure, le corps de John Basil Cartland est transporté à la morgue de Salon. Il s'avérera ultérieurement, à la suite de l'autopsie pratiquée par Mme Jouglard, médecin légiste à l'institut médico-légal de Marseille, que la victime est décédée des suites d'une fracture du crâne touchant la région occipitale, et d'une blessure profonde intéressant la partie carotidienne gauche, consécutive à un coup porté par un instrument lourd et tranchant, ayant sectionné littéralement l'artère carotide, et brisé les vertèbres cervicales.

Par réquisitoire introductif du 19 mars, M. Moulis, procureur de la République à Aix-en-Provence, confie l'instruction de cette affaire au juge André Delmas, qui arrive sur les lieux du drame à 11 h 30, en compagnie de Maurice de Bonfils, son greffier depuis 1948.

Agé de soixante ans, M. Delmas possède une spendide propriété à la sortie d'Aix, sur la route menant à Berre. Propriété dans laquelle les pelouses tondues avec soin, les allées tirées au cordeau et les rosiers taillés au millimètre en disent long sur le goût prononcé qu'a le juge pour l'ordre et la symétrie. Compétent, discret, travailleur, fin psychologue, on dit de lui qu'il est méthodique et tenace. Qualités qui ne l'ont pas forcément porté sur le devant de la scène judiciaire. Ce qui allait devenir l'énigme de Pelissanne est sa première grosse affaire. Elle sera la dernière aussi. Il s'est donc dit, dès que le dossier lui a été confié, qu'il convenait de ne commettre aucune bévue. Histoire de ne pas être ennuyé au moment du départ à la retraite, histoire aussi de partir en beauté.

Il a certes confiance en la gendarmerie, connue pour la précision de son travail et sa connaissance du terrain en rase campagne. Certes, il apprécie la légendaire perspicacité de l'adjudant Yves Salendre, mais il préfère aujourd'hui confier l'enquête aux fins limiers du SRPJ de Marseille, peut-être plus aptes, dans les circonstances actuelles.

Dessaisie, la gendarmerie rongera son frein. Ces remous d'amour-propre mettront quelques jours à s'apaiser. On pourra lire sous la plume de journalistes, selon des rumeurs récoltées dans les couloirs de la maréchaussée : « Ah ! si nous avions gardé l'affaire, il y a longtemps que... »

Arrivé depuis deux ans à Marseille, le contrôleur général Jean Lagugné-Labarthet confiera les investigations, dans un premier temps, à l'antenne de police judiciaire d'Aix-en-Provence, dirigée depuis peu par le commissaire principal Grégoire Krikorian, avec cette pressante recommandation : « Faites en sorte que nous n'ayons pas une deuxième affaire Dominici sur le dos. Soyez efficace. Il me faut des résultats rapides, un dossier bien ficelé. Sans la moindre bavure. Compris ? »

La trentaine à peine dépassée, le commissaire principal Krikorian est un maigre aux yeux fiévreux, au regard presque toujours inquiet. Teint basané, lèvres charnues, pommettes haut perchées dans un visage minuscule et triangulaire que barrent d'épaisses moustaches noires, il secoue régulièrement la tête pour renvoyer à sa place une importante mèche qui fait irrésistiblement penser à une aile de corbeau. A la gendarmerie de Salon-de-Provence, où l'on ne manque pas d'humour, on l'appelle *Boumediene*, sous le manteau, tant sa ressemblance avec le leader algérien est frappante, sobriquet aussitôt repris par la presse britannique, qui lui en inventera deux ou trois autres.

Cultivé, vif, le commissaire Krikorian arrive de Marseille où il a opéré, durant deux années, à la brigade financière, celle qui a « sorti » le scandale Nahmens ou affaire de l'Habitat coopératif. Pour lui, désormais, le travail a donc totalement changé. A la Financière, on part en effet d'un individu connu et l'on essaie de découvrir les fautes qu'il a pu commettre durant une période déterminée. A la Criminelle, c'est la démarche contraire : on démarre sur des faits constatés et l'on cherche qui peut en être l'auteur.

L'antenne d'Aix est officiellement saisie à midi. Les inspecteurs Richard et Ettori sont aussitôt mandés sur les lieux, avec une mission : en interdire l'accès à la curiosité souvent malsaine du public. Dans le courant de l'après-midi, Krikorian arrive à son tour. Là, opère déjà Mme Jouglard. La « légiste » procède à un certain nombre d'expériences par réactifs pour essayer de déceler la présence de sang sur l'emplacement de la caravane et aux alentours.

Un peu plus tard, les gendarmes confient à la PJ les objets trouvés sur les lieux du drame : hache, couteau, polochon lesté de son moellon, bonbonne en matière plastique contenant un fond de liquide incolore. Les policiers récupèrent en outre une lampe-tempête et un réchaud à pétrole. Ils saisissent enfin tous les effets vestimentaires ayant appartenu aux

Cartland, de même que ceux portés par Jeremy, le soir du crime. Dans ce dernier lot d'objets, on note une paire de mocassins lui appartenant. A l'intérieur de ces chaussures légères : une trace de sang. Sans doute le sien, puisqu'il a été blessé.

Après avoir entendu tous les témoins sur les lieux, les enquêteurs se rendent ensuite au *Galion*, à Pelissanne, afin de déterminer avec le propriétaire, Jacques Sourdon, les faits et gestes précis de Jeanine Sobansky. Rien n'est laissé au hasard. Et là, coup de théâtre : une femme vient d'être assassinée. Son corps gît, à moitié nu, sur la pelouse, près de la piscine. C'est une sculpturale déesse blonde autour de laquelle s'agite une meute bruyante, qui grouille, commente et s'interpelle. Des hommes, appareils en main, prennent photo sur photo... Policiers de l'identité judiciaire ? Liquidation d'un témoin gênant dans l'affaire Cartland ? Rebondissement spectaculaire ? Rien de tout cela. On tourne les extérieurs d'un film pour la troisième chaîne : *L'Homme de Bristol...* Encore une histoire anglaise.

Mais trêve de plaisanterie, peu à peu la liste des témoignages s'enrichit. Les enquêteurs retrouvent Augusta Chauvet, pompiste occasionnelle à Pelissanne. Elle se souvient d'avoir vu arriver à la station-service, dans l'après-midi du 18 mars vers 17 h 30, la caravane rose des Cartland.

– Je leur ai servi quinze francs d'essence. C'est le plus vieux qui a payé.

Léon Savournin, agent immobilier à Jouques, est également interrogé.

– Les Cartland, précise-t-il, possédaient une villa à Jouques. Ils l'ont vendue à des amis, professeurs à Marseille. Ils restent cependant propriétaires d'un bout de terrain, qu'ils comptaient vendre également.

Ils devaient venir à Jouques pour parler avec moi de cette transaction.

Témoin de moralité, M. Jacques Mont-Reynaud, directeur d'une école privée à Marseille, homologue et correspondant de John Basil Cartland, affirme que le père et le fils étaient les meilleurs amis du monde.

Elizabeth, sœur de Jeremy et fille de la victime, arrivée en Provence, se présente aux enquêteurs, accompagnée par deux avocats, Me Sagot de Paris, et Me Mitchell Heggs, représentant du consulat. Elle aussi déclare que son père et son frère s'entendaient à merveille. En fait, déjà, tout se passe comme si Jeremy était soupçonné de quelque chose, alors que pour l'instant, il n'est que témoin et victime.

Jeremy Bryan Cartland est officiellement entendu, pour la première fois, par le commissaire Krikorian et ses adjoints, le 20 mars, à partir de 15 h 30, à l'hôpital de Salon, où on l'a transféré dans une chambre individuelle. Profitant d'une poussiéreuse convention diplomatique entre la France et l'Angleterre, le consul général de Grande-Bretagne à Marseille, Sir Edmunds, assiste à l'interrogatoire en compagnie de son vice-consul, ce qui agacera les policiers qui, plus tard, l'accuseront, en privé, d'avoir plusieurs fois volé au secours de son ressortissant en difficulté.

Rien de neuf, au cours de cinq longues heures d'audition. Jeremy répète ce qu'il a déjà dit aux gendarmes, ajoutant toutefois quelques détails : ils sont partis le 12 mars de Southampton, à destination du Havre. C'est à Denia, dans la province d'Alicante en Espagne, qu'ils sont allés prendre livraison de la caravane. Concernant le drame lui-même, il précise que lors de l'agression des rôdeurs, en plus du coup derrière la tête, il a reçu un violent coup de poing à la mâchoire.

– Un crochet du droit, dit-il, en français. J'ai vu les trente-six chandelles.

Il reconnaît comme lui appartenant : la hache, le bidon de plastique, la lampe-tempête et le réchaud à pétrole. En revanche, il affirme que le polochon ne faisait pas partie de l'inventaire de la caravane. Les rôdeurs l'auront trouvé sur le terrain. Il déclare enfin que le couteau ne lui appartient pas.

Sorti de l'hôpital vers 20 h 30, le commissaire Krikorian déclare à la cinquantaine de journalistes présents :

– Je n'ai procédé à aucune arrestation. Je poursuis simplement l'audition de M. Jeremy Cartland. Vous ne pouvez ignorer qu'il est un témoin essentiel de ce drame.

Mais il ajoute, l'œil traversé de malice :

– D'ici une heure ou deux, M. Jeremy Bryan Cartland sera peut-être tout à fait tranquillisé au point de vue juridique.

– Comment cela ?

– *No comment!*

Une déclaration à double sens qui fait réfléchir et parler et qui ouvre, par la même occasion, les vannes de l'imagination de la horde. Pour la première fois, le mot « parricide » est prononcé dans les rangs de la presse.

Mais qui sont exactement ces Cartland ? Grâce aux témoignages de MM. Savournin et Mont-Reynaud, ainsi qu'à celui d'Elizabeth, très prolixe et, plus tard, au retour d'une visite éclair du commissaire Krikorian en Angleterre, les journalistes, en mal de copie, ont tôt fait de reconstituer leur histoire, leur itinéraire...

Jeremy apparaît comme un homme parfaitement équilibré. Son visage, bien qu'un peu têtu, respire la franchise. Certes, quelques éclairs d'orgueil traversent parfois ses yeux, mais quoi de plus normal ? Stature impressionnante – il est demi d'ouverture de l'équipe de rugby de Hove –, silhouette de Viking, il est, à vingt-neuf ans, ce qu'il convient d'appeler un bel homme. Ne possède-t-il pas tout pour être heureux de vivre – richesse, beauté, intelligence, santé, culture – et pour, de temps en temps, commettre un petit péché d'orgueil ?

Seul fils de John Basil Cartland, il a grandi dans le confort bourgeois d'un cottage victorien de Brighton, ville brumeuse du Sussex où le gris calme de la mer, le blanc des galets et le vert tendre des pelouses forgent, à force d'ordre et d'unité, des esprits paisibles et des nerfs d'acier.

Son père ? Il a tout lieu de l'admirer et de l'aimer. Issu d'un milieu très aisé, possédant plusieurs immeubles, agent immobilier à ses moments perdus et propriétaire d'une « Summer School », il l'a élevé dans le confort et même dans le luxe. C'est tellement vrai que, fréquentant une jeune femme très dépensière, Jeremy avait cru pouvoir s'offrir une Rolls-Royce en même temps. Son père ne l'a freiné qu'en cette seule occasion, lui proposant, compréhensif : « La Rolls ou la fille. » Jeremy, dit-on, choisit la voiture, sachant que les belles femmes ne manquent pas. Réaction qui aurait comblé d'aise John Cartland. « Mon fils est un vrai Britannique », aurait-il commenté.

Trois fois marié et trois fois divorcé, John Basil s'est lui-même occupé de l'instruction et de l'éducation de Jerry. De quoi rapprocher un père et un fils, diront les uns. De quoi les éloigner et les dresser l'un contre l'autre, affirmeront les autres.

Wercherter College, Oxford, diplômes d'économie et d'histoire, John Basil – « ... brillant, non conformiste, excentrique même, bon buveur et plein de joie de vivre », selon son ami, Sir Denis Wright, ancien ambassadeur à Téhéran – parlait couramment le français, l'italien, l'espagnol, l'arabe et certains dialectes indiens. C'était un bourlingueur. On l'a vu aux Indes, dans le golfe Persique, au Soudan et en Égypte, avant qu'il aille se battre en Normandie. Il a également fait un séjour à Genève, comme chargé de mission au service des personnes déplacées des Nations unies. Puis il est parti au Koweït, où il est devenu professeur de langues pour le compte d'une compagnie pétrolière. Cette vie fut émaillée, dit-on, de missions spéciales et secrètes. Il était titulaire de plusieurs décorations françaises et possédait même une photo dédicacée du général de Gaulle. Il était un ami personnel de M. Edward Heath, Premier ministre de Sa Majesté.

C'est de son mariage, en 1943, avec Joan Heather Wheeler, que sont nés Jeremy et Elizabeth. Ce mariage ne dura que huit ans et fut suivi de deux autres unions : l'une avec une Américaine inconnue, l'autre avec une romancière, Leila Danciger. Divorcé d'avec cette dernière, John Basil vivait, au moment de sa mort, avec sa gouvernante, Mlle Janet Gibson.

Membre de plusieurs clubs, dont l'*Overseas Club* et le *Monday Club* (ultraconservateur), John Basil disait avoir connu Edward Heath à Oxford et l'avoir « recommandé » pour entrer comme reporter au journal *The Church Times*, premier tremplin politique de ce célèbre condisciple.

Un mètre soixante-quinze, bien charpenté et costaud, pratiquant la natation, le tennis, la boxe, la chasse au tigre et la conduite automobile de façon sportive, il considérait Jerry comme un ami et lui passait bien des caprices.

En ce qui le concerne, les avis de leurs voisins de Brighton sont cependant partagés. Agréable, poli, courtois et bon vivant, selon les uns. Violent, tyran domestique, avare, pas très intelligent de surcroît, coureur de jupons, séducteur d'élèves et paternaliste, peut-être porté sur l'homosexualité, selon les autres. Négligé et ne faisant qu'une « toilette de chat », soulignent encore certains témoins.

Turbulent et fougueux, dragueur et séducteur, sportif et excentrique, en un mot non conformiste, Jeremy, lui, a cependant fait d'excellentes études : l'université du Sussex et Oxford. Professeur à Londres, puis enseignant dans les cours de vacances de son père, il écrit des romans, des poèmes et fait de fort bonnes traductions qu'il publie dans les journaux. Deux intellectuels aisés : un père bourlingueur, un fils quelque peu tapageur et poète. Mais rien, dans ces deux vies, où trouver un mobile pouvant pousser au plus horrible des crimes, le parricide. Ou alors, sait-on jamais, une querelle après boire qui aurait mal tourné, et l'intérêt aussi, tout simplement l'intérêt, cette motivation vieille comme le monde, en matière criminelle : Jeremy et sa sœur ne sont-ils pas, après tout, les héritiers du très riche John Basil Cartland ?

Les journalistes, de plus en plus nombreux, essaient, mais en vain, de percer le secret de l'enquête. Ils piaffent d'impatience devant les bureaux aixois de l'antenne de la PJ, dans les couloirs de la maison mère, l'Évêché à Marseille, ou dans la salle des pas perdus du palais de justice d'Aix, où passe parfois, silencieux et énigmatique, le procureur général, Marcel Caleb.

Pour le moment, ils en sont réduits aux conjectures... Pas le moindre suspect n'est apparu dans ce dossier, depuis le début de l'affaire, en dehors de quelques fausses pistes, vite désamorcées. Seul Jeremy, finalement, a été entendu durant cinq longues heures. Ce qui est tout de même beaucoup pour un simple témoin, qui a par ailleurs tout expliqué aux gendarmes depuis la première nuit, sur des circonstances et des faits apparemment clairs comme de l'eau de roche. Une audition qui a tout de même permis au commissaire Krikorian, réputé pour sa prudence, de prononcer cette fameuse petite phrase ambiguë, considérée par certains comme une sorte de sentence : « M. Cartland sera bientôt rassuré sur sa situation juridique. »

Une situation qui a d'ailleurs évolué depuis : Jeremy s'est en effet constitué partie civile, comme il en a le droit, en tant que fils de la victime, et victime lui-même. A la liste de ses défenseurs s'ajoutent deux ténors du barreau : le bâtonnier Jean Chiappe, vieux renard des prétoires, et le très habile Me Paul Lombard, connu pour en avoir arraché plus d'un du guêpier judiciaire. Jeremy a donc désormais accès au dossier, c'est-à-dire qu'il est tenu au courant des moindres frémissements de l'enquête. Un sacré avantage.

De son côté, l'équipe policière a été sérieusement renforcée par la venue, aux côtés de Krikorian, du commissaire principal Émile Gonzalvez, responsable du groupe de répression du banditisme, la « gâchette » de la police. L'homme a évité à la maison d'arrêt d'Aix-en-Provence de voir se reproduire l'horrible boucherie de Clairvaux. Le 8 février 1971, il a abattu deux mutins, maîtres de trois otages dont un juge d'instruction, M. Chausserie-Laprée.

M. Lagugné-Labarthet apprécie les qualités de Krikorian, mais sans doute le considère-t-il comme plus porté sur les affaires financières que sur le crime de sang. Gonzalvez, lui, est « flic » jusqu'au bout des ongles et ne se distingue pas que dans la simple action, ajoutant la psychologie et l'intuition à ses méthodes. De 1962 à 1971, il a résolu onze meurtres et assassinats, dont l'énigme d'Heudicourt, dans l'Eure. En septembre 1962, un industriel avait été abattu au cours d'une partie de chasse regroupant de nombreuses personnes de la haute société parisienne. L'auteur de l'homicide n'était autre qu'un sous-préfet, démasqué et condamné à Évreux, bien que défendu par Me René Floriot. Affaire dont Paul Vialar a tiré un roman, *L'Invité de la chasse.*

Les commissaires principaux Gonzalvez et Krikorian, désormais associés dans la conduite de l'enquête, entendent de nouveau Jeremy, le 21 mars, mais dans les locaux de la gendarmerie cette fois, et durant sept longues heures.

L'Anglais aurait été sur le point de « craquer », a-t-on dit, à la vue soudaine de l'arme du crime : la hache encore maculée de sang. Il n'aurait été sauvé *in extremis*, au cours d'un moment d'extrême tension, que par l'interprète, Mme Diamantidis, qui serait benoîtement intervenue, peu habituée aux interrogatoires de police, pour préciser la teneur d'un mot, donnant à Jeremy l'occasion de récupérer. Par la suite, il restera de marbre, affichera des nerfs d'acier, aussi bien devant les policiers qu'à l'instruction, donnant des réponses logiques à toutes les questions, ou disant, lorsqu'il se trouvera dans l'embarras : « Je ne peux expliquer ce que vous me demandez, c'est à vous de le faire. »

Le lendemain, 22 mars, les policiers se présentent en début de soirée chez le consul de Grande-Bretagne à Marseille (où Jeremy s'est réfugié), mandat d'amener en poche, dûment signé par le juge Delmas. C'est du moins le bruit qui court dans les rangs de la presse. Mandat qu'ils n'exécuteront pas en dernière minute, après un coup de fil au domicile du consul de leur patron, M. Lagugné-Labarthet, qui venait de recevoir des consignes de prudence du procureur général, lui-même à l'écoute de la Chancellerie.

Le 24 mars, Jeremy Bryan Cartland s'envole pour l'Angleterre, libre de faire ce qu'il veut et d'aller où il veut. Il reviendra trois fois à Aix, le 28 mars et les 4 et 25 avril, pour être réentendu par le magistrat instructeur.

– Je reviendrai pour me mettre à l'entière disposition de la justice, annonce-t-il à la presse, qui l'a suivi jusqu'à l'aéroport de Marignane. Je suis satisfait de la façon dont la procédure s'est déroulée, bien que cette enquête ait été déroutante, surtout aux yeux du sujet britannique que je suis. Chez nous, la justice ne fonctionne pas ainsi. Il faut des *preuves* à nos magistrats, et non des *présomptions*, comme vous dites. De plus, il y a eu beaucoup de malentendus du fait de la mauvaise interprétation de différents propos.

Et l'avocat du consulat, Me Christopher Mitchell Heggs, d'expliquer :

– M. Jeremy Cartland a reconnu, par exemple, avoir une *discussion* avec son père. Les policiers ont interprété le terme au sens de *dispute*. En anglais, il signifie banalement *conversation*.

Le ton est donné, mais ce que Me Heggs se garde

bien d'expliciter, c'est la tactique adoptée par son client depuis le début. Celle-ci peut pour le moins paraître suspecte. Il emploie en effet un français impeccable lorsqu'il s'entretient avec les journalistes, montrant bien qu'il comprend toutes les nuances de notre langue, mais il réclame le « tampon » d'un interprète, sitôt qu'il est entendu par les policiers ou par le juge d'instruction, et ceux-ci n'en ont jamais été dupes.

Au moment de prendre son avion, Jeremy confie pour la première fois, brouillant ainsi les esprits et les pistes :

– J'ai longtemps cru à la thèse de rôdeurs surpris en train de voler, mais aujourd'hui, je crois qu'on a supprimé mon père parce qu'il en savait trop, à propos d'une affaire de secret d'État, portant sur de gros intérêts économiques, le pétrole notamment. N'oubliez pas qu'il a appartenu à l'Intelligence Service et qu'il a travaillé, au Koweït, pour le compte d'une importante compagnie pétrolière.

Alors, qui a donc tué John Basil Cartland et, surtout, pourquoi ? En cette soirée du 24 mars 1973 (année du premier choc pétrolier, coïncidence ?), alors que Jeremy regagne l'Angleterre, cinq hypothèses peuvent être retenues.

1. La victime ayant opéré dans les rangs de l'Intelligence Service, on ne peut écarter l'éventualité d'une « liquidation », habilement maquillée en crime de rôdeurs, par quelque service secret. Liquidation décidée en fonction d'une résurgence soudaine du passé, ou simplement due à un « événement » actuel et inattendu.

2. Le crime de rôdeurs surpris en train d'opérer est à retenir également.

3. On ne doit pas ignorer non plus les rumeurs selon lesquelles la victime aurait eu des mœurs spéciales. L'hypothèse d'un chantage, d'un rendez-vous ayant mal tourné n'est donc pas à exclure.

4. John Basil Cartland, par ailleurs, aurait pu être suivi par une personne (ami, connaissance, parent, inconnu, ennemi, dérangé mental) pour être exécuté en ce lieu, à l'occasion de cette halte propice. Pourquoi pas ? Personne n'est à l'abri de la passion amoureuse, de la jalousie, de l'intérêt, de la haine et même de la folie des autres.

5. Enfin, la dernière hypothèse à retenir, la plus horrible, il est vrai, est celle du parricide.

Les présomptions sont les suivantes :

1. Caractère subit d'un arrêt sur des lieux bien peu propices au camping : un dépôt de détritus. Soudaineté permettant de supposer éventuellement qu'une querelle inopinée aurait pu avoir lieu.

2. Dételage assez peu justifié de la caravane. La voiture était dans le bon sens pour repartir, laissant présumer qu'on a pu vouloir faire la part du feu, sauver l'Hillman par exemple, dans laquelle se trouvaient tous les papiers de Jeremy.

3. Version invraisemblable concernant la question du verrouillage des portières de la voiture, qui n'ont pas été fracturées.

4. Version assez peu crédible, relative à l'éclairage du plafonnier, grâce auquel Jeremy aurait pu apercevoir le rôdeur derrière le volant.

5. Dissémination systématique des objets ayant servi au crime, ne ressemblant pas, en tout cas, à un itinéraire normal ou logique de fuite.

6. Caractère volontaire et délibéré de la dissimulation de la hache ayant servi au meurtre, alors qu'un rôdeur, sachant qu'il ne serait pas retrouvé, l'aurait laissée n'importe où.

7. Attitude insolite, ou inexplicable, des agresseurs qui se retirent sans rien voler, argent, traveller's cheques, alors qu'ils sont théoriquement venus pour cela.

8. Taches de sang sur le mouchoir de la victime faisant penser à une bagarre préalable.

9. Incendie volontaire de la caravane. Pourquoi, si ce n'est pour dissimuler toute trace de bagarre ?

10. Blessures cutanées sur le corps de Jeremy, sans rapport avec la nature des coups portés, de l'agression décrite. Pas de trace du coup de poing à la face. Blessures que Jeremy a pu se faire lui-même. Donc réaction curieuse de Jeremy, qui en rajoute au sujet des blessures qu'il a pu recevoir.

11. Connaissance par Jeremy du fait qu'il avait été blessé au couteau alors que rien ne lui permettait de l'affirmer (la gamme des armes tranchantes ou pointues est infinie), le couteau en question ayant été retrouvé plusieurs heures après le drame et Jeremy ayant été transporté, entre-temps, à l'hôpital.

Il n'y a pas que cela. Une foule d'autres détails, qui ont leur importance, est là pour conforter les enquêteurs dans leur conviction. Rien n'est logique dans les déclarations de Jeremy. Son histoire ne tient pas debout.

Par une coïncidence quasi miraculeuse, Jeremy a conservé les clés de la voiture sur lui, voiture dans laquelle il a pris soin de laisser tout ce dont il aura besoin par la suite : passeport, argent et même vêtements. Et puis, comment les agresseurs ont-ils déniché la hache, puisque Jeremy affirme qu'elle était cachée dans le coffre de l'Hillman ? Bizarre. Et encore, pourquoi Jeremy n'a-t-il pas réveillé son père lorsqu'il a aperçu les rôdeurs, un père sportif et en pleine forme, avec qui il aurait logiquement dû aller voir de quoi il retournait, un père qui l'aurait plus que sérieusement aidé en cas de bagarre? Bizarre.

– Au moment de l'attaque contre Jeremy, son père se serait trouvé à l'intérieur de la caravane, a fait remarquer un enquêteur. Lorsque John Basil a lui-même été attaqué, les assassins ne disposaient pas de la hache. Il aurait fallu qu'ils la cherchent et qu'ils la trouvent préalablement, ce que la présence de John Basil ne permettait absolument pas. Le meurtre du père n'a donc pas eu lieu d'entrée de jeu. Étrange crime de rôdeurs!

– On va objecter, a soulevé un autre, qu'on pourrait tout aussi bien concevoir que John Basil soit sorti, hache à la main, au-devant des assaillants.

– Impossible! a tranché Émile Gonzalvez. Si John Cartland avait eu quelque chose à la main à ce moment-là, ce n'aurait pu être que son mouchoir. On voit mal un homme attaqué faire face à ses agresseurs une hache dans une main et un mouchoir dans l'autre. L'attitude instinctive d'un homme placé dans ces conditions est de rendre ses deux mains libres, afin de manier l'instrument plus librement et plus efficacement.

Du reste, ce mouchoir trouvé sous la main de John Basil, constitue également, pour les policiers, un indice révélateur. Il s'est en effet très vite avéré que cet objet de lingerie était taché du sang de la victime. Les enquêteurs tirent alors comme conclusion qu'il a dû y avoir deux temps dans l'agression. Un premier temps à l'issue duquel, après quelques blessures légères à la face, John Cartland se serait essuyé à l'aide de son mouchoir. Mouchoir qu'en un deuxième temps, après avoir été frappé par le moellon, il aurait laissé échapper.

Il y a aussi et surtout les conditions dans lesquelles

Jeremy aurait été blessé. Elles intriguent énormément les policiers. Il est, disent-ils, frappé sur la tête, par-derrière, puis assommé, par-devant, d'un fulgurant direct au menton, direct dont on n'a relevé aucune trace, cela dit au passage. Assommé... C'est bien utile pour ne rien voir et pour ne pas avoir à expliquer ce qu'il est exactement advenu à son père... Bref, il tombe et se retrouve à quarante mètres, l'épiderme percé en deux endroits. Curieux coup de poing. Et non moins curieux effets.

– Si nous admettons un instant cela, souligne Krikorian, nous nous trouvons alors en présence de blessures rituelles, faites *a posteriori* sur un corps gisant au sol. Oui, mais alors, la trajectoire de ces blessures ne concorde plus avec la position du corps.

– Maigret en a confondu pour moins que ça! plaisantent-ils à l'unisson.

En tout cas, cet ensemble de faits, détails et présomptions leur permet d'imaginer un scénario qu'ils pensent être, à peu de chose près, le reflet de la vérité... Dispute entre le père et le fils, peut-être après boire, pour des raisons qui restent à déterminer. Comme ils sont tous deux sportifs, violents, et qu'ils aiment la bagarre, ils se battent donc, échangeant quelques coups sans gravité à l'intérieur de la caravane. Puis les choses se calment ou semblent se calmer, lorsque le père, pris d'une naturelle et subite envie, sort de la caravane pour la satisfaire dans les buissons, un mouchoir à la main afin d'essuyer ses légères blessures. Mais Jeremy, rendu fou de rage, sort lui aussi, confectionne un fléau avec l'enveloppe d'oreiller et un moellon trouvé sur place et frappe son père à la tête, avant de l'achever à la hache. Après quoi, il met le feu à la caravane pour détruire toute trace et entreprend de maquiller son parricide en crime de rôdeurs. Mais dans la précipitation, il commet de nombreuses erreurs : il néglige de cacher soigneusement ou de détruire tout ce que les voleurs auraient dû normalement emporter, mais en revanche, il disperse aux quatre coins de la nature les objets ayant servi au crime, alors que de vrais voleurs n'avaient pas intérêt à le faire, avant de se blesser légèrement lui-même, mais le plus maladroitement du monde. Il commet d'autres graves erreurs aussi, concernant le verrouillage de la voiture et son éclairage.

Oui, effectivement, Maigret en a confondu pour beaucoup moins que cela.

Lorsque Jeremy est convoqué pour la quatrième fois par le juge André Delmas, le 17 mai à 9 h 30, au palais de justice d'Aix, une reconstitution est prévue. On a même loué une caravane à cet effet. Mais, c'est désormais un secret de polichinelle, il s'agit de beaucoup plus que d'une simple reconstitution et d'une convocation de principe. Pas de suspense dans l'air pour la presse : le magistrat instructeur a la ferme intention de ne pas laisser repartir le fils Cartland en Angleterre.

Il va l'inculper et l'incarcérer. L'inculper de parricide, peut-être avec préméditation.

Initiative qu'il aurait déjà dû prendre en avril dernier au demeurant, sans un vice de forme dans la procédure, opportunément soulevé par ce vieux renard de bâtonnier Jean Chiappe. M. Delmas, en effet, avait omis de transmettre à la défense une copie du rapport d'un certain professeur Camerone, que Jeremy était lui-même allé trouver en Angleterre pour obtenir un certificat concernant ses blessures. Or, coup de théâtre à peine croyable dans ces circonstances, ce rapport l'accablait ! Le professeur Camerone y affirmait en effet que Jeremy était un affabulateur et démontrait que ses blessures ne correspondaient en rien à ses déclarations.

Par la suite, d'autres témoins furent entendus et le témoignage de l'un d'eux se révéla capital, démontrant que Jeremy avait menti sur les horaires. Il prétendait que son père et lui-même s'étaient endormis vers 22 heures, la nuit du drame. Or, M. Francis Caire, un paysan voisin des lieux, avait été réveillé vers minuit par ses chiens. Il était sorti devant chez lui et avait pu constater que la caravane des Anglais, là-haut sur la hauteur, était éclairée. Donc on n'y dormait pas, contrairement aux allégations de Jeremy... Un transport de justice prouverait que, depuis chez lui, M. Caire avait une vue parfaite sur la proéminence où se trouvait la caravane des campeurs. Il ajouterait même que si ses chiens avaient aboyé, c'était parce qu'il se passait quelque chose d'anormal alentour.

Des analyses de laboratoire arrivèrent à terme aussi. Les commissaires Gonzalvez et Krikorian se rendirent l'un en Espagne, l'autre en Angleterre. Ils n'en revinrent pas les mains vides. Désormais, les policiers et le magistrat avaient la conviction de détenir un mobile plausible, mais également des preuves matérielles.

Émile Gonzalvez se rend donc à Denia, en Espagne, et retrouve facilement le ressortissant britannique, M. Lions, qui a vendu la caravane aux Cartland. Mais ce n'est pas là la préoccupation du commissaire. Il s'est déplacé pour vérifier certains détails à propos du liquide retrouvé dans le bidon blanc de plastique que Frédéric-Claude Delaude, le premier témoin, avait repoussé du pied pendant la manœuvre de sauvetage. Ce même jerrican dont Jeremy avait dit qu'il avait contenu du pétrole et qu'il l'avait vidé, en deux fois, pour chauffer la caravane.

M. Lions se rappelle fort bien qu'il a accompagné Jeremy au centre-ville, la veille du départ des Cartland pour la France, parce que, justement, celui-ci souhaitait acheter du pétrole de chauffage.

Le droguiste espagnol se souvient, lui aussi, de cette vente. Elle est d'ailleurs inscrite dans ses livres. Le commissaire examine un échantillon de son pétrole, pris au hasard dans les rayons. Il s'agit d'un produit gras, d'une belle couleur ambrée.

– N'auriez-vous pas, par hasard, demande-t-il, une autre marque de pétrole, d'une autre qualité, de couleur rosée et non pas ambrée, par exemple ?

– Impossible ! répond sans hésiter le droguiste. La commercialisation du pétrole en Espagne est sous monopole. C'est dire qu'il y a forcément unité de raffinage et de présentation. Pas de pétrole rosé, ici !

Le policier jubile intérieurement. Il tient la preuve imparable que Jeremy a menti. Mlle Quick, du laboratoire de police scientifique de Marseille, a analysé le fond retrouvé dans le jerrican et s'est montrée formelle : il s'agit d'un liquide légèrement rosé, qui ne peut être en aucun cas utilisé pour le chauffage !

– Si c'était du pétrole à l'origine, il est certain qu'il a été trafiqué, additionné d'une espèce de white-spirit, ce qui a donné un mélange particulièrement explosif, a-t-elle fait valoir.

Lorsqu'il a affirmé avoir chauffé la caravane avec le produit contenu dans le jerrican, Jeremy a donc menti. Ou alors, il a utilisé une partie du pétrole pour le chauffage et a chimiquement trafiqué l'autre pour mieux embraser la roulotte.

Ce n'est pas tout. De son côté, le professeur Muller, de l'institut médico-légal de Lille, a retrouvé des traces de sang, trois petites taches non analysées ou négligées à Marseille, sur le pantalon de pyjama de John Basil Cartland. Or, il s'agit d'un sang très rare, du groupe AB, qui ne coule que dans les veines de trois pour cent des personnes.

AB, le groupe de Jeremy, le sang de Jeremy.

Comment ce sang peut-il se retrouver sur le pyjama de John Basil Cartland, alors que Jeremy affirme ne plus avoir eu le moindre contact avec son père à partir du moment où il est sorti de la caravane, attiré par le manège des voleurs ?

Pour les policiers et le magistrat, il y a désormais de quoi largement le confondre, d'autant qu'en Angleterre, le commissaire Krikorian a recueilli des éléments forts intéressants. Il a en effet rencontré des condisciples de Jeremy, qui lui ont fait des confidences. Celui-ci a toujours été considéré comme un « dingue », un violent. Il a plusieurs fois été la proie, au dortoir du collège ou ailleurs, de violentes crises de folie. Une nuit, on l'a vu, hurlant à la mort tel un loup, devant une fenêtre, comme s'il avait été dans un état second.

D'autre part, l'audition de l'avoué des Cartland, M. William Scales, n'a pas été infructueuse. Le commissaire apprend en effet que c'est Mlle Janet Gibson, la gouvernante de John Basil, qui est l'héritière de toute sa fortune. Elizabeth et Jeremy n'ont eu que des miettes.

Enfin, il y a l'épisode concernant Mme Jane Lazarus, jolie blonde à lunettes, épouse d'un directeur d'école à Bath, cité verdoyante du Somerset, ancien employeur de Jeremy. Selon la rumeur publique – la presse britannique elle-même y a fait allusion –, cette jeune femme aurait eu une assez grande admiration pour le jeune et beau professeur. Il y aurait même eu une liaison entre eux, avant qu'une rupture n'intervienne, sur les instances de John Basil, début 1973, donc tout récemment.

Ce qui laisse à penser aux enquêteurs que le mobile pourrait être double : le ressentiment éprouvé par Jeremy d'être constamment contrarié dans sa vie par un tyran dominateur et, surtout, l'intérêt, le sentiment d'avoir été spolié par le testament de John Basil.

Le 17 mai, l'un des avocats britanniques de Jeremy, Me Heggs, sera présent à 9 h 30 dans le cabinet de M. Delmas et, démarche sans doute unique dans les annales judiciaires, demandera au magistrat instructeur l'assurance qu'il n'est pas dans son intention préconçue d'inculper son client.

– Le témoin numéro un du drame, explique-t-il, conditionne son retour en France à la garantie de sa liberté. Il viendra si on le considère comme partie civile ou comme témoin et non pas comme un futur inculpé.

Bien entendu, M. Delmas ne pourra pas donner cette garantie et Jeremy ne se rendra pas à sa convocation. En milieu d'après-midi, après avoir procédé à une reconstitution fantôme, hors la présence du principal intéressé et de ses avocats, le magistrat l'inculpera de parricide et lancera un mandat d'arrêt international à son encontre.

En vertu d'une convention signée le 14 août 1876 entre la France et la Grande-Bretagne, la justice anglaise aurait pu l'extrader et confier son sort aux autorités judiciaires françaises. Elle s'en abstiendra.

Scotland Yard aurait pu le renvoyer devant les tribunaux anglais. Ce ne sera pas le cas, par manque de preuves, selon M. Ronald Page, « patron » du Yard, venu en Provence pour y mener une contre-enquête. Le juge Delmas aurait pu boucler le dossier, le soumettre à la chambre des mises en accusation, qui aurait pu elle-même renvoyer Jeremy devant la cour d'assises, où il aurait été jugé par contumace.

Ce qui n'a pas été fait. C'est ainsi que Jeremy Bryan Cartland, inculpé en France de parricide, n'a jamais été jugé.

Il n'en reste pas moins qu'il a toujours clamé son innocence. Tout comme Me Paul Lombard, son principal avocat, qui explique aujourd'hui encore :

– Concernant l'héritage et l'intérêt, par exemple, comme mobile possible, tout est faux. L'accusation oublie de dire que John Basil avait donné deux immeubles de son vivant à son fils et qu'il était venu en France pour y acheter des propriétés à son nom. On pourrait ainsi, point par point, démolir toute l'argumentation de l'accusation. Autre exemple, ce n'est pas du sang du groupe AB que l'on a retrouvé sur le pyjama de John Basil, mais des antigènes A et B, ce qui n'est pas tout à fait pareil... En fait, l'accusation est une pyramide posée sur la pointe. La pointe, c'est l'impression initiale qu'ont eue les enquêteurs en voyant en Jeremy un coupable possible. C'était presque trop beau. On avait découvert un Brutus, un Néron, que sais-je, un vampire draculanesque, un aristocrate jeune et beau, plus près certes de Rabelais que de Mauriac, et un agent secret de la dimension d'un James Bond. D'entrée de jeu, le fait divers a été chauffé à blanc par la presse. Devant la surenchère générale, les enquêteurs ont perdu la tête. Il fallait « sortir l'affaire ». Coûte que coûte. Il s'est malheureusement trouvé des esprits, dans les arcanes de l'Évêché, pour imaginer les embryons d'une piste. On n'a pas cherché ailleurs. A partir de ces rails, on est allé bille en tête dans une direction que l'on n'a plus jamais quittée. Dès lors, il ne pouvait plus s'agir de découvrir la vérité, mais uniquement de faire tenir une hypothèse par tous les moyens. Nous nous sommes trouvés en présence d'un système à défendre. On a alors retenu tout ce qui pouvait entrer dans le cadre de cette défense en rejetant systématiquement tout le reste.

Oui, mais alors, quel était ce « reste » ? On ne le saura jamais.

Plus de vingt ans après, on peut encore se poser la question : Jeremy Bryan Cartland, coupable ou innocent ?

Paul-Claude INNOCENZI

El Santo ou le fêtard des années folles

15 janvier 1961. C'est une triste fin de jour dans l'île Margarita, à quatre-vingts milles marins au « nord-este » de Caracas. Le vieil homme vient de mourir. Les Indiens de la favela se pressent en silence autour du corps sans vie de celui qu'ils appelaient « El Santo ». Il gît, détaché de tout, dans sa maigreur d'ascète, et ses cheveux blancs sont nimbés de lumière. Une prière muette à un dieu mi-chrétien mi-aztèque fait vibrer les poitrines nues luisantes de sueur. Dans la moiteur du soir, la flamme des bougies vacille et la cire fondue brûle les mains ferventes. Le soleil large et rouge comme un plateau de cuivre se couche lentement derrière l'océan. Là-bas, vers la mangrove [1], où la terre et la mer se sont mal partagées, les palétuviers plongent les serpents endormis de leurs racines dans la boue des vasières...

Depuis combien de lunes l'homme-médecine vit-il chez ces pauvres parmi les pauvres, dans cette île perdue du Venezuela ? Pourquoi a-t-il fait sienne cette terre liquide qui se dérobe sous les pas ? Les anciens disent que lorsqu'il est arrivé, ses cheveux étaient sombres et son visage dur. Il connaissait la colère. Et puis les enfants sont venus avec leurs

1. Marais sur le littoral des pays tropicaux.

grands yeux tristes et leurs ventres gonflés. Et puis les femmes en couche que les fièvres emportaient. Alors l'homme en colère a retrouvé les gestes qui apaisent les corps, et, peu à peu, la fureur qui emprisonnait son âme a ouvert son étau...

Quelquefois, lorsqu'il avait avalé le goussano [1] qui danse au fond de la bouteille de mescal, l'homme-médecine parlait de la France. Il disait que là-bas, de l'autre côté de l'eau, les femmes ont les cheveux jaunes et l'âme noire. Il disait que les hommes n'ont pas le cœur pur, qu'ils ne connaissent ni l'équité ni la compassion. Il lui arrivait d'évoquer, en hochant douloureusement la tête, la grande ville lascive au bord de la Méditerranée qui l'avait vu enfant espiègle, puis étudiant idéaliste, enfin médecin des pauvres et des réprouvés. Il l'avait aimée, Marseille la Belle, si orgueilleuse de sa Bonne-Mère et de son pont transbordeur! Il était allé la défendre dans la boue glauque des tranchées, puis sous l'âpre soleil du Moyen-Orient. Il était revenu vers elle, blessé dans son âme et dans sa chair, mais fier d'avoir vaincu pour elle. Et puis un jour, la belle infidèle l'avait rejeté et banni loin de ses grâces trompeuses. Alors, il parlait de la Guyane, de Cayenne, du bagne, de l'île du Diable, de la faim, de la torture et de la peur, de la dignité bafouée, du mensonge, de la délation, de ces trop jeunes et jolis bagnards forcés d'oublier, pour survivre, qu'ils étaient nés garçons. Il parlait aussi d'évasion, de chaînes arrachées, de la fuite dans le cloaque des marais infestés de moustiques, de la jungle où la mort veille embusquée derrière chaque arbre, chaque remous du grand fleuve mangeur d'hommes.

1. Ver parasite du cactus que l'on met dans la bouteille de mescal et que l'on doit avaler avec la dernière goutte.

Atl, qui depuis des années lui sert de cuisinier, d'infirmier, de porteur et d'ami, sait que le secret de l'homme-médecine est dans ce sac de cuir moisi qui pend derrière la porte de la case tout à la fois maison, dispensaire et salle d'opération. Alors, ce soir, lorsqu'on aura cousu le corps si léger dans une pièce de coton, et qu'on l'aura porté en terre, Atl fera ce que l'homme-médecine lui a demandé, car sa femme et ses filles ne doivent jamais savoir...

Atl emporte le sac dans sa cabane. Il tire sur le lacet usé qui ferme la poche gluante d'humidité. Il en tire une liasse de feuilles jaunies. Atl regarde avidement les images qui illustrent les pages. Il reconnaît, dans un rond, la figure de l'homme-médecine du temps où son poil n'avait pas encore pris la couleur de la sagesse. Il voit d'autres visages d'hommes portant des chapeaux carrés, des moustaches frisées, des lunettes et de longs cols blancs qui flottent sur les poitrines. Si Atl savait lire...

Le Petit Marseillais
Mardi 22 mars 1927

« Le crime du docteur Pierre Bougras »
Avant-procès

L'heure de la justice est parfois lente à sonner. Deux ans se sont écoulés depuis que l'infortuné Jacques Rumèbe a été victime du plus odieux des attentats, deux ans sans que sa mort ait pu être vengée. Aujourd'hui que s'ouvrent enfin les débats, cette affaire sensationnelle soulève encore l'émotion générale. Ce sentiment se devine aux sévères mesures d'ordre prises aux abords et à l'intérieur du palais de justice d'Aix-en-Provence, pour empêcher l'envahissement de la cour d'assises par la foule des curieux qui, en dépit de l'heure matinale, en assiège les portes.

Tout, dans cette affaire, est de nature à émouvoir l'opinion publique : d'abord, la qualité du prévenu, docteur en médecine, appartenant à une famille marseillaise justement estimée; ensuite, l'honorabilité de la victime, employé modèle, bon père et bon époux, en même temps que le propre frère d'armes de celui qui devait devenir son assassin, enfin les circonstances dramatiques ayant entouré l'odieux forfait, et que le seul appât d'une misérable somme d'argent avait suffi à faire commettre.

Charles Varigny

Mercredi 23 mars 1927

Ouverture des débats

Bien avant que la cour n'ait fait son entrée, la salle d'audience est déjà pleine. L'élément féminin n'est pas le moins empressé à vouloir assister à ces débats. Il semble que l'on ait sorti pour cette étrange occasion les toilettes printanières. Dans l'assistance, ce ne sont que charmants bibis, crêpe Georgette et plumetis. L'entrée de Bougras qu'encadrent deux gendarmes fait courir un murmure dans les rangs vaporeux. L'élégance de sa mise, sa canne à pommeau de nacre, son costume clair et sa chemise de soie qui sortent de chez un grand faiseur, lui donnent l'air d'un dandy. Son visage aux traits énergiques, un peu lourds même, a quelque chose de sensuel, presque d'animal. D'un œil ironique, il toise ces dames qu'étreint un délicieux frisson. On se pâme, on défaille.

– Comment est-il ? demandent en se dressant sur la pointe des pieds celles qui ne peuvent l'apercevoir.

– Il est... ah... ! Il est... !

– ... « chic ! » répond en employant le mot à la mode une privilégiée du premier rang.

M. le président Bringuier procède à l'interrogatoire de l'accusé :

– Bougras Pierre Marie Paul, trente-sept ans, médecin spécialiste en gynécologie, obstétrique et vénérologie, 37, rue Sénac, Marseille. Votre conduite a souvent été qualifiée de scandaleuse...

Très calme, l'accusé répond :

– Ma vie privée a été l'objet de grandes exagérations. Je reconnais qu'à partir de 1924, j'ai eu une existence assez mouvementée, mais j'avais une profession qui, par sa spécialité, m'obligeait à fréquenter la clientèle des établissements de nuit. Je m'y rendais le soir, parce que, alors seulement, j'avais quelques heures de liberté. Je ne dépensais pas exagérément ; ma maîtresse me coûtait moins cher qu'on a bien voulu le dire.

– Vous donniez à Marie Audibert 3 000 francs par mois.

– Je les lui avais promis, et c'est parce que je ne les lui ai pas donnés qu'elle est partie.

– Mais elle est revenue, et vous lui avez fait de nombreux cadeaux...

– C'est exact. A ce moment-là, j'ai pu être gêné, parfois pour quelques jours, mais je n'avais pas un tel besoin d'argent que cela ait pu me pousser à tuer quelqu'un !

– Vous avez été capable, cependant, de détrousser certains de vos clients. Mlle Cantet n'a-t-elle pas été volée par vous ?

– Elle le prétend, mais ce n'est pas la vérité.

– Vous avez tenté d'empoisonner M. Bonnet au *Café Noailles.*

– C'est tout à fait ridicule!

– Le bijoutier Arietti dit que vous lui avez acheté une bague de 26 000 francs avec un chèque sans provision, bague que vous êtes allé vendre immédiatement pour la moitié de son prix au comptoir Rosa.

– Je croyais que le bijoutier et le comptoir Rosa étaient d'accord.

– Et l'affaire Velin [1]? Vous avez remis à Velin un autre chèque sans provision de 200 francs.

– Il a été payé, le jour où il m'a rendu le chèque.

– Au moment de la mort de Rumèbe, vous étiez aux abois...

– C'est quinze jours après la mort de Rumèbe que je me suis trouvé gêné... ce qui m'a conduit à la prison Chave!

– D'après vous, Rumèbe avait une maladie qui nécessitait un traitement par piqûre!

– Rumèbe avait des troubles visuels. J'ai été témoin du premier accident de la maladie dont il souffrait. C'était à Salonique, en 1915, alors que nous étions compagnons dans l'armée d'Orient. Si la réaction de Wasserman [2] a donné alors un résultat négatif, quelques années après, il avait besoin, malgré tout, d'être soigné.

Le 14 mars, il vint comme à l'ordinaire chez moi. Il est arrivé vers 9 h 15. Il paraissait plus agité que de coutume. Je lui ai donc proposé de lui faire sa piqûre en deux fois. Il est parti, et je ne l'ai revu que l'après-midi vers 2 heures. A son allure, à son air haletant, j'ai compris que quelque chose n'allait pas. « Peux-tu

1. Apiculteur et prêteur sur gages qui passait pour dissimuler les objets de valeur qu'il recevait à l'intérieur de ses ruches.
2. Test permettant de déceler la syphilis.

me rendre un service ? me dit-il, il me faut tout de suite 9 000 francs. »

Je n'avais que 3 000 francs dans mon bureau, je les lui offris. Il me répondit que ce n'était pas assez, qu'il avait été volé de tout le contenu de sa sacoche, et qu'à aucun prix, il ne voulait que ça se sache. C'était un samedi, aucune banque n'était ouverte. J'eus la pensée d'aller voir M. Velin pour qu'il m'avance de l'argent.

Après ma démarche infructueuse, je retrouvai Rumèbe chez moi, dans un état lamentable, en proie à de violents vomissements. Je crus qu'il avait voulu s'empoisonner. J'essayai de lutter contre la mort qui s'emparait de mon malheureux ami, mais en dépit de mes soins, il rendait bientôt le dernier soupir.

J'ai songé à ce que la mort de Rumèbe, empoisonné dans mon cabinet, allait entraîner pour moi de responsabilité. J'ai pensé, d'une manière enfantine, je le reconnais, qu'il me serait facile de faire la preuve que Rumèbe avait été volé, et donc s'était suicidé. J'ai alors pris la décision de dissimuler momentanément le cadavre, puis je suis allé rue Tubano, là où je croyais découvrir une piste me permettant de retrouver ses voleurs. Ce n'est qu'en rentrant chez moi, que je me suis rendu compte que je me trouvais dans une situation irrémédiable, avec un cadavre dont je ne pourrais plus expliquer la présence. L'heure d'indécision que j'ai eue en ne déclarant pas la mort de Rumèbe m'a perdu. Comme un fou, dans la soirée, j'ai parcouru la ville, essayant de retrouver la trace de ceux qui l'avaient volé. Je suis allé à *Tabaris* [1] pour faire ce que j'avais l'habitude de faire, mais ce n'était

1. Boîte de nuit à la mode dans le Marseille des années 20. On y dansait un nouveau pas : le charleston.

pas pour faire la noce. J'ai cherché par quel moyen je pourrais sortir de cette impasse. Je n'ai rien trouvé, car j'aurais déclaré, quelques heures après, ce qui s'était passé, on ne m'aurait pas davantage cru que vous ne me croyez aujourd'hui!

– Votre conduite est invraisemblable! Vous êtes pourtant un homme intelligent! Un de vos amis, un de vos clients vient chez vous, il déclare avoir été volé; il meurt chez vous, et vous ne dites rien? Vous allez chercher vous-même ses voleurs, alors qu'il vous était si simple d'aller prévenir la police? Personne ne pourra croire à votre récit...

– Je le sais bien...

– Au cours de l'instruction, vous avez dit qu'il vous désignait un tube contenant du cyanure de mercure...

– Effectivement. J'ai pensé qu'il voulait me dire qu'il s'était empoisonné. J'ai compris que Rumèbe était mort des suites d'un accident thérapeutique, seulement lorsque j'ai eu connaissance du rapport du docteur Barrat.

– On peut toutefois émettre l'hypothèse que Rumèbe a été empoisonné par un toxique qui n'a pas laissé de traces...

– Des poisons pareils n'existent pas!

– C'est ce que nous verrons... De toute façon, Rumèbe n'avait pas besoin de s'empoisonner parce qu'il avait été volé de 8 500 francs! Il lui aurait été facile de trouver le moyen de rembourser!

– Il ne voulait pas que l'on sût qu'il avait été volé.

– Vous nous avez dit que vous étiez parti à la recherche du voleur. Mais quel voleur? Sur quoi vous fondiez-vous pour chercher un voleur?

– Parce que j'avais rencontré Rumèbe quelques jours avant avec une femme. J'ai supposé que c'était elle qui l'avait volé.

– Vous n'aviez pas d'autres éléments ? des papiers, par exemple ?

– Je sais que l'authenticité de ces papiers est contestée. Je les ai trouvés dans le portefeuille de Rumèbe. C'était d'abord une lettre signée Marie, le menaçant de tout révéler à Mme C...

– Vous avez trouvé une seconde lettre dans la sacoche.

– Parfaitement. Elle était signée de Charlot l'Algérien, et elle signalait un coup à faire contre un encaisseur de la rue Tapis-Vert.

– Vous avez, en prison, fait des aveux à Gauthier de Roy...

– Non ! C'est Gauthier de Roy qui prétend que je lui ai fait des aveux. Ce n'est pas la même chose. Heureusement pour moi, il a accumulé au point de vue scientifique de telles âneries dans son récit, que cela démontre son invraisemblance.

– Il y a un dénommé Versini qui prétend que vous lui avez fait confectionner les deux lettres signées Marie et Charlot l'Algérien.

– C'est faux. Je n'ai demandé à ce détenu que de me faire un fac-similé des deux lettres que j'avais trouvées.

– Quel intérêt ce détenu avait-il à vous perdre ?

– Parce qu'on lui avait laissé entendre que j'avais été l'amant de sa femme.

M. l'avocat général prend alors la parole :

– Si vous avez réellement trouvé la lettre signée Marie dans la poche de Rumèbe après sa mort, il vous était facile de vous laver de toute accusation : vous n'aviez qu'à montrer cette lettre à la police. Pourquoi ne l'avez-vous pas fait ?

– Après quatorze mois, j'ai même hésité à m'en servir.

– Mais elle vous sauvait la vie...

– Ce n'était pas une raison suffisante. J'avais peut-être, malgré tout, le devoir de me taire.

– Vous êtes un chevalier!

Et sur ces mots ironiques de l'avocat général se termine l'interrogatoire de Bougras. C'est avec des larmes dans les yeux et des sanglots dans la voix que l'accusé a parlé de la mort de son ami Rumèbe. S'il est l'homme qui assassina et que l'accusation présente comme tel, il est, de surcroît, un parfait comédien. Les jurés semblent perplexes.

Jeudi 24 mars 1927

Audition des témoins cités par la partie civile

A la reprise de l'audience, une affluence plus grande encore que celle de la veille se presse dans l'enceinte du tribunal, composée tant d'employés et d'ouvriers que de dames appartenant à la bourgeoisie huppée. On échange des avis dans un brouhaha qui n'est pas sans évoquer les conversations d'entracte à l'opéra... Déjà Bougras a ses partisans et ses adversaires. Le silence se fait lorsque le président procède à l'audition des témoins.

M. Robert André, quarante-six ans, était le chef de la Sûreté lors de la disparition de Rumèbe. Petit, râblé, avec une moustache en brosse et l'air sévère, c'est lui qui fut chargé de l'affaire Bougras. Il s'exprime d'une voix de ténor d'opérette, avec un fort accent marseillais.

– Le 14 mars, on nous signalait la disparition de Rumèbe. Nous eûmes à retracer l'emploi du temps de l'encaisseur. Nous apprenions ainsi que Rumèbe était allé chez le docteur Bougras que nous avions déjà entendu à deux reprises pour une plainte déposée contre lui, et à cause d'un différend qui l'avait opposé à sa maîtresse. Ce dernier reconnut avoir reçu la visite de Rumèbe à 9 heures du matin, mais ne plus l'avoir revu.

Arrive l'affaire de chèques sans provision qui motive l'arrestation de Bougras le 29 mai. A partir de ce moment, nos soupçons se portèrent sur lui, et je profitai de cette affaire de chèques pour demander un mandat de perquisition. Une odeur cadavérique se dégageait des appartements et du laboratoire. Voulant éclaircir le fait, nous nous rendîmes le lendemain rue Sénac, accompagné de M. le procureur de la République, et de M. Malavialle, juge d'instruction. Nous découvrîmes le cadavre de Rumèbe dans le placard du laboratoire.

On ne peut que vous féliciter de votre zèle, déclare le président. Mais pourquoi, selon vous, Bougras aurait-il tué Rumèbe ?

– Bougras désirait ardemment la fille Audibert, et pour la conserver, il avait besoin de beaucoup d'argent.

M. Virabian est administrateur délégué de l'usine des produits céramiques de Saint-Henri. Les cheveux poivre et sel et l'air distingué, il s'exprime avec élégance et modération.

– Rumèbe était un employé ponctuel et honnête. Le 14 mars, il devait recevoir 8 500 francs. J'ai remarqué chez lui, ce jour-là, des yeux plus brillants qu'à l'ordinaire. Il vint à nos bureaux plus tard que d'habitude.

– Avait-il une liaison ? interroge l'avocat général.

– Si cela était, je l'aurais su. Rumèbe était un homme sur lequel nous avions les meilleurs renseignements.

– Pourquoi, alors, porter plainte contre lui ? intervient Me Stefani-Martin, avocat de la défense.
– J'étais convaincu qu'il avait été victime d'un guet-apens, et c'est pour faire la lumière que nous avions porté plainte.

Vendredi 25 mars

Nous voici au début de la troisième journée, et il reste encore à entendre trente témoins cités par l'accusation, sans parler de ceux de la défense. Le public aixois ne se plaint guère. Ce procès Bougras est un spectacle gratuit, et combien plus émouvant, plus excitant, plus réel que ceux offerts moyennant finance !

M. Louis Bonnet, courtier en automobiles, est âgé de vingt-trois ans. Très brun et de taille moyenne, il est vêtu avec une recherche qui manque de discrétion, et évoque davantage le mauvais garçon que le commerçant. Il parle d'une voix forte et transpire beaucoup, tout en pétrissant à deux mains un borsalino de feutre clair.

– Le docteur Bougras m'avait d'abord demandé de lui avancer une somme sur une torpedo qu'il comptait vendre. L'affaire ne se fit pas. Il fit ensuite l'achat d'une voiture Amilcar qu'il ne paya qu'en partie. Pour terminer cette affaire, Bougras me donna rendez-vous sur la Canebière, au *Café Noailles.* Nous prîmes une consommation. Je bus mon verre, Bougras en fit autant et me dit : « Ne trouvez-vous pas que cet apéritif a un drôle de goût ? » Quelques secondes après, je me sentis effectivement indisposé. Bougras se rendit avec moi aux lavabos où il fit semblant d'être pris de vomissements.

Me Stefani-Martin précise alors :

– Vous êtes en contradiction avec M. et Mme Bois, propriétaires du *Café Noailles* et témoins de l'incident.

– Je reconnais que, sur le moment, j'ai suspecté des Arméniens qui se tenaient près de nous à la terrasse du café...

– Bougras vous a-t-il payé ce qu'il vous devait ?

– Oui...

– Pourquoi aurait-il voulu vous empoisonner ?

Le témoin se trouble et ne sait que répondre.

M. Velin Jules, apiculteur, de petite taille et ventripotent, porte d'épaisses lunettes qui lui donnent un air de savant distrait que dément un regard un peu torve.

– Bougras vint me voir pour me demander de lui prêter une petite somme d'argent. Il me remit à titre de dépôt un chèque de 200 francs sur la caisse du Syndicat des médecins, qui me fut finalement payé.

– Le samedi 14 mars, avez-vous reçu la visite du docteur Bougras ?

– J'étais absent de mon domicile. Je ne sais donc pas s'il est venu.

M. Arieti Louis est bijoutier, 24, rue des Beaux-Arts à Marseille. Soigné, le cheveu argent, la cinquantaine, vêtu d'un complet gris perle, il porte un canotier de paille fine, et, à l'auriculaire de la main gauche, une chevalière ornée d'un brillant. Il s'exprime avec un brin d'affectation.

– J'ai connu le docteur Bougras alors qu'il venait m'acheter des bijoux pour en faire cadeau à son amie. Il vint chez moi pour acheter une bague de 26 000 francs, qu'il choisit. Il revint l'après-midi me la rendre en me disant : « Elle ne me convient pas, à la réflexion ! » Il en choisit une autre de 38 000 francs.

Il ne me donna pas la différence, mais je n'osai pas lui réclamer cet argent. J'appris par mon contremaître qu'il avait vendu la bague au comptoir Rosa pour 14 000 francs. J'allai alors chez Bougras qui me remit les 14 000 francs. Quant au chèque de 26 000 francs, il était sans provision. Fort heureusement, le père de M. Bougras m'a signé une reconnaissance de dette. J'ai pu ravoir la bague plus tard au comptoir Rosa contre 25 000 francs. Dans la combinaison, j'avais donc perdu au total 20 000 francs.

– En résumé Bougras intervient, nous avons tous les deux perdu de l'argent dans cette affaire. Seul, le comptoir Rosa a gagné sur notre dos 11 000 francs.

Mlle Pierrucci Rose, employée au comptoir Rosa, une bijouterie de la rue de Rome, est grande, brune, et lourdement charpentée. Son chapeau cloche brun orné d'un pompon lui donne l'air d'un grenadier. Sans la forte poitrine qui tend le corsage de sa robe à fleurs, on la prendrait pour un garçon. Assez bizarrement, sa voix fluette et haut perchée est celle d'une fillette.

– J'ai vu le docteur Bougras qui m'a dit avoir une bague à vendre provenant de l'héritage de sa belle-mère. Après avoir consulté M. Bloch, rue de la République, je lui en ai offert 14 000 francs. Dans l'après-midi, le bijoutier Arieti est venu me demander si je n'avais pas un bijou à vendre. Je lui proposai la bague. L'ayant reconnue, il m'a menacée de la police. Finalement, j'ai rendu la bague moyennant 25 000 francs.

Me Stefani-Martin conclut :

– De 14 000 à 38 000, en passant par 25 000 francs, voilà une affaire entre brigands. Bougras n'est peut-être pas le pire des comparses!

Un rire court dans l'assistance tandis que les deux témoins précédents prennent un air indigné.

L'arrivée de Mlle Marie Audibert, une jeune femme, fine, élégante, mise avec goût, soulève la curiosité générale. Ses cheveux blonds coupés à la garçonne, ses fins sourcils arqués, ses cils de poupée, sa robe courte et légère qui virevolte, découvrant des jambes parfaites, ses bas de soie, jusqu'à sa moue faussement enfantine, tout en elle excite le désir des hommes et le dépit des femmes. Mlle Marie Audibert, vingt-six ans, était la maîtresse du docteur Bougras. Dans sa voix flûtée, un peu contrefaite, se mêlent des intonations précieuses et un reliquat d'accent populaire.

– Depuis le 19 août 1924, j'ai été l'amie du docteur Bougras. Je l'ai quitté le 20 janvier 1925, et je ne suis revenue que le 1er avril. Je l'ai quitté non pas parce qu'il ne me donnait pas assez d'argent, mais parce que nous ne nous accordions pas. Il me donnait 3 000 francs par mois, mais pas tous les mois. Au début seulement. Il me faisait aussi des cadeaux, des bijoux, des fourrures. Mais 3 000 francs par mois, monsieur le président, de nos jours, ce n'est pas grand-chose. On les donne à un garçon boucher. (Rires.) Je suis revenue avec Bougras à mon retour de Nice. J'ai constaté alors qu'il avait assez d'argent, et il m'a dit qu'il avait touché la succession de sa mère. C'est dans les premiers jours de mai que j'ai constaté qu'une mauvaise odeur se dégageait des appartements. J'en fis la remarque à Bougras qui me dit : « Ce doit être un rat qui est mort dans un soubassement. » Quant à moi, j'ai pensé que c'était un fœtus qui avait dû être caché. Jamais je n'ai pensé qu'il y avait un cadavre. Si je l'avais su, jamais je ne serais restée !

Quels cadeaux Bougras vous a-t-il faits ? demande l'avocat général.

– Un manteau de fourrure, une montre en platine de 25 000 francs, une bague avec solitaire, un sautoir de perles, un boa...

– Vous aviez un ami autre que Bougras ?

– Oui... que je connaissais depuis quatre ans...

Mlle Cantet est une vieille demoiselle qui porte un petit chapeau de paille noire décoré de perles de jais, sur son chignon serré. Elle tient un sac à main de moleskine noire fermé par un cliquet métallique. Elle est chaisière au parc Borely.

– Je me suis rendue chez le docteur Bougras avec 170 francs dans mon porte-monnaie. Lorsque je suis sortie de son cabinet, je n'avais plus que 50 francs. C'est certainement lui qui m'a volée pour aller boire du champagne et danser le charleston avec cette... créature !

Des rires fusent dans la salle, tandis que Mlle Cantet regagne son banc, en serrant son sac dans ses bras, comme si elle craignait d'être dévalisée.

Mme Veuve Giovanoni, la soixantaine bien tassée, se déplace avec difficulté sur d'énormes jambes veinées de varices. La ceinture de sa blouse de pilou gris à pois mauves disparaît entre des bourrelets graisseux. Une collerette d'un blanc douteux supporte un triple menton, tremblotant comme une gelée.

– Le docteur Bougras m'a forcée à plusieurs reprises à lui donner 10 francs. Un jour, il m'a suppliée de lui en donner davantage.

Bougras rétorque :

– J'ai soigné le témoin pendant deux ans. Elle venait tous les jours et ne me payait pas. Les sommes que j'avais tant de mal à obtenir n'étaient même pas une juste rémunération de mes soins !

Samedi 26 mars

C'est toujours une bataille émouvante qu'un procès criminel en cour d'assises et dont l'enjeu est l'honneur et parfois même la vie d'un homme.

M. Gauthier, dit de Roy, René, quarante-trois ans, publiciste parisien, est alors détenu pour escroquerie. Grand, l'air hautain, le cheveu gominé, d'une élégance ostentatoire, il fait virevolter une écharpe de soie blanche, s'exprime avec force gestes, à la manière d'un acteur, et demande dès l'abord de ne pas être interrompu.

– J'ai connu Bougras comme compagnon d'infortune à la prison Chave. Un matin qu'il était plus déprimé que de coutume, il me fit l'aveu de son crime. Il me dit que ce jour-là, Rumèbe n'était pas dans son état normal. Comme il suffoquait et sous prétexte de le secourir, il lui fit respirer un tampon imprégné d'acide prussique. Rumèbe expira aussitôt. Puis il me dit qu'il avait maquillé le cadavre en lui faisant deux piqûres d'huile camphrée pour laisser croire qu'il avait essayé de le ranimer.

M. Nézy Gaston, quarante-trois ans, est commissaire de police mobile à Marseille. De taille moyenne et bâti en puissance, le crâne rond et le regard sérieux, il émane de lui une espèce de force tranquille qui rassure.

– J'ai été désigné pour recueillir les révélations de Gauthier de Roy. C'est avec une grande prudence que j'ai consigné ses déclarations. J'ai cherché à connaître ses mobiles. Il a pu, certes, vouloir aider la justice, mais il avait aussi un double but. D'abord, celui de bénéficier d'une mise en liberté provisoire, ensuite, celui de faire parler de lui pour lancer avec succès un livre qu'il vient d'écrire sur les prisons.

M. le docteur Dufour, médecin légiste, vêtu de noir, avec un petit nœud sombre sous un col cassé, consulte souvent, en chaussant un pince-nez, sa montre accrochée à une chaîne d'or qui barre son gilet. Il a l'élocution précise et froide d'un scientifique décidé, quoi qu'il arrive, à s'en tenir aux faits.

– J'ai été chargé d'examiner le cadavre découvert chez le docteur Bougras. Il était dans un tel état de putréfaction que je ne pus discerner l'endroit où on lui avait fait des piqûres. Je ne relevai ni fracture ni blessure par arme à feu qui me permît de déterminer les causes de la mort. Par élimination, je pensai à l'empoisonnement. Je prélevai donc les divers organes aux fins d'analyse chimique.

– La mort par absorption d'un poison violent peut-elle survenir sans laisser de traces ? demande le président.

– Il est peu de poisons qui ne laissent pas de traces.

– L'acide prussique fait-il partie de ces poisons ?

– Absolument pas !

Me Stefani-Martin questionne à son tour :

– Peut-on maquiller un cadavre de la façon exposée par M. Gauthier ?

– C'est tout à fait impossible, car la mort arrête la circulation sanguine.

– Bougras pouvait-il ignorer cela ?

– Voyons ! Bougras est médecin !

M. le professeur Barral est l'expert commis par le tribunal auprès du docteur Dufour. Il pourrait être son père, tant il existe de traits communs entre les deux hommes.

– J'ai été chargé de rechercher des traces de poison dans les viscères de Rumèbe. Je n'ai pas trouvé d'acide cyanhydrique ou prussique, et très peu de mercure.

– Avez-vous trouvé de l'arsenic ?

– Oui, mais en quantité ne pouvant entraîner la mort.

– Mais de l'arsenic, tout de même...

– Les injections de « novarsenobenzol » qui composaient le traitement appliqué à Rumèbe par le docteur Bougras, et en rapport avec le mal dont il souffrait, contenaient de l'arsenic. Ma conclusion est que nous nous trouvons en présence d'un accident thérapeutique survenu tout de suite après une piqûre, car la quantité d'arsenic se trouvait plus importante dans le sang que dans les autres organes, indiquant un arrêt de la circulation veineuse juste après l'injection.

– D'après les dosages que vous avez effectués, combien de temps s'est écoulé entre la piqûre et la mort ?

– De quelques minutes à deux heures.

Dimanche 27 mars

Audition des témoins cités par la défense

Sur les quarante et un témoins qui devaient être cités à la requête de la défense, une dizaine seulement seront entendus. Voilà qui, fort heureusement, va abréger la durée de ces débats, et l'on peut espérer en voir très prochainement la fin.

Le colonel Albert Malandrin, en retraite à Rouen, a eu sous ses ordres le docteur Bougras. Les cheveux blancs presque rasés, la moustache en croc, le teint fleuri d'un paysan mais le regard vif d'un guerrier, il fait penser à Joffre par l'énergie et le rigorisme qui, visiblement, l'animent.

– J'ai connu le docteur Bougras comme médecin auxiliaire en 1915. C'était un garçon ouvert, loyal, d'une nature exubérante, toujours prêt à rendre service. A Verdun, le 25 juin, lors d'un bombardement intensif, il se porta au secours d'un camarade blessé, ce qui lui valut d'être blessé à son tour. Sur le front de Salonique, évacuant un lieutenant mortellement atteint, il fut lui-même touché à la jambe et au crâne, cette dernière lésion le rendant à peu près aveugle.

Lorsque, par les journaux, j'appris le crime dont il était accusé, je dis : « Je ne peux pas croire qu'un tel homme ait pu commettre un crime. »

M. Constant Edmond, inspecteur de la Sûreté, fut chargé de procéder à une enquête sur la mort suspecte d'un nommé Benamour, que des bruits tendancieux attribuaient aux manœuvres criminelles du docteur Bougras.

– L'enquête a révélé que Benamour était mort des suites d'une phtisie galopante.

M. Degrez est professeur à la faculté de médecine de Paris, membre de l'Institut. Il porte une jaquette noire et des guêtres de balzane grise sur son pantalon rayé. Le chapeau melon qu'il tient à la main a laissé une fine trace rosée sur son front chauve. Derrière ses lunettes cerclées d'acier, le regard incisif et glacé du savant décourage toute familiarité.

– J'ai pris connaissance du rapport du docteur Barral, et j'ai fait miennes ses conclusions. La quantité de mercure et d'arsenic trouvée dans les viscères de Rumèbe ne permet pas de dire qu'il se soit suicidé ou ait été empoisonné. En mon âme et conscience, je ne puis admettre qu'on accuse Bougras, qui est un homme de science, d'avoir voulu maquiller aussi sottement un cadavre.

M. le président demande :

– Rumèbe aurait-il pu être empoisonné par un tampon d'acide cyanhydrique ou prussique ?
– Je n'ai trouvé aucune trace de cet acide dans les viscères.
– Connaissez-vous des poisons qui ne laissent pas de traces ? L'acotinine, par exemple ?
– L'acotinine est, il est vrai, comme tous les alcaloïdes, difficile à déceler. Mais dans l'hypothèse concernant Rumèbe, l'analyse aurait donné des résultats.

Mardi 29 mars

L'audience est ouverte vers 8 h 30. M. le président Bringuier donne la parole à Me Natalini, organe de la partie civile, qu'assiste Me Garcin, du barreau d'Aix.

Me Natalini est un homme rond, sympathique, qui, pour sa plaidoirie, a posé un masque grave sur son visage jovial.

– Messieurs les jurés, la voix de la partie civile représente la douleur d'une famille que le geste d'un misérable a plongée dans la plus cruelle infortune...

Le docteur Bougras a utilisé les ressources de la science pour les mettre au service de sa perversité. Il a conçu ainsi l'horrible projet de tuer pour le dépouiller son ancien camarade de combat. Je vous dirai qui était ce Rumèbe, lâchement assassiné pour une dérisoire somme d'argent, et que son meurtrier a tenté de salir en lui prêtant des relations douteuses! Engagé volontaire en 1914, nommé sous-lieutenant en 1915, promu lieutenant en 1917 après avoir fait la campagne de Salonique, il faisait ensuite la campagne de Syrie d'où il revenait en 1921, décoré de la croix de Guerre, de la croix de la Roumanie, proposé pour la Légion d'honneur, avec une pension pour ses vingt-deux campagnes...

Je m'abstiendrai de toute péroraison grandiloquente, de toute phraséologie inutile... J'avais à défendre la mémoire de Rumèbe. J'ai fini ma mission ! Je vous tends quatre voiles de crêpe, vous penserez à eux !

M. l'avocat général Siame entame son réquisitoire. Le visage glabre, le menton énergique, l'œil ardent, le cheveu un peu fou, c'est un homme passionné qui prend la parole au nom de la justice. Dans un exorde vibrant, il déclare que, dans cette affaire, la réalité dépasse la légende.

– Si, en toute justice, dit-il, les grands crimes appellent les grands châtiments, vous êtes certain, Bougras, d'être sévèrement frappé par les jurés des Bouches-du-Rhône !

Après avoir dépeint Bougras, luxure et vanité, l'avocat général retrace le curriculum vitae du criminel, véritable ange déchu appartenant à la famille la plus noble, la plus honorable qui soit. Pendant la guerre, Bougras était l'honneur de son régiment. Un horizon magnifique s'ouvrait devant lui. Mais une misérable, la fille Audibert, un être sans cœur, devait l'entraîner sur les chemins de la déchéance.

– C'est pour cet être vil, insatiable d'argent, s'écrie l'avocat général, que vous avez volé, que vous êtes devenu un escroc, puis un assassin, l'assassin de votre compagnon d'arme. Pour elle, le 14 mars, Bougras, vous avez immolé Rumèbe !

Il fait ensuite l'éloge de la malheureuse victime, bon père de famille, assidu à son travail, employé impeccable, puis il trace le portrait de Mme Rumèbe, épouse fidèle et mère dévouée jouissant de l'estime et de la vénération de toute la population de Saint-Henri.

Enfin, il déclare que Rumèbe, après avoir été piqué une première fois à 9 h 30, a été tué à midi par un poison qui n'a laissé aucune trace dans l'organisme. Et dans une péroraison émouvante, M. l'avocat général Siame termine ainsi :

– A cette heure fatidique, heure du châtiment, apparais, ombre de Rumèbe, apparais, fantôme pitoyable dont les restes mortels durent, pendant trois mois, être privés de sépulture, et furent l'objet d'épouvante et d'horreur ! Voici ton assassin, voilà ses juges ! Retourne-toi vers cet homme ! Il fut ton frère d'armes, ton ami ! Dis-lui que tu avais une femme, deux enfants, une vieille mère ; dis à ce misérable que tu l'aimais, tourne-toi vers ces douze hommes de cœur, demande-leur justice et disparais en paix !

Enfin, sous ma toge, la société tout entière, de toute sa force, de toute son énergie, vous demande de rendre un verdict sans faiblesse, et d'appliquer la peine de mort !

Bougras blêmit. Il ouvre et referme deux ou trois fois la bouche, comme s'il venait subitement à manquer d'air. Il semble réaliser à l'instant que ce procès n'est pas une mauvaise farce, et que, sur des témoignages fantaisistes et selon l'humeur des douze jurés, il risque sa tête.

Mercredi 30 mars

En cette ultime journée du procès Bougras, c'est une véritable ruée qui assaille la cour d'assises pour entendre la plaidoirie de la défense et le verdict. Tout le monde veut assister à cette dernière audience, et dès une heure et demie, le palais de justice est envahi par la foule des curieux. Pour se trouver une place, on en vient aux mains, et plusieurs personnes blessées au visage et saignant d'abondance doivent être évacuées. La foule, qui s'agite jusque sur le parvis de la Madeleine, remonte la rue Mignet, et encombre le passage de la rue Rifle-Rafle. Il faut finalement recourir à la force armée pour expulser ceux qui n'ont d'autre motif à invoquer que la curiosité.

A présent, tout repose sur le talent de l'avocat de la défense dont l'éloquence est bien connue. La quarantaine, bel homme, avec un grand front, un nez droit, un regard profond et une voix cuivrée dont les accents pathétiques vont droit au cœur, Me Stefani-Martin se gagne aussitôt la sympathie du beau sexe.

– Messieurs les jurés! Je ne vous rappellerai pas que vous avez prêté le serment d'oublier les bruits du dehors, et de vous en tenir aux faits, afin de rendre une justice sereine.

Les bruits du dehors vous ont rapporté un portrait détestable de l'accusé. Ils lui ont prêté une vie dissolue partagée entre les mauvaises fréquentations, la luxure, le jeu, les dettes réglées de façon expéditive. Vous avez vu à cette barre des témoins avides de publicité, d'autres animés par la sottise et le dépit, tous habités par ce bas instinct qui pousse les pires d'entre nous à frapper un homme à terre. On a accusé Bougras de tout et de n'importe quoi, jusqu'à voler le sac des vieilles dames! Ce personnage cynique et sans morale, que M. le procureur général vous a demandé de châtier, aurait pu assassiner Rumèbe! Je dis bien AURAIT PU, car à la thèse de l'accusation manque un élément fondamental, déterminant, le SEUL élément qui pourrait vous conduire à déclarer Bougras coupable : la preuve que Rumèbe a bien été assassiné!

Car tels sont les faits! Le cadavre de Rumèbe a été

retrouvé au domicile de l'accusé, ce qui constitue une terrible présomption de crime! Rumèbe est mort chez Bougras! Mais DE QUOI est-il mort? Trois experts et des plus distingués, trois spécialistes dont personne ne peut mettre en doute la compétence et l'intégrité, trois savants sont venus déclarer devant ce tribunal que Rumèbe était mort des suites d'un accident thérapeutique. On a voulu troubler votre esprit en vous parlant d'un poison qui ne laisserait pas de trace! Ces poisons, vous le savez bien, n'existent que dans les contes!

Alors, Messieurs les jurés, si Rumèbe n'est pas mort assassiné, de quoi est coupable le docteur Bougras? Il est coupable d'avoir suscité dépit et jalousie, d'avoir fréquenté des usuriers et des escrocs dissimulés sous des dehors d'honorables commerçants, d'avoir entretenu une maîtresse un peu trop jeune, d'avoir bu un peu trop de champagne, d'avoir roulé en voiture de luxe, d'avoir écouté de la « musique nègre », d'avoir fait la fête, d'avoir fait des dettes! Mérite-t-il pour cela d'avoir la tête tranchée?

Aussi, Messieurs les jurés, avec mon cœur, de toutes les forces de ma conviction, je vous supplie de ne pas perdre de vue que s'IL N'Y A PAS EU CRIME, ce procès est sans objet. Je vous en conjure, évitez une terrible erreur judiciaire. J'ai confiance en vous! Je sais que vous êtes de bons, de braves et honnêtes gens. Vous ne pouvez laisser condamner un innocent parce qu'il a MAUVAISE RÉPUTATION!

Les débats sont clos. M. le président demande alors à Bougras s'il n'a rien à déclarer.

– Non, murmure Bougras, je n'ai plus rien à dire, mais laissez-moi une fois jurer que je ne suis coupable ni du vol ni de l'assassinat.

Il est 4 heures quand le jury entre dans la salle de délibération. Dans le tribunal surchauffé, l'émotion est intense, les conversations s'entrecroisent, enflammées. Le brouhaha ne s'apaise qu'au moment où la sonnette retentit, annonçant la fin de la délibération du jury.

Quatre questions sont posées aux jurés : les trois premières relatives à l'assassinat, la quatrième concernant le vol. Au milieu du plus profond silence, M. Teissère, président du jury, un homme de forte corpulence, au visage sévère, se lève et fait connaître le verdict.

– A la majorité, le jury est affirmatif sur toutes les questions. A la majorité, il existe des circonstances atténuantes.

Voici Bougras qui entre. Il est pâle. Debout, la tête haute, il écoute sans sourciller la lecture du verdict qui lui est faite par le greffier. Au moment où celui-ci annonce que le jury accorde les circonstances atténuantes, il ferme les yeux, puis a un léger haussement d'épaules. La cour se retire pour délibérer sur l'application de la peine, et revient après un bref quart d'heure. C'est dans un silence terrible que le président lit l'arrêt.

– Bougras Pierre est condamné aux travaux forcés à perpétuité. La peine sera exécutée après déportation en Guyane au bagne de Cayenne.

L'avocat général Siame déclare que Bougras ayant failli, plaise à la cour de déclarer qu'il n'appartient plus à l'ordre de la Légion d'honneur.

Il est 5 heures du soir.

Atl froisse consciencieusement les feuilles humides. Il en fait une torche qu'il approche de la bougie. Le feu a du mal à prendre car le papier est moisi. Il dégage une épaisse fumée qui attaque la gorge. Atl tousse. Ses yeux pleurent. Il souffle pour attiser un début de flamme hésitant. Un rougeoiement court le long d'une page, s'enhardit puis embrase les coupures de journaux. Bientôt, Atl ne tient plus dans son poing qu'un moignon de papier brûlé où courent des étincelles. Atl le laisse tomber pour ne pas se brûler les doigts. Un fragment de journal bordé de noir et plus qu'à moitié effacé par le feu vole un court instant, puis se pose sur le sol de terre battue. On peut encore y lire :

« ... plus rien à dire... »

Charlette ROUDÉ

L'affaire de Petra-Cusata
ou
l'honneur perdu des Valentini

« Voi erate dui Fiori
Sbucciati per un Estate
ma spinti a li primi albori,
Feste addiu a ste cuntrate
durmite nostri tesori,
e di noi un vi scurdate!
Preghemu per Voi. »
Lamentu.

Jeune enseignant fraîchement issu de la faculté des lettres d'Aix-en-Provence, exilé – pour mon premier poste – sur les lointaines côtes d'Armorique où j'avais plus de chances, un soir de brume, de rencontrer sur la lande le fantôme du roi Gradlon que celui de Sampieru Corsu, j'accueillis les vacances d'été avec gratitude et gourmandise. L'année précédente avait été perturbée par l'insurrection étudiante de mai, à laquelle j'avais modestement apporté ma contribution et dont les répercussions avaient fini par atteindre jusqu'à mon village, créant une situation sourdement conflictuelle, ravivant quelques inimitiés, attisant haines et rancœurs comme il est, hélas, de coutume dans notre pourtant si beau pays.

L'affaire de Petra-Cusata, je l'ai vécue dans le contexte et comme de l'intérieur puisqu'elle se déroulait à quelques kilomètres seulement du village de ma grand-mère Rosa et qu'elle était abondamment commentée, jour après jour, le soir à la fraîche, par une sorte de chœur antique composé – comme le veut la tradition insulaire – par les notables et les anciens, inconfortablement alignés sur la murette de granit qui circonscrit la place de la Fontaine et surplombe magnifiquement la moyenne vallée du Taravu, *a piu bella Valle Corsa* comme dit la chanson, berceau de notre pastorale civilisation.

C'est à travers la mémoire collective et mes souvenirs personnels étayés de documents d'époque que je vais essayer de reconstruire cette histoire.

Par respect pour les deux familles qui furent brisées par ce drame, j'ai cru bon – tout en conservant la vérité géographique et psychologique des lieux et personnages – de remplacer tous les toponymes et patronymes par des équivalents tirés de ma propre mémoire.

Mon cousin Jean-François dévalait par le sentier de la colline en faisant de grands gestes. Quand je dis : mon cousin, il faut l'entendre à la mode corse ; c'est-à-dire qu'il existe, entre lui et moi, un obscur lien de parenté qui remonte à la nuit des temps, étayé par notre commun patronyme, et qui fait de lui ce que la langue corse nomme fort bien un *parintellu*, un *petit* parent. Contrairement à moi, corse *impinzutattu*, Jean-François est né dans notre village et il y a toujours vécu. Lorsqu'il ne chasse pas (c'est un redoutable organisateur de battues au sanglier que même les anciens respectent), il surveille nonchalamment ses brebis – il travaille pour Roquefort mais ne goûte jamais au fromage par haute tradition familiale – sans jamais lâcher de l'œil la route qui, venant d'Ajaccio, s'enfonce dans le sud de l'île. Car c'est de cette route que lui viennent ses plus grands plaisirs estivaux, sous l'aspect des cars Ollandini qui transportent une profusion de vacanciers – et *surtout* de vacancières esseulées qui font le bonheur du jeune mâle autochtone sevré durant les longs mois d'hiver par la rigueur du climat, la fuite de population vers les villes du « Continent » (à peine reste-t-il quatre-vingt-dix *chrétiens* dans mon village qui en a abrité plus de mille...) et l'implacable austérité insulaire des rares fruits comestibles demeurés à portée de main, d'autant plus gardés que convoités avec ardeur par toute une population masculine terriblement frustrée [1].

Jean-François cessa sa surprenante gesticulation dès qu'il fut à portée de voix.

– Hé-ou ! hé-ou ! y a un arrivage ! se mit-il à crier à mon intention. Du premier choix ! O Ghjacum-Anton, tu m'entends ? Y a un arrivage terrrrrible !

Comme presque tous les Corses qui ont conservé leur langue, il roule furieusement les *r*, surtout lorsqu'il est sous le coup d'une émotion violente, ce qui semblait le cas.

– Qu'est-ce qu'il t'arrive, ô Ghjuvan-Francé ? lui demandai-je dès qu'il m'eut rejoint, non par véritable curiosité – car je connaissais déjà la réponse – mais par courtoisie insulaire et pour lui donner le plaisir, à cet incorrigible taciturne qui ne parlait qu'à ses bêtes durant les trois quarts de l'année, de me narrer son émotion en long, en large et en travers.

Il me remercia d'un sourire de loup.

1. Je rappelle que cette terrible affaire s'est déroulée dans les années soixante. Les choses ont beaucoup évolué depuis...

– Hé-bé, il m'arrive, ô Jacques-Antoine, qu'il y a un arrivage de toute beauté ! Et je ne suis pas ivre de châtaignes cuites ! ajouta-t-il en plissant ses yeux dans un rire muet.

– Et de toute façon, nous ne sommes pas en montagne au clair de lune ! lui répondis-je, entrant dans son jeu [1].

– Alors, ce soir, on prend la 2 CV et, hop ! in Prubrià ! J'en ai vu, ô Ghja', ajouta-t-il en tapant vigoureusement sur l'étui des jumelles qui ne le quittent jamais, à s'en lécher les babines. Genre suédois, tu vois ?... des blondes déjà bien bronzées, miam ! je te dis que ça ! Le car en était plein ! Y doivent pas s'emmerder, les chauffeurs d'Ollandini ! Houm-bè ! Bon, alors ? alors c'est d'accord ? Tu passes me prendre vers huit heures... on ramassera Toussaint à Olmetu, je lui ai promis qu'il participerait à la prochaine expédition !...

Jean-François est mon maître en tout ce qui touche à la tradition et aux choses du maquis. Bien qu'il sache à peine lire et écrire (mais il connaît à fond les écritures de la terre), j'éprouve pour lui, moi qui suis bardé de peaux d'âne, certificats, diplômes divers, une admiration sans bornes qu'il me rend avec parcimonie. Mais j'ai son amitié et il ne me prend pas pour l'un de ces Corses expatriés, suffisants et vaniteux, dont on dit chez nous qu'*ils ne se rappellent plus de la fougère*. Sauf cause majeure je ne saurais donc lui refuser cette soirée, même en compagnie de Toussaint dont la sour-

1. Jean-François fait malicieusement allusion à une vieille chanson de bergers, peut-être venue du Cuscione : *Una sera per furtuna/Techju di castagne cotte/E me capre à u chjadiluna/Mi parianu giuvanotte.* (Un beau soir par aventure, repu de châtaignes cuites, mes chèvres au clair de lune me semblaient des jeunes filles.)

noiserie paillarde et malveillante ne m'inspire pas le même respect. On pourrait dire qu'à eux deux ils forment le meilleur condensé antagoniste de la mentalité insulaire.

– C'est d'accord, ô Jean-François ! Huit heures devant chez toi. Et pas la peine d'emporter *le* revolver !... on va danser et essayer de trouver chaussure à son pied, pas régler des comptes. Fais-moi plaisir, laisse ton artillerie à la maison, pour une fois...

Il hoche vigoureusement la tête.

– O Ghja, il y a des moments où je me demande si tu es vraiment corse !

A l'*Impérial*, c'est vers trois heures du matin que l'on fait les plus belles prises. Les jolies touristes ont raccompagné leur mâle ivre et épuisé dans les hôtels ou campings des environs... Puis elles reviennent discrètement faire un petit tour de tango corse qui se termine généralement à l'arrière d'une voiture, sur un lit de fougère propice, au mieux dans la chambre prêtée par un ami compréhensif.

Et lorsqu'elles n'ont pas de partenaire attitré, la chose est encore plus facile puisque le Proprianais d'origine ou d'occasion n'a que la main à tendre pour cueillir des fruits excessivement mûrs. Il n'y a que l'embarras du choix.

Ce qui m'amusait le plus, dans ces nuitées extravagantes, c'était – et j'en rougis un peu aujourd'hui – la manière absolument machiste dont se comportaient mes jeunes (ou moins jeunes) compatriotes, se livrant entre eux à de lubriques comparaisons, s'informant les uns les autres des talents, spécialités et performances de la tendre enfant qu'ils quittaient à peine, se moquant à grands éclats de rire de leurs conquêtes d'un soir et les traînant, devant elles, dans la boue, en toute sérénité d'âme comme les y autorisaient les subtilités d'une langue qu'ils étaient les seuls à comprendre et à parler.

– Celle-là, c'est une remarquable flûtiste, tu peux me croire... tu devrais te faire interpréter un solo, comme ça, tu pourrais juger par toi-même..., susurrait en corse Toussaint, tout en lançant des œillades incendiaires à la donzelle et en lui tapotant la croupe comme il aurait fait pour une mule.

– Et celle-là, tu peux la prendre comme un garçon, c'est ce qu'elle préfère... hein, ma salope ? Pas besoin de vaseline, ça rentre tout seul ! Doit avoir une grosse habitude !

Toutes ces horreurs (dont j'ai donné un échantillon édulcoré) débitées avec le naturel le plus extrême et un sens de la comédie typiquement méditerranéen qui faisaient roucouler d'aise la victime énamourée n'imaginant pas que l'on développait sur elle, en public, les plus avilissantes et les plus scabreuses plaisanteries pour amuser la galerie.

Jean-François était aux prises avec une sémillante quadragénaire au short ultracourt qui s'était déjà éclipsée deux ou trois fois avec différents partenaires au cours de la soirée.

Toussaint débitait des abominations à une rouquine extasiée qui ne se doutait certes pas qu'il lui proposait, en termes particulièrement orduriers, de la faire prendre simultanément par trois compagnons bien membrés, dans la porcherie de son oncle Nonce.

Quant à moi, le hasard m'avait attribué une ravissante brunette aux yeux verts dont j'inventoriais les trésors d'une main aventureuse dans la quasi-obscurité de la salle où, sur la petite piste de danse, n'évoluaient désormais plus que quelques couples.

Brusquement, une altercation éclata dans la rue, juste devant la porte de la boîte. Une bousculade eut lieu, la salle se vida presque complètement en quelques secondes; une gracieuse silhouette s'encadra dans la porte, comme poussée de l'extérieur.

– C'est ma copine Sandrine, murmura ma semi-conquête avec un frisson d'inquiétude. Je lui avais bien dit qu'elle allait trop loin et que tout cela finirait par mal tourner.

A ce moment, trois ou quatre détonations toutes proches éclatèrent dans un silence soudain compact.

– Fais pas le con, fais pas le con, André! ça n'en vaut vraiment pas la peine! Vous n'allez pas vous entretuer pour cette pute *continentale*!

– Oui, c'est bien ma copine Sandrine, soupira la brunette. Elle se met toujours dans des situations impossibles! Elle ne sait pas s'arrêter. Pourtant, je lui avais dit qu'en Corse il y a des choses avec lesquelles on ne rigole pas! Excusez-moi, ajouta-t-elle dans une moue adorable qui ne me donna que plus de regrets, elle a l'air choquée, il faut que je la raccompagne au camping. Tchaouououou!...

Je la regardai onduler jusqu'à la porte dans sa minijupe de jean, encercler d'un bras maternel les épaules de son amie, disparaître avec elle dans la grisaille de l'aube, en maudissant l'âme belliqueuse qui m'enlevait, de trois ou quatre coups de feu vraisemblablement tirés en l'air, le bénéfice de plusieurs heures de patiente approche.

Quatre jours plus tard les quotidiens de l'île rendaient compte de la tragédie en ces termes:

DISPUTE TRAGIQUE A PETRA-CUSATA (CORSE)

Deux jeunes Avignonnais abattus à coups de fusil de chasse. Les deux meurtriers (le père et le fils) ont pris le maquis.

Le journaliste, non sans talent, s'efforçait de conserver une objectivité d'autant plus nécessaire que l'on ne savait encore que très peu de choses sur « l'affaire ».

AJACCIO (de notre agence). – Il est 14 h 15. Le village de Petra-Cusata semble assoupi sous le soleil. Dans bien des maisons aux volets fermés, c'est l'heure de la sieste. Des enfants demi-nus prennent le chemin de la mer toute proche, comme chaque jour.

Soudain deux détonations retentissent. Une horrible tragédie vient d'avoir lieu...

Dans la première partie de l'article est relaté ce que l'on sait alors du drame.

Pierre-Jean Susini, vingt-deux ans, et son frère François, vingt-quatre ans, demeurant à Avignon (où le père, Jean Susini, a sa pharmacie), actuellement en vacances familiales à Petra-Cusata où ils viennent chaque année passer leurs congés, se sont écroulés dans une mare de sang.

Le drame s'est déroulé dans la maison de M. Pascal Valentini, propriétaire à Petra-Cusata, chez qui les deux jeunes gens s'étaient rendus en début d'après-midi.

Aussitôt après, des voisins ont vu sortir Pascal Valentini et son fils André, vingt et un ans, chacun armé d'un fusil de chasse. Ils ont pris le maquis et la gendarmerie les recherche activement.

Dans la seconde partie, le journaliste s'efforce de déterminer les mobiles du crime.

Selon les premiers éléments de l'enquête, l'origine du drame remonte à quelques jours de là. Un soir, à la sortie d'une boîte de Propriano, une altercation a eu lieu entre Pierre Susini et André Valentini au sujet d'une jeune touriste. Ce dernier a tiré quelques coups de feu en direction de Pierre Susini – peut-être simplement pour l'intimider et parce que, hélas, en Corse, c'est souvent la poudre qui a le dernier mot. Plainte a été déposée à la gendarmerie, et la maison Valentini, où l'on n'a trouvé aucune arme, a été fouillée de fond en comble. Ultérieurement, Pierre-Jean Susini a retiré sa plainte.

Les deux jeunes antagonistes se seraient rencontrés dans un but semble-t-il, de pacification et tout le monde, au village, pensait que l'affaire de Propriano était arrangée.

Le journaliste pose ensuite une série de questions concernant les circonstances du drame. Pourquoi les jeunes Susini se sont-ils rendus à la *casa Valentini* ? Étaient-ils armés ? Cela semble d'autant moins probable que l'un au moins des frères s'est présenté torse nu.

Sous l'intertitre : *Un village en deuil*, l'article relate enfin le transfert à Ajaccio des corps des deux jeunes victimes et nomme le médecin légiste, les magistrats, enquêteurs, officiers de police et de gendarmerie, pour conclure :

A Petra-Cusata, c'est tout un village qui a pris le deuil après cette tragédie qui frappe si cruellement une famille estimée et qui passait sa dernière semaine de vacances avant de regagner Avignon.

Les cafés ont fermé leurs portes. Les rues sont désertes.

– Tiens ! pas un mot sur l'autre famille, qui est pourtant dans une drôle de merde ! constate mon cousin Jean-François qui lit l'article par-dessus mon épaule. Autrefois, aux temps « archaïques », on aurait presque autant plaint la famille des meurtriers que celle des victimes. Tu connais l'expression, *ô pinzuttacciu* ; même toi, tu la connais ! On disait d'un homme qui en avait tué un autre « qu'il lui était arrivé un malheur ». Faut croire que les mœurs ont changé. Nous aussi, nous nous sommes « continentalisés », même en restant en Corse. Ce n'est peut-être pas ce que nous avons fait de mieux !

Et devant mon silence dubitatif :

– Dire qu'on a assisté à la chose presque en direct ! Tu l'aurais cru, toi, que ça allait se terminer comme ça ? C'est vrai que les bagarres à la sortie des bals, chez nous, c'est courant... Mais ça se termine quand même rarement par une mort d'homme ! Surtout quelques jours plus tard, quand les passions ont eu le temps de se calmer et les gens de s'expliquer. Moi, j'avoue que je ne comprends pas bien...

Et lorsque Ghjuvan-Francé, qui est un pur produit corse au même titre que le *prizuttu* ou le *brocciu* qu'il fabrique comme aucun autre, manifeste sa perplexité au sujet d'une affaire typiquement corse, il y a lieu de s'interroger. Je souhaite bien du plaisir aux enquêteurs !

Deux jours plus tard, toute la presse insulaire annonçait, avec des cris d'indignation :

Ce qui n'était qu'une rumeur à laquelle on n'osait croire est maintenant devenue une certitude : Pierre-Jean et François Susini ont été achevés à coups de revolver après avoir reçu, l'un à bout portant, l'autre à bout touchant, une décharge de chevrotines vraisemblablement tirée par la même arme – un fusil de calibre 12.

Quelques éléments importants de l'enquête sont soulignés avec acuité.

M. Susini, le père des victimes, s'était rendu ce matin-là à Sartène et considérait l'affaire comme terminée puisque la plainte était retirée et que Pierre-Jean déclarait qu'il n'était pas sûr qu'André Valentini soit l'auteur des coups de feu – d'ailleurs tirés en l'air – devant l'*Impérial* le soir de l'altercation.

Quant à Pascal Valentini (qui – souligne l'article – ne buvait jamais et jouissait dans le village d'une bonne réputation), il avait déclaré à l'apéritif que tout était arrangé.

On apprend aussi que, le jour du drame, un quatrième convive, bûcheron ami de la famille, avait déjeuné en compagnie des Valentini. Il y aurait donc un témoin de première importance.

Très curieusement, l'auteur de l'article insiste sur un détail qui, en d'autres temps, aurait pu donner matière à une nature morte de Cézanne : *Quatre verres (dont un renversé) et une tasse se trouvaient sur la table de la cuisine à l'arrivée des enquêteurs. L'un de ces verres contenait encore du vin, alors que les trois autres et la tasse avaient contenu du café.* Mais le bûcheron, qui a vraisemblablement quitté le village en compagnie des meurtriers, a déclaré à l'instruction n'avoir rien vu car il était dans une autre pièce avec Mme Valentini à l'arrivée des jeunes gens.

Une rivalité sentimentale semble à l'origine du drame et le portrait de la belle Sandrine, *jeune brune de dix-sept ans, mais en paraissant davantage*, n'est guère flatté. Il se termine par une remarque en forme de sourd reproche : aussitôt après avoir été entendue par les gendarmes, la jeune fille, originaire de Toulouse, a écourté ses vacances dans l'île.

– Mi! commente Jean-François par-dessus mon épaule, celle-là, elle met le bordel et puis elle se tire! Ils sont bien, ces *pinzutti*! Y peuvent pas rester chez eux, au lieu de venir nous emmerder?

– Mais, ô Jean-François, sa présence n'était plus utile à l'enquête et ne risquait que d'envenimer les choses. Surtout si on lui attribue une certaine responsabilité dans ce qui est arrivé. Et puis, elle a dû être traumatisée par...

– Traumatisée! traumatisée! Et les Susini, ils le sont pas, traumatisés? Et les Valentini, ils le sont pas, traumatisés? Celle-là, elle déclenche la guerre de Troie et puis elle met les voiles! Et tu l'excuses? Et tu trouves ça normal! Ha, décidément, tu es sûr que tu es corse, ô Jacques-Antoine?

J'ai rarement vu Jean-François dans un tel état. Lui, qui est resté en Corse, semble s'être identifié au clan Valentini. Quant à moi, le « professeur du Continent », c'est normal que je défende ces Corses *impinzutatti*.

– Mais je ne défends personne! J'essaie de comprendre, c'est tout!

– Et comment tu pourrais comprendre, ô Ghjà? ça fait bien trop longtemps que tu as quitté l'île, où d'ailleurs tu n'as jamais vécu et où tu n'es même pas né! Allez! rentre, rentre au Continent! Moi, je retourne à mes brebis! Elles, au moins, elles ne disent pas de bêtises!...

Pendant une dizaine de jours, on perdit la trace des deux meurtriers présumés. Des chasseurs les avaient vus du côté de Figari ou de Monaccia d'Aullène.

Deux pêcheurs de Bonifacio affirmaient qu'ils avaient gagné la Sardaigne sur une barque « empruntée ». D'autres encore assuraient que les deux hommes n'avaient pas quitté leur *pieve* et se terraient quelque part dans la *macchia*, le « palais vert », aux environs immédiats de Petra-Cusata, là où une végétation particulièrement dense et pratiquement inextricable, ronces, clématites, buissons épineux de toutes sortes, rend les recherches quasi impossibles à qui ne connaît les sentiers couverts, les passages secrets, les traquenards aussi qui font du maquis une inexpugnable forteresse.

Là, ravitaillés par parents et amis, ils auraient, à la mode corse, engagé des tractations avec les autorités, négociant leur reddition et attendant que les esprits se calment et que « l'affaire » se décante.

C'est du moins ce que prétend Jean-François, revenu à de meilleurs sentiments et qui, en ces matières insulaires, me dame facilement le pion, initié qu'il est aux arcanes des mentalités autochtones comme aux subtilités labyrinthiques du maquis.

– Tu vas voir, ô Jacques-Antoine, ils vont ressortir à l'heure et à l'endroit choisis par eux dès que la conjoncture sera la plus favorable. Moi, je te le dis, ils sont dans une bergerie ou un *caseddu* à attendre tranquillement. Enfin... quand je dis : *tranquillement*, tu comprends ce que je veux dire. Même persuadé de son bon droit, de la justice de son geste, ce ne peut être tranquillement que l'on songe à l'irréversibilité de l'acte que l'on a commis.

Puis, passant avec la vivacité qui le caractérise d'un sujet à un autre :

– Ce qui m'intrigue, *je te le dis moi*, c'est le rôle qu'a bien pu jouer, dans toute cette histoire, Bartuluméu, le bûcheron. De celui-là, on n'en parle guère !

Peut-être la gendarmerie et la justice savent déjà à quoi s'en tenir sur son compte et sans doute n'est-il qu'un simple spectateur – si toutefois il a vu quelque chose, mais, entendu, ça, il a sûrement!... – spectateur que les lois de la famille, du clan et de l'hospitalité ne pouvaient que confirmer dans sa taciturnité. A sa place, moi, j'aurais fait pareil.

– Mais, vraiment, protestai-je faiblement, on est chez les sauvages! Tout de même, nous sommes au XXe siècle, dans un pays occidental apparemment civilisé...

– Et alors, ô Ghjà, qu'est-ce que tu imagines? Tant qu'il y aura des hommes sur cette terre, ils se comporteront de la même façon. Ça nous vient de la nuit des temps. Et il n'y a pas besoin d'être corse pour se comporter de la même façon. Les gouvernements, les États font pareil! Et nul ne songe à leur contester ce droit lorsqu'on estime que leur honneur est en jeu ou, pire, leurs intérêts en danger. Ce n'est pas pour défendre les Valentini, que d'ailleurs je ne connais pas, mais je dis que tant que toute la lumière ne sera pas faite sur cette histoire, ce n'est pas la peine d'échafauder des hypothèses, de se livrer à des supputations, de condamner ou d'absoudre quiconque. Après, la Loi passera, qui ne sera pas forcément la Justice. Aïo! j'ai trop parlé, je m'en vais.

Une fois de plus, mon petit cousin avait vu juste, comme en témoigna, trois ou quatre jours plus tard avec une belle unanimité, une presse qui ne parlait plus de meurtriers, mais d'assassins, pour nommer les deux hommes en fuite.

C'est au point du jour, hier, à 4 h 30, qu'André Valentini, vingt et un ans, et son père Pascal, qua-

rante-huit ans, se sont constitués prisonniers entre les mains du maréchal des logis-chef Géronimi, commandant la brigade de gendarmerie de Petra-Cusata, qu'accompagnait le gendarme Antoine Arrighi. Après plusieurs jours de tractations secrètes et « grâce en particulier aux efforts de M. Paul Istria, maire de Petra-Cusata », rendez-vous avait été pris la veille, dans la soirée, par un simple coup de fil au maréchal des logis-chef Géronimi.

– Je ne sais pas si tu l'as remarqué, commente Jean-François avec l'autorité de celui qui a parfaitement prévu la suite des événements, mais l'article précise que les deux hommes se sont présentés, vêtus de costumes gris, rasés de près, le père en chemise blanche et cravate, et ne paraissent pas éprouvés par ces deux semaines de vie au maquis. Ils ont simplement dit « bonjour ! » et ont tendu leurs armes. Qu'est-ce que je te disais ! Le maquis où ils ont vécu, je suis sûr qu'il avait une porte et des fenêtres ! En tout cas, tout cela est conforme à nos traditions, us et coutumes.

– Mais tout de même, ô Jean, ce n'est pas conforme à nos coutumes de tuer des gens sous son propre toit. Toutes les lois de l'hospitalité s'y opposent. On cite des cas de meurtriers hébergés et cachés par la famille même de la victime, et qui n'en ont, c'est vrai, pas moins subi plus tard la loi de la vendetta. Alors là, moi, je ne comprends plus.

– Aaaaaaahh ! Tu es peut-être resté un peu plus corse que je ne craignais ! *Mi face piace'*. Hé oui, là, il y a un mystère qu'il ne sera pas facile d'éclaircir. Aux enquêteurs, je leur souhaite bien du plaisir ! Surtout s'ils sont du Continent ! Mais tu vois, moi, je crois qu'il faut toujours se méfier des apparences. Les choses ne sont jamais tout à fait ce qu'elles ont l'air d'être. Ça nous apprend un peu l'humilité. Gardons-nous de juger, comme dit l'autre, si nous ne voulons pas être jugés nous-mêmes. Tu me comprends, tu me ?... Non ?

Du père Valentini, Pascal, il n'y a pas grand-chose à dire. Agriculteur à Petra-Cusata, de bonne réputation et de mœurs paisibles, il vivait dans sa maison du village en compagnie de son épouse, Santa. Depuis quelque temps, son fils André, revenu au pays, résidait sous le toit familial. Le matin du drame, à l'apéritif, Pascal, jusqu'alors préoccupé par « l'affaire », avait déclaré à des amis que tout était *arrangé*.

Le fils, André, semble une personnalité plus complexe. Sans diplôme pour sanctionner des études abandonnées en cours de route (mais Jean-François non plus n'a aucun diplôme, ce qui ne l'empêche pas d'être un type remarquable), réformé pour bronchite chronique, il a tenté sa chance sur le Continent comme représentant en articles ménagers puis en armes de chasse. Devant la difficulté à survivre, il est rentré au village pour aider son père dans les travaux agricoles. Les journaux le présentent comme désabusé, aigri avant l'âge, jaloux de la réussite des fils Susini, brillants représentants de l'île, poursuivant des études supérieures, l'un de pharmacie – suivant ainsi les traces de son père –, l'autre de linguistique. Cela suffit-il à les désigner comme victimes et à faire d'André Valentini ce meurtrier vindicatif que présentent les journaux ? Comme l'a fort bien dit mon cousin Jean-François, il est facile, après coup, de crier haro sur le baudet et de présenter André sous son jour le plus défavorable. Il faut se méfier des jugements partisans et trop hâtifs.

Les parents Susini, que l'on montre volontiers

comme des *sgiòs*[1] originaires d'Olivese, appartiennent à la bourgeoisie aisée de ces Corses expatriés qui conservent néanmoins de très étroites relations avec leur île. Il serait d'ailleurs intéressant, sur le plan ethnologique, d'étudier ce curieux phénomène insulaire : les Corses de la diaspora qui prennent argument de leur éloignement pour s'octroyer un surcroît de *corsitude* et finissent par se fabriquer une Corse rêvée, plus proche du mythe que de la réalité.

Dans le cours du procès, la mère des victimes apparaîtra comme une forte personnalité que certains journalistes présenteront sous les traits d'une femme intransigeante et froide, imbue des privilèges de sa classe et dont le comportement maternel, admiratif et sectaire, explique en partie le terrible événement dont il serait l'une des clefs majeures. Il n'est pas certain que cette image, somme toute négative, corresponde à la réalité objective des faits. Dans un souci louable d'équilibre, les commentateurs de la presse, surtout s'ils sont corses, ont pu inconsciemment charger l'un des plateaux de la balance afin que tout le poids des responsabilités pèse sur l'autre plateau. Il y a donc lieu de se montrer extrêmement circonspect.

Quant aux jeunes victimes, dont on arrive mal à cerner la personnalité à travers ce qui en a été dit, on peut mentionner qu'elles poursuivaient – ce qui n'en fait pas automatiquement des petits génies – des études supérieures sur le Continent et se plaisaient à

1. *Sgiò* : terme corse admiratif ou péjoratif selon le point de vue social où l'on se place, qui désigne les « seigneurs » des familles dominantes. Pour reprendre une terminologie historique, nous sommes ici, en Corse du Sud, non sur la « Terre du commun » (au Nord), mais sur celle « des Seigneurs ». *(N.D.L.A.)*

revenir sur la terre des ancêtres, en ayant appris la langue plus par dévotion insulaire que par nécessité. Le souci de s'affirmer comme de véritables Corses les a-t-il amenés à se comporter maladroitement au moment de la tragédie ? Cela n'est ni impossible ni prouvé.

Les deux versions qui s'affrontent seront successivement présentées. Quelle que soit l'attitude adoptée, elle ne saurait en rien justifier le drame – un de ces drames comme il y en a encore trop sur notre île pourtant bénie des Dieux – qui plonge ses obscures racines dans l'archaïsme des mentalités et la férocité de l'opinion publique.

Perdre la face, dans nos villages, implique encore une vie de paria ou un exil définitif dans la désapprobation générale. Cela ne légitime en rien le moindre geste de violence, mais éclaire peut-être d'un jour spécifique des actes qui, sans cette lumière particulière, paraîtraient franchement monstrueux. Il n'existe pas un Corse – je peux en témoigner pour l'avoir vécu au moment de l'affaire – qui ne se soit longuement interrogé sur son propre comportement en de telles circonstances, se demandant, sans toujours trouver la réponse, comment il aurait réagi selon qu'il eût été l'un ou l'autre protagoniste de cette douloureuse affaire.

La version Valentini.

Depuis plusieurs soirs, André Valentini a une histoire amoureuse avec Sandrine, accorte continentale aux yeux verts. Il prétendra – nul ne saurait lui reprocher cette vantardise de jeune coq insulaire – avoir fait de la fille consentante une exquise maîtresse, puis se rétractera, expliquant que, sans l'arrivée d'un importun, il serait parvenu à ses fins sur une plage déserte, non loin de Propriano.

Le soir de l'altercation à l'*Impérial*, il ne supporte pas de voir Sandrine danser plusieurs fois de suite avec l'un des frères Susini, *qui sont du même village que lui*. Il se lève, va demander des explications, fait état de son antériorité dans les faveurs de la jeune fille. Écarté d'un geste inutilement méprisant, il quitte la boîte, s'attarde à l'extérieur puis, devant l'outrage public, sort un automatique [1] et tire quelques coups d'intimidation en l'air. Ses amis le ramènent à plus de modération et il quitte les lieux, ulcéré mais conscient de la très sélective importance de cette affaire qui ne saurait avoir de suites.

Malheureusement, la famille Susini porte plainte auprès de la gendarmerie, ce qui déclenche une fouille minutieuse de la *casa* Valentini dans laquelle, toutefois, les gendarmes ne découvriront pas l'arme incriminée.

Cela crée un climat psychologique propice à tous les excès. Les esprits sont désormais en ébullition. En Corse, et lorsqu'on est *vraiment* corse, on est censé régler ses affaires par ses propres moyens. Dans les cas extrêmes et si aucune conciliation n'est possible, on fait appel à la gendarmerie. Mais ce n'est jamais une bonne chose.

D'ailleurs la plainte est bientôt retirée. Les amis, les parents, ont démontré à la famille Susini que l'on n'avait rien à gagner en mêlant la justice à l'affaire. Chez les Valentini, on respire. Tout semble rentré dans l'ordre. *Mais on n'oublie pas.*

Aussi, lorsque l'incident se produit, il tourne vite et inévitablement au drame.

On en est au café, *casa* Valentini. La mère entend des éclats de voix. Elle sort. Devant sa porte, elle

1. Encore une dangereuse spécialité de notre île que de sortir « chargé » à la moindre occasion.

trouve les fils Susini, arrogants, agressifs, qui demandent à voir le père. Elle fait remarquer que ce n'est pas le moment. D'ailleurs, il y a un convive *in casa* et l'on ne traite de ces choses-là qu'en particulier. Elle est alors rudoyée, insultée, bousculée. M. Valentini, alerté par le bruit de l'algarade, tente de s'interposer. Les Susini entrent en force. Ils frappent le père à l'estomac et au visage. Il perd connaissance. André, qui est en train de nettoyer son fusil en vue d'une battue au sanglier, ne supporte pas de voir les jeunes gens s'acharner sur le corps inanimé de son père. Il tire, deux fois. Les Susini s'écroulent.

La suite, tout le monde la connaît. On ranime le père qui ne peut que constater le double meurtre. Il fait alors ce que tout père corse ferait à sa place : il prend le maquis en compagnie de son fils.

Il est « arrivé un malheur » dont ni l'un ni l'autre ne sont véritablement responsables.

La version Susini.

Jamais les Valentini – et spécialement le fils, André – n'ont supporté la brillante réussite des enfants Susini. Une sourde rancœur s'éveille peu à peu dans ces esprits archaïques, nourris de violence insulaire.

Aussi, lorsqu'à l'*Impérial*, André voit Sandrine, qu'il convoite et qui repousse ses avances, danser et mener un flirt poussé avec l'un des fils de ce « docteur » – qui a pourtant, à plusieurs reprises, soigné des membres de la famille Valentini –, son sang ne fait qu'un tour. Il a bu. Il se lève, interpelle grossièrement le jeune couple. Des amis l'entraînent à l'extérieur. Il se débat, sort un pistolet, tire plusieurs coups de feu en direction du fils Susini qui s'encadre dans la porte du dancing. Fort heureusement, des amis détournent sa main. Personne ne sera blessé. L'affaire pourrait s'arrêter là.

Mais la famille Susini, se sentant en danger, décide de déposer une plainte auprès de la gendarmerie afin de faire connaître sa détermination et d'éviter toute suite fâcheuse. La perquisition a lieu.

Assurée que tout est bien fini, la famille Susini retire sa plainte. Le fils qui a servi de cible déclarera même, dans un but évident d'apaisement, qu'il n'a pu, dans l'obscurité, identifier son agresseur avec précision...

Sous prétexte de réconciliation en présence d'un tiers, qui sera le témoin, les Valentini attirent alors Pierre-Jean et François dans un véritable guet-apens. Invités à prendre le café, ils se rendent à la *casa* Valentini après le repas de midi. Ils ne sont, bien entendu, pas armés et l'un d'eux est même torse nu.

Aussitôt entrés, ils sont impitoyablement abattus par le père et le fils qui les attendaient fusil au poing. Puis ils sont achevés à coup de pistolet.

Des témoins, alertés par les coups de feu, ont vu les Valentini quitter en armes le village, tandis que la mère pleure et crie, répétant sans cesse : « *Ma chi t'anu fattu*, mais qu'est-ce qu'ils ont fait ! ».

Le fils aurait alors intimé : « *Sta zitta ô tonta!* Tais-toi, idiote ! » Mieux, la grand-mère alertée aurait crié à plusieurs reprises : « *I t'anni assassinati in casa!* Ils les ont tués *dans la maison!* » Ce qui, si l'on se réfère à la mentalité corse et aux lois de l'hospitalité en vigueur dans l'île, est un véritable cri de désespoir.

Il est « arrivé un malheur » dont les enfants Susini,

victimes désignées et innocentes, ne sont absolument pas responsables.

Il faudra attendre quatre ans pour que l'affaire passe devant la cour d'assises d'Aix-en-Provence comme il en a été décidé après dépôt d'une *requête en dépaysement*. Dans l'intérêt des deux parties, la Justice a, en effet, préféré que le procès se déroule sur le Continent, loin des passions et des tumultes de l'île.

Bataille d'avocats talentueux, de psychiatres, d'experts en balistique. Reconstitutions. Témoignages évidemment contradictoires. Incidents de séance.

Dans une admirable envolée lyrique, Paul-Claude. Innocenzi, qui suit le procès pour *Le Provençal*, cernera parfaitement l'affaire :

Rapide, violent, secoué de bout en bout par la passion, le drame se noue et se dénoue en quelques heures. L'action se passe en Corse. A un vol d'aigle à peine du pays de Colomba. Dans un village de la haute vallée du Taravo, écrasé par des montagnes bleues et meurtries, étouffé par des maquis compacts. Village secret où l'on parle peu et où les portes des maisons austères se referment dès qu'apparaît l'étranger.

C'est une tragédie dont on comprend mieux le rythme et l'horrible dénouement lorsque l'on sait qu'elle a lieu dans ce « pays magnifique et douloureux », où l'on se tue encore pour un rien : Petra-Cusata.

On s'y tue en effet pour les yeux verts d'une femme. Et si la « vendetta » classique n'est pas constituée, les sentiments n'en sont pas moins à vif. Ici, l'honneur blessé a vite engendré une mystique bien particulière : celle où l'on lave l'affront dans le sang, où seule la mort est admise comme élément purificateur.

Chaque partie campera sur ses positions, présentera sa version des faits. Les deux mères, grandies par la douleur, se retrouveront côte à côte, telles des héroïnes de tragédie antique, l'une défendant la mémoire de ses enfants et réclamant justice, l'autre défendant l'honneur de sa famille et tentant d'éviter le pire à son mari et à son fils. En France, la peine de mort n'est pas encore abolie...

L'avocat général demande deux têtes.

– Je regrette ce qui s'est passé, a dit Pascal Valentini, d'une voix ferme. Dans cette affaire, je ne suis qu'une victime.

– Je regrette également, a murmuré André. Mais j'ai agi comme cela pour sauver mon père.

Et le verdict tombe.

« Circonstances atténuantes pour les deux accusés. »

Les têtes ne tomberont pas.

« Vingt ans de réclusion criminelle pour Pascal Valentini, le berger de Petra-Cusata, et vingt ans d'interdiction de séjour. »

Il reverra le pays à l'âge de quatre-ving-dix ans.

Accroché à la barre, il murmure :

– Merci, monsieur le président !

Le ton, dit le chroniqueur, *est un mélange d'ironie et de défi.*

« Réclusion criminelle à perpétuité pour André Valentini, le fils. »

Il ne bouge pas. Il a les bras croisés. Il sourit.

Saura-t-on jamais ce qui se cache dans les têtes et dans les cœurs ? La Loi est passée. C'est la Loi des hommes...

– Qu'il ait tort ou qu'il ait raison, chacun doit

assumer ses actes ! conclut Jean-François avant de se replier plus que jamais dans son mutisme pastoral.

Il faut, maintenant, oublier cette affaire.

Tous les protagonistes, *sans exception*, en ont déjà beaucoup trop souffert.

Sur une tombe écrasée de soleil, cette inscription gravée en langue corse dans une sommaire représentation de l'île en marbre blanc :

A Pierre-Jean et François
SUSINI
Vous étiez deux fleurs
écloses par un été
mais fanées à la prime aurore.
Dites adieu à ce pays,
dormez, nos trésors,
et ne nous oubliez pas,
Preghemu per Voi.

Oui, nous prions pour vous.

Jacques-Antoine L. DE CASANOVA

Le tueur de bergers

Depuis qu'ils avaient quitté Marseille, ils n'avaient pas échangé plus de dix mots. Ils avaient maintenant dépassé Brignoles. Le commissaire Guibal de la S.R.P.J, le visage fermé, conduisait. A ses côtés, son adjoint, l'inspecteur Filippi, les yeux mi-clos, le front plissé, fumait consciencieusement cigarette sur cigarette. Le coup de téléphone qu'ils avaient reçu à l'Évêché du commandant Lamotte, chef de l'escadron des gendarmes du Var, avait été des plus laconiques. Il avait seulement dit après s'être présenté :

– Encore un, encore un berger assassiné, cette fois ça s'est passé à Brovès, on vous attend sur place.

Et ils étaient partis

Aux quatre chemins des Arcs, ils quittèrent la nationale 7 et se dirigèrent vers Draguignan. La route, l'un et l'autre la connaissaient. En un peu moins de trois mois, depuis septembre, ils en étaient à leur quatrième enquête sur ces plateaux désolés du haut Var, un monde minéral, quasiment désert que le mistral aujourd'hui semblait rendre encore plus inhospitalier. Le scénario était toujours le même : un paysan découvrait au détour d'un bois le cadavre d'un berger baignant dans une mare de sang, Guibal et son adjoint se déplaçaient, ils interrogeaient le maire de la commune, les parents de la victime, quand il y en avait, les voisins. Au bout d'une semaine, ils rentraient à Marseille sans le moindre début de piste. Et l'assassin frappait plus loin... Car personne, ni la presse, ni la population et encore moins la police, n'en doutait, tous ces crimes étaient signés de la même main. Après Claviers, la chaussée se rétrécit et devint une sorte de chemin de terre raviné par les orages de l'automne. Dans les côtes, la Rosengart, plus habituée aux trajets urbains qu'à ces parcours en rase campagne, hoquetait, ce qui arrachait au commissaire des soupirs d'agacement.

Ils arrivèrent à Brovès en milieu d'après-midi. On avait installé le corps dans la maison des patrons du berger, sur la grande table de la salle à manger. Un cierge, placé sur un petit guéridon à côté d'un bol d'eau bénite et d'un rameau de buis, dispensait dans la pièce, dont on avait tiré les volets, sa lueur vacillante. Quelques femmes en noir agenouillées à même les dalles récitaient la prière des trépassés. Le maître de maison, qui avait encore quelques champs à labourer, rentrerait tard, il avait chargé son épouse d'accueillir le commissaire et de lui montrer les papiers du mort. Un simple livret militaire en fait, deux feuillets jaunis qui, avec quelques photographies, représentait tout ce qu'il restait d'une existence terne qui s'achevait dans le drame. La victime se nommait Louis Rouvier, était née en 1888 – « L'année des trois huit » fit remarquer Filippi – et avait fait, bien que réserviste, ce que l'on peut appeler une belle guerre puisqu'il avait été cité, en 1915, deux fois à l'ordre du Mérite pour des actes héroïques sur le front des Balkans, quelque part dans la région de Salonique. Le médecin légiste était passé dans la matinée et les femmes du voisinage avaient pu, après son départ, faire la toilette du corps et le préparer pour l'enterrement prévu pour le lendemain. Afin de rendre le défunt plus présentable (c'est exactement ce que dit l'une d'elles au commissaire), elles avaient dû cacher les chairs déchiquetées de son visage sous d'épaisses bandes Velpeau qui, malgré le soin apporté à l'opération, s'étaient au fil des heures imbibées de sang et d'humeurs, de sorte que le résultat était finalement assez loin de l'effet escompté. Le jour commençait à baisser, Guibal et Filippi ne s'attardèrent pas dans cette chambre mortuaire improvisée. Le commissaire avisa les deux gendarmes qui se tenaient sur le seuil de la porte d'entrée et leur demanda de les conduire là où le pauvre homme avait été trouvé. Ils s'y rendirent à pied, traversant le hameau dont les ruelles étroites canalisaient les bourrasques de vent et résonnaient des coups de marteau du menuisier qui, sur la place de l'église, assemblait devant son atelier les planches du cercueil commandé pour Rouvier. Ils sortirent du village, longèrent par un étroit sentier le versant d'une colline façonné en terrasses, s'enfoncèrent dans une pinède d'où ils gagnèrent enfin un espace plan, des terres laissées à l'abandon, faisant la jonction entre des pièces de vignes et la forêt.

– C'est là, dit un gendarme, désignant du doigt un chemin charretier débouchant de l'autre côté de la friche.

Ils s'approchèrent, Guibal et Filippi examinèrent l'endroit où le malheureux berger avait été découvert. Les taches de sang strictement localisées sur quelques centimètres carrés de rocher et d'herbes séchées laissaient deviner que Rouvier s'était affaissé comme une masse et qu'il était mort sans plus faire un mouvement.

– Mort sur le coup, dit Filippi entre ses dents.

Son patron acquiesça d'un signe de la tête.

– C'est qu'on ne lui a pas laissé beaucoup de chances, dit le plus jeune des gendarmes. Il a été ajusté comme un gibier, avec des chevrotines et à moins de dix mètres! Venez messieurs.

Il entraîna le commissaire et son adjoint à quelques pas de là, un peu sur la gauche et, sur une légère proéminence, leur montra le buisson de chênes verts derrière lequel l'assassin s'était embusqué. Il avait dû y attendre sa victime pendant plusieurs heures, les touffes de thym alentour avaient été lourdement piétinées.

– Aucune empreinte significative, dit l'autre gendarme comme pour répondre par avance aux questions des enquêteurs, mais néanmoins, regardez!

Et il écarta les branchages. Ils purent alors voir, ménagée dans la verdure, une sorte de meurtrière, juste de quoi passer le canon du fusil et un piquet de bois fiché dans le sol et terminé par une fourche qui avait sûrement servi d'appui au tireur.

– Ben mon salaud, souffla Guibal. Cette fois-ci, il a bien préparé son affaire!

– Quoique la technique soit toujours la même, rétorqua Filippi. L'affût.

– L'affût oui, l'affût, répéta le commissaire après un moment de réflexion.

Il faisait presque nuit quand ils regagnèrent le village. Sur la place, le menuisier achevait de peindre sur une croix grise cette inscription : Louis Rouvier 1888-1934. Priez pour lui.

Guibal et Filippi dînèrent dans le seul hôtel de Brovès, où ils avaient également loué deux chambres. Pendant qu'ils mangeaient, une nuée de gamins s'était agglutinée derrière les vitres de la fenêtre et, sans aucune gêne, les observait. Les deux hommes ne s'en offusquèrent pas, mais la patronne, qui bridait autant qu'elle le pouvait sa colère, finit par sortir et les dispersa à grands coups de torchon. En revenant vers son comptoir, elle tint quand même à excuser les garnements auprès de ses clients :

– C'est qu'on voit pas beaucoup d'étrangers par ici, et puis des policiers de Marseille, vous comprenez, ça les intéresse. Té ! poursuivit-elle en se hissant sur la pointe des pieds pour mieux voir ce qui se passait au-dehors, maintenant, ils sont autour de votre automobile.

Un peu plus tard, la table étant desservie, les hommes du hameau envahirent la salle. Ils arrivaient par groupes de deux ou trois, les mains dans les poches, la casquette ou le béret vissé sur le crâne, s'installaient, sortaient leur blague à tabac et leur papier à cigarettes et commençaient une partie de cartes. Sans qu'ils eussent rien à dire, on leur apportait un verre de café. Il régna pendant quelque temps un silence que l'on devinait inhabituel tant il était pesant et qui ne résista pas longtemps à l'envie qu'on sentait monter en chacun de parler du crime. Un petit moustachu aux yeux pétillants de malice lança la conversation. Ce fut alors comme un réservoir que l'on débonde, l'existence du défunt depuis sa plus tendre enfance fut passée au crible, ses frasques de jeunesse, sa guerre, son célibat, rien ne resta dans l'ombre ; mais surtout, on s'attarda longuement sur la façon dont il avait été tué. Tous ou presque étaient chasseurs et tous ou presque convinrent qu'il s'agissait d'un crime perpétré par quelqu'un qui savait toutes les arcanes de la traque du gibier.

– Pensez un peu, renchérit un vieillard édenté, le tueur s'est posté face au vent pour ne pas alerter le chien de Rouvier.

Cette dernière remarque laissa sans voix celui qu'ils appelaient l'instituteur et qui avait développé quelques instants plus tôt l'hypothèse selon laquelle il ne pouvait s'agir que d'un crime de rôdeur, d'un de ces vagabonds n'ayant plus rien à perdre, que la crise économique, touchant le pays, avait mis par milliers sur les routes de France. Guibal et Filippi se taisaient, retenant parfois dans le flot des paroles une information – c'est ainsi qu'il apprirent que le portefeuille et la montre du berger lui auraient été dérobés –, écoutant ces gens simples se livrant aux spéculations de l'esprit avec pour seule base leur connaissance intuitive de la vie et de la mort. Un angle d'approche du crime qui intéressait Guibal. Et puis, les choses se gâtèrent, la conversation dévia et à peine cachés derrière les mots de la vieille langue, car les villageois s'exprimaient en provençal, vinrent les reproches et les critiques qu'ils adressaient aux gendarmes et à la police. Devant les deux représentants de la loi, ils dénoncèrent le climat d'insécurité qui régnait dans la région (« A quand la cinquième victime ? » demanda sur un ton courroucé, un solide gaillard qui n'avait pas encore ouvert la bouche), les vaines recherches de la maréchaussée, et dirent la peur qui gagnait tout un chacun quand il fallait aller travailler dans un champ retiré. Guibal et son adjoint n'étaient pas là pour débattre, ils échangèrent un regard, terminèrent leur rhum et montèrent se coucher.

Le lendemain, comme il était convenu entre le commissaire et son adjoint, Guibal retourna à Marseille. Filippi commencerait l'enquête seul. Guibal fit cependant un arrêt à Draguignan pour prendre connaissance du procès-verbal que les gendarmes avaient dressé sur les lieux du crime. L'accueil du commandant Lamotte fut pour le moins glacial. Il le reçut dans son bureau de la rue des Marronniers, une petite pièce aux murs cloqués d'humidité, située au premier étage du bâtiment vétuste qui servait de caserne au bataillon de gendarmerie. Sur la table, trois classeurs de carton grisâtre portaient calligraphiés sur la tranche un nom et une date. Sur le premier était inscrit Ange Galliano, 29 septembre 1934, sur le second, Honoré Troin, 10 octobre 1934, sur le troisième, Léon Vassal, 20 octobre 1934. Le quatrième était ouvert, il contenait deux feuilles dactylographiées que Lamotte tendit à Guibal. Il les parcourut rapidement, trop peut-être au goût de Lamotte qui, cessant soudain de jouer avec son coupe-papier, lui demanda sèchement s'il avait des informations supplémentaires. Le commissaire se contenta de lui répondre qu'il lui ferait parvenir une copie de son rapport en temps utile. L'occasion était belle, Lamotte en profita. Il se lança dans une violente diatribe, stigmatisant les lenteurs de l'administration en général et en particulier dans ces affaires-ci et regretta de devoir, avec ses hommes, en assumer les conséquences dans les contacts quotidiens qu'il avait avec la population. Pour preuve de ce qu'il avançait, il sortit de son tiroir un journal du jour, *Le Petit Var* qui avait titré ce 28 novembre : « Le tueur de bergers continue » et, après trois points de suspension, en plus petits caractères : « La gendarmerie, hélas! impuissante ».

– Voilà, voilà ce que l'on pense de nous, tonna-t-il.

Guibal aurait eu envie de lui raconter la soirée de

la veille à Brovès, ce sentiment d'impuissance mêlé de colère qui l'envahissait parfois quand il pensait aux quatre victimes froidement abattues. Il n'en fit rien. A quoi cela aurait-il servi ? Il grommela quelques mots qui avaient tous les dehors de la commisération et prit congé. Pour rejoindre Marseille, il préféra prendre la route du bord de mer. Filippi rentra le lundi suivant. Ce qu'il ramenait de Brovès se résumait en peu de choses, quelques notes griffonnées sur son calepin qu'il lut à Guibal et desquelles le commissaire ne retint que la disparition du portefeuille et de la montre de Rouvier. L'assassin avait frappé une fois encore, semblait-il, pour une poignée de pièces de monnaie, un billet peut-être, une somme dérisoire en tout cas. En fait, il fallait se rendre à l'évidence, le crime de Rouvier n'apportait aucun indice supplémentaire ni sur la personnalité ni sur les motivations du tueur. Il n'était que le tragique écho des précédents et l'annonce, qui sait, de ceux à venir. Et c'est bien ce qui préoccupait Guibal. Pourquoi le meurtrier s'arrêterait-il ? Cette question, à quelques variantes près, reprise tous les jours dans la presse comme une rengaine macabre, sans cesse ressassée, entretenait le vent de panique qui soufflait sur le haut Var. Dans les dernières semaines de 1934, les gendarmeries du secteur de Draguignan reçurent des dizaines de lettres de dénonciation, toutes anonymes bien sûr. On vérifia chacune des pistes qu'elles semblaient ouvrir, sans succès. Les esprits peu à peu se calmèrent puis s'apaisèrent. L'hiver, le printemps et l'été de 1935 passèrent sans que le tueur de bergers fasse parler de lui. Le commissaire Guibal s'était attelé à d'autres affaires. Vers la mi-novembre, presque un an jour pour jour après le meurtre de Rouvier, il reçut, tôt le matin, un coup de téléphone de Lamotte. Le commandant de gendarmerie exultait. Deux de ses hommes, Roux et Borie, patrouillant sur la route de La Garde-Freinet, avaient, la veille, arrêté le tueur de bergers. Lamotte en avait conscience, le hasard, la chance, les deux sans doute avaient été de son côté. Il ne s'en plaignait pas, au contraire, mais il n'oublia pas de rendre aussi un hommage appuyé au travail de ses gendarmes. C'était de bonne guerre : il rappela à Guibal leur patience, leur présence constante sur le terrain et leur connaissance des gens et des lieux. Guibal, qui mieux que personne savait que l'assassin n'avait jamais laissé d'indices suffisants pour qu'une enquête classique aboutisse, en convint; pour mettre la main sur le meurtrier, il avait fallu attendre une erreur de sa part. Il l'avait commise, Roux et Borie en avaient profité, et cette suite étrange de crimes avait trouvé sa conclusion au milieu des bois, là même où tout avait commencé. La logique en quelque sorte avait été respectée. Le banal contrôle d'un permis de chasse avait suffi à appréhender celui qui avait semé la terreur et la mort dans les populations rurales du haut Var. Guisseppe Sasia s'était fait prendre parce qu'il ignorait que, pour traquer le gibier, il fallait une autorisation tamponnée et timbrée. Faute de pouvoir montrer aux gendarmes le document, ceux-ci l'avaient conduit à Vidauban et, dans le bureau du maire, avaient fouillé sa musette. Outre un couteau et un revolver enveloppé dans un chiffon huilé, ils découvrirent, parmi la réserve importante de cartouches que Sasia transportait, onze chevrotines chargées à neuf grains, des munitions uniquement utilisées par les chasseurs de sangliers, le même calibre de plomb aussi que celui qui avait été retrouvé dans le corps des quatre bergers. Ils lui firent ensuite vider ses poches. Sasia étala sur la table un morceau de ficelle, un autre couteau, une petite boîte en fer dans laquelle il serrait son tabac, une pipe, un briquet; il hésita un moment, puis sortit encore une douille de balle grossièrement ciselée de palmes et de feuillages sur laquelle était gravé « Souvenir de Salonique », et une montre dont Roux ouvrit le boîtier. A l'intérieur était inscrit en majuscules « ROUVIER-BROVES » et une date à demi effacée qu'il n'arriva pas à lire. A partir de là, tout alla très vite. Sasia fut emmené à Draguignan, Lamotte l'interrogea et, au milieu de la nuit, il avoua les quatre crimes. Il fut immédiatement écroué à la prison de la ville.

Le commissaire Guibal suivit le procès dans la presse. Tous les soirs en rentrant chez lui, il achetait *Le Petit Var* dans un kiosque du cours Julien. Pendant les débats, le quotidien consacra une page entière à l'affaire dans chacune de ses parutions et c'est par les croquis illustrant les articles que le commissaire mit un visage sur le nom de Sasia. Au physique, l'assassin n'était pas très grand, plutôt sec, légèrement voûté et assez mat de peau comme le sont les hommes habitués à travailler la terre. Durant les audiences, il s'exprima rarement, en mauvais français, et, surtout, ce qui scandalisa les familles des victimes et la salle, ne laissa transparaître aucun remords. A force de vivre en marge de la société, il en avait oublié les règles et les valeurs. On sut au fil des séances que Sasia, depuis la mort de son père, habitait seul dans un cabanon de pierres sèches – « une sorte de bauge où grouillait la vermine » écrivaient les journalistes – à proximité des Nouradons, un des hameaux des Arcs, et qu'il n'avait pour subsister que les revenus que lui procuraient la vente de gibiers braconnés et les petits travaux qu'il effectuait occasionnellement pour les viticulteurs du coin. Le bâtonnier Berruty avait été commis d'office pour défendre l'accusé et comme Sasia avait avoué les crimes qu'on lui reprochait, il s'évertua donc à trouver à son client des circonstances atténuantes. Dans sa plaidoirie, il fut beaucoup question d'argent et, principalement, d'une somme de trois mille francs qu'une femme aurait empruntée à Sasia afin d'acheter un bar et qu'elle ne lui aurait jamais rendue, le laissant ainsi dans le besoin et surtout face à une créance de sept cents francs représentant les frais de succession du petit mas que son père lui avait légué. Devant les demandes pressantes du notaire et ses menaces de recourir à la justice, Sasia n'avait trouvé d'autre solution, pour s'acquitter de sa dette, que de s'attaquer à des bergers, hommes des drailles et des routes qu'il savait, comme tout un chacun ici, toujours porteurs d'un petit pécule. Malgré les belles envolées de Berruty, les jurés allèrent dans le sens du procureur de la République Roume qui demanda la peine capitale. Sasia fut, à l'unanimité, condamné à mort.

A 4 h 15, le 17 février 1936, la guillotine acheminée de Paris par le train jusqu'à la gare des Arcs arriva, tirée par deux chevaux, devant la prison de Draguignan. Le bourreau de la République française, le célèbre monsieur Deibler, et ses aides montèrent la machine en quelques minutes sous les yeux d'une foule qui, malgré le froid, se faisait de plus en plus dense. Il s'écoula exactement trois secondes, selon les témoins, entre le moment où Sasia sortit de la prison et celui où le couperet s'abattit. A 5 heures, tout était fini.

Sur les allées d'Azémard, non loin du lieu de l'exécution, une femme sans âge, tournant la manivelle d'un orgue de Barbarie, chantait ce refrain :

De Vérignon à Draguignan
Dans ce pays, si beau, si charmant
Il sème la panique et la peur
Sasia, l'assassin du malheur.

Une gamine, esquissant quelques pas de danse devant l'artiste, hélait les passants et tentait de leur vendre un livret où étaient imprimées les paroles de la chanson.

Alain GÉRARD

El Bandido

21 janvier 1983, Barcelone grelotte sous un soleil glacé. Sur *les ramblas* [1], fouettés par un vent coupant, les passants pressent le pas.

Parmi eux, un homme d'environ trente-cinq ans. Mince, taille moyenne, cheveux noirs, lèvres bien dessinées, nez court, front haut, œil brun en amande, il est assez joli garçon.

A un carrefour, il s'arrête, tous ses sens en éveil.

Deux policiers de la Guardia civil viennent dans sa direction. Remontant le col de son blouson trop étroit, ses mains enfoncées dans les poches, il oblique vers un boulevard adjacent.

La sirène d'un car de police retentit soudain. L'homme stoppe net, l'air traqué. Une seconde sirène se déclenche.

L'inconnu jette un regard rapide autour de lui. Impossible de se fondre parmi la foule. Les trottoirs trop dégagés n'offrent aucune retraite.

Les sirènes sont à présent sur le boulevard. L'homme avise alors les clochers baroques de la Sagrada Familia, la cathédrale de Gaudi. Voilà un endroit où on ne songera pas à le chercher!

1. Artère – promenade de 1,2 km de long, bordée de magasins, de restaurants, de cafés et de cinémas.

L'œil rivé sur la délirante bâtisse aux sculptures torturées, il traverse la place. A cet instant, il sait qu'il constitue une cible idéale.

A peine est-il entré que des pas claquent sous les voûtes de pierre. Il se retourne, se fige. Les deux agents de la Guardia civil aperçus plus tôt fouillent les travées du regard.

Vivement, l'homme se jette derrière l'une des colonnes.

Les policiers commencent l'inspection des lieux. Derrière son maigre refuge, l'homme ne respire plus. Sans arme, il se sent nu et vulnérable.

Dérangées dans leurs prières, des religieuses lancent aux agents des regards réprobateurs. Avec un signe d'excuse et après un dernier coup d'œil vers les coins les plus sombres de l'église, les deux hommes tournent les talons et sortent.

L'homme soupire, soulagé, et appuie son front contre la colonne de pierre. Très vite, il se reprend et quitte l'église par une porte latérale.

Personne à l'extérieur. S'efforçant de mesurer son pas, il évite de retraverser la place et s'engouffre dans les vieux quartiers surplombant le port.

Sitôt dans les ruelles crasseuses aux façades croulantes, il ralentit l'allure et essaie de respirer plus calmement.

Dans ce dédale miséreux et souvent trop tortueux pour le passage d'une voiture, la police ne vient pas volontiers. Quant aux indicateurs, l'homme sait les éviter.

Des bruits de vaisselle et des odeurs de poisson frit lui rappellent l'heure du repas. Devant une fenêtre, un enfant mange une assiette de pois chiches aux oignons.

La salive à la bouche, l'inconnu fouille nerveusement ses poches. Elles sont vides.

Sous le blouson trop mince pris au hasard sur le portemanteau d'un bar, il grelotte. Manger. Il lui faut avant tout avaler quelque chose afin que cette sensation de froid le quitte. Après, il pourra réfléchir.

Il songe à se rendre directement chez Pedro. Puis y renonce. A cette heure, son restaurant doit être plein.

Assis sur le sol, sa casquette renversée devant lui, un aveugle mendie. Prestement, l'inconnu ratisse la menue monnaie qui s'y trouve.

Croyant à une obole, l'aveugle remercie d'un signe.

L'homme compte sa fortune. Juste de quoi s'acheter un cornet de crevettes. Il oblique vers la première rue en pente. Toutes convergent vers le port.

Sur les quais, une odeur d'iode le prend à la gorge, soulevant son estomac vide depuis la veille.

Il fonce vers un marchand ambulant et achète un grand cornet de crevettes grises.

Sur un banc dissimulé par un splendide laurier-rose, il dévore son repas en quelques minutes. Ces crevettes sont les meilleures qu'il ait jamais mangées. Elles ont un goût de sel et de liberté. Les grilles de la prison s'éloignent, il allonge ses jambes et se détend un peu.

Comme un rappel à la vigilance, une sirène se fait entendre. Rapidement, le son décroît avant d'être absorbé par les bruits de la ville.

L'homme se carre contre le dossier du banc et ferme les yeux. Il est épuisé. Pour lutter contre l'insidieuse somnolence qui le gagne, il se lève et va plonger son visage dans l'eau glacée d'une fontaine voisine.

C'est alors qu'il remarque l'état de ses mains. Écorchées, saignantes, portant sous les ongles cassés des traces de ciment sec, elles le trahissent autant qu'un portrait-robot.

Tout en surveillant d'un œil les alentours, il nettoie ses mains avant de les remettre dans ses poches.

La nourriture lui a fait du bien. Il se sent mieux. En se redressant, son regard tombe sur la statue de Christophe Colomb. Le grand navigateur pointe un doigt impérieux vers le large.

L'inconnu fixe pensivement la sculpture. C'est par la mer qu'il fuira. Mais avant, il doit passer chez Pedro.

Devant la nouvelle enseigne lumineuse du bar et la devanture refaite à neuf, il serre les mâchoires, gagné par la colère. Pedro semble avoir moins souffert que lui ces deux dernières années.

Il pousse la porte et descend les trois marches. Un voile de fumée embue les lumières rouges. Seule une table est encore occupée. Un serveur enlève les nappes souillées, un autre balaie la salle.

L'inconnu file droit au bar et s'installe sur un tabouret, près du comptoir. Derrière, un homme corpulent, au crâne dégarni, s'affaire en sifflotant devant la machine à café. En voyant l'arrivant, il se décompose.

– Ils... ils t'ont laissé sortir ?

L'autre pique une olive verte à l'anchois et décoche à Pedro un sourire glacé. Ce dernier s'essuie nerveusement les mains. Il transpire :

– Ce n'est pas moi, tu sais. Je n'ai rien dit aux flics.

L'autre attire à lui quelques plats de tapas et ne répond pas. Il avale deux morceaux d'omelette aux poivrons, quelques moules au vinaigre, un peu de pois chiches et lève enfin les yeux sur Pedro. Ce dernier baisse les siens.

– Que veux-tu ? demande-t-il d'une voix sourde.

– Du fric, jette l'homme avec un fort accent sud-américain, des vêtements chauds, une arme.

Pedro acquiesce, soulagé de s'en tirer à si bon compte. Il lui donnerait sa chemise pourvu qu'il parte.

Marseille, quelques jours plus tard.

L'homme pénètre dans sa chambre et tourne la clé derrière lui. Il jette un regard circulaire à la pièce. Couvre-lit crème, armoire et chevet de bois clair, murs rose pâle, c'est une chambre d'hôtel neutre pour gens de passage.

Le bruit d'un train qui entre en gare Saint-Charles lui parvient, amorti par le double vitrage.

L'homme s'approche de la fenêtre. Quatre étages plus bas, sous un crachin hivernal, des fourmis pressées gravissent ou descendent les marches de la gare. Des taxis stationnent n'importe où. Des gens s'embrassent au milieu des valises. Un chien errant circule entre une forêt de jambes. Et toujours ce flot de véhicules qui embouteille les lieux.

L'homme détourne la tête. Le peu qu'il a vu de Marseille en arrivant lui rappelle Barcelone, Buenos Aires, les ports latins en général. Il retrouve ici la saleté des rues, la foule cosmopolite, la misère des vieux quartiers et les beaux boulevards plongeant vers la mer.

De la poche de son blouson, il sort ce qu'il lui reste de l'argent de Pedro. De quoi tenir encore un jour, deux tout au plus. Il est temps d'aviser.

De son sac de voyage, il extrait un couteau et fait jouer la lumière sur la large lame. Pedro ne s'est pas moqué de lui. Elle fait bien trente centimètres de long.

Dans la salle d'eau, il en essaie le tranchant sur le pouce de sa main droite.

Ses yeux fixent sans ciller l'acier bleuté. Il appuie, doucement d'abord, puis de plus en plus fort. Le sang commence à couler. Il continue d'appuyer.

La souffrance lui arrache un sourire. Il la maîtrise puisqu'il peut arrêter quand il le veut. Hormis quelques blessures par balles, les cicatrices qui zèbrent son torse sont toutes de son fait. Il aime tester ainsi sa résistance à la douleur. Jouer avec la mort l'excite plus qu'un corps de femme.

Le lavabo blanc est maculé de sang. Soudain, la sonnerie du téléphone retentit.

Il sursaute violemment et lâche l'arme. Sa main est ensanglantée et le côté de son pouce, méchamment ouvert. Soucieux de ne pas laisser de traces suspectes sur les serviettes blanches de l'hôtel, il attrape au vol le rouleau de papier hygiénique et, tandis qu'il décroche le téléphone, se confectionne un fragile garrot.

C'est la réceptionniste de l'hôtel à l'appareil. Elle lui rappelle qu'il n'a pas rempli sa fiche de renseignements.

Il s'en débarrasse en lui affirmant qu'il s'en acquittera dès le lendemain, après le petit déjeuner.

Il retourne dans la salle de bains panser son pouce blessé. Puis rince la lame et le lavabo.

Cette salope peut bien l'attendre avec sa fiche. Demain, il sera parti pour les beaux quartiers.

– New York en février ! Mais ma pauvre chérie, tu vas geler sur pied !

– Oh, tu sais, ce n'est que l'affaire de cinq jours. Le temps que Charles-Henri règle ses affaires. J'en profiterai pour faire quelques emplettes sur la Cinquième Avenue et voir un ou deux spectacles à Broadway.

Les deux femmes, âgées d'une quarantaine d'années, viennent de quitter un immeuble cossu du boulevard du Prado.

Toutes deux sont très élégantes. La première, une blonde aux cheveux mi-longs et aux traits réguliers, porte un renard shadow, un sac Dior et des escarpins qui allongent encore sa jambe fine. L'autre, moins svelte, ses cheveux auburn retenus par un catogan de velours noir, est vêtue d'un confortable trois-quarts de cuir sombre, rehaussé d'un col de vison. Des escarpins de chevreau rouges et un sac assorti complètent sa tenue.

Elles s'installent dans un coupé sport. Alors que la blonde s'apprête à refermer sa portière, un homme s'interpose. Il brandit un couteau sous la gorge de la femme. Ses mains sont gantées de noir :

– Crie et tu es morte! jette-t-il avec un lourd accent espagnol.

Il ouvre la portière arrière et saute dans la voiture. Les deux femmes sont terrorisées. Tout s'est passé très vite.

La lame revient sous le cou de la conductrice. Un filet de sang glisse sur le foulard Hermès. La femme laisse échapper un sourd gémissement. Elle n'ose crier. Ses yeux cherchent désespérément du secours du côté du trottoir. Tout est désert.

– Démarre.

– Où... ?

– Vers la mer.

La voiture s'engage sur la chaussée. La femme conduit de façon saccadée et s'attire des coups de klaxon coléreux. La lame se fait plus pressante sous sa gorge.

– Conduis mieux.

La conductrice coule un regard vers son amie. Celle-ci est tétanisée par la peur. Rien à attendre de ce côté-là.

Le visage de l'homme s'encadre dans le rétroviseur. Il n'a rien d'un malfrat qui fait du vol à l'arraché. Son calme est affolant.

– Tourne là.

Là, c'est un chemin de terre qui domine la mer. Au bout d'un kilomètre, ils atteignent une crique, déserte en cette saison.

– Le sac, les bijoux! Donne! Toi aussi!

Les deux femmes s'exécutent en silence. Elles ont du mal à enlever leurs bagues tant leurs mains tremblent.

– Dehors.

Abandonnant les deux femmes, l'homme regagne le centre-ville et s'arrête dans un parking. Le tout n'a pas duré plus d'une demi-heure. Et il a pris à ce jeu un plaisir fou.

Quelques jours plus tard, dans le parking du centre Bourse, un homme est agressé. Alors qu'il tente de se défendre, son assaillant le frappe d'un violent coup de couteau dans le ventre.

Interrogé plus tard, par les services de police, il affirmera aux enquêteurs que son agresseur s'exprimait avec un accent espagnol.

Angelo Perret bâille derrière la réception. Il n'aime ni Lyon ni son travail de veilleur de nuit à l'hôtel *Bristol.* Il n'est plus si jeune et aimerait, le soir, pouvoir rester chez lui.

Il regarde sa montre : 21 h 30. L'hôtel est calme. Il peut enfin dîner. Avec un soupir las, il va chercher sa gamelle. Sa femme lui a préparé des macaronis sauce tomate. A peine a-t-il avalé la première bouchée que la porte s'ouvre. Un homme d'environ trente-cinq ans fait son apparition.

Le veilleur le salue. Il vient de reconnaître le client de la chambre 306. Celui qui parle avec un fort accent espagnol.

Il se détourne pour prendre la clé au tableau. Soudain, il ressent dans le dos une douleur fulgurante. Le souffle coupé, il tente de se redresser. Mais on lui tire violemment la tête en arrière. Il a juste le temps d'apercevoir une lame. La souffrance est terrible. Ses mains se crispent sur sa gorge ouverte. Le sang s'échappe à flot. Il étouffe. Les yeux exorbités, il s'écroule. Mort.

L'homme essuie soigneusement sa lame contre le cadavre et la remet dans son sac. Puis il prend la caisse contenant la recette, sort de l'hôtel et se fond dans la nuit.

– Toujours rien sur le meurtre du *Bristol* ?

L'inspecteur Dubail secoue la tête et s'écroule sur un siège. Il a consulté minutieusement le registre, interrogé le personnel, les clients présents cette nuit-là dans l'hôtel, passé chaque chambre au peigne fin. Sans le moindre résultat.

Le commissaire Bougreuil allume une blonde. Après deux bouffées, il l'écrase avec impatience dans un cendrier.

Il a promis à sa femme de diminuer sa consommation quotidienne de cigarettes et voilà qu'il en grille une toutes les cinq minutes. Il faut dire que cette histoire de l'hôtel *Bristol* commence à réveiller ses aigreurs d'estomac. Presque une semaine que le veilleur de nuit a été retrouvé égorgé, et toujours pas de piste.

Bougreuil regarde le jeune et nerveux Dubail. Un bon élément. Rien à dire sur sa façon de mener l'enquête.

– Et le client du 306 ? L'homme à l'accent espagnol ? As-tu mis la main sur lui ?

Dubail secoue la tête :

– La réceptionniste ne l'a vu que le jour de son arrivée, la veille du meurtre. Elle a juste échangé quelques mots avec lui et en garde un souvenir très vague. D'après elle, il a environ trente-cinq ans, est assez bel homme et peu bavard.

– Et son accent étranger, rappelle le commissaire d'un air songeur. As-tu pensé à contacter Interpol !

– Imbert s'en occupe.

L'Espagne... Le commissaire tourne la tête vers la fenêtre. De son bureau, il ne voit que l'autre aile du bâtiment de la PJ de Lyon et un tout petit coin de ciel sale.

Il se détourne avec un soupir. On semble à des années-lumière de la mer et du soleil, ici. Même à l'intérieur, tout est gris. Des fichiers muraux aux sièges, en passant par les néons et les posters civiques aux bouts de scotch jaunis.

Dubail se déplace sur son siège. Il fait terriblement chaud dans ce bureau. Le front dégarni de son chef brille de sueur. Pourquoi ne baisse-t-il pas le radiateur ?

Sans songer à frapper, l'inspecteur Imbert entre en trombe dans la pièce. Il brandit un télex :

– Chef ! Nous tenons peut-être un indice. La police espagnole semble connaître notre homme.

Sourcils froncés, Bougreuil prend connaissance du message. Un mandat d'arrêt est lancé en Espagne contre un individu répondant au signalement de celui recherché par la PJ de Lyon. L'homme, un Argentin de trente-quatre ans, s'appelle Fernando Alonso de Celada et vient de s'évader de la prison de Barcelone.

L'homologue espagnol de Bougreuil a joint un pedigree et un historique détaillés de l'individu ; un parcours à donner le frisson.

– Fernando Alonso de Celada, récite le commissaire pour Dubail. Placé en maison de correction dès l'âge de treize ans, passe rapidement aux délits et aux crimes. A subi trois internements psychiatriques. Arrêté pour sept vols à main armée, il s'évade une première fois d'une prison de Buenos Aires. En mars 1979, fait l'objet d'un mandat d'arrêt. Sa cavale s'achève en Espagne où il est arrêté pour neuf autres agressions. S'évade, est repris, avant de s'évader à nouveau de la prison de Barcelone le 21 janvier 1983. Les rapports psychiatriques espagnols indiquent qu'il souffre de troubles graves de la personnalité et d'une étrange tendance à l'automutilation. Il est froidement déterminé, intelligent, calculateur, impulsif et passe à l'acte avec une extrême facilité.

Il s'interrompt et regarde attentivement la photo noir et blanc du bélino, l'homme n'a pas un physique de brute. Il est même assez beau.

– Il s'est évadé il y a juste un mois, remarque Dubail.

Bougreuil lève la tête et rend le télex à Imbert :

– Lance un avis de recherche avec photo et renseignements à toutes les PJ. et à la PAF [1]. (Il se tourne vers Dubail.) Va montrer cette photo à la réceptionniste du *Bristol* ainsi qu'à tous les clients présents cette nuit-là. Quelque chose me dit que

1. Police de l'air et des frontières.

nous tenons notre homme. Et si je ne me trompe pas, il ne va pas tarder à se manifester.

– C'est lui.

D'emblée, la réceptionniste l'a reconnu. Son œil inquisiteur se promène sur le rapport qui se trouve sous la photo.

– Il est argentin... ?

Dubail se hâte de replier le papier.

– Merci. Veuillez rester à la disposition de la police. Nous pouvons à nouveau faire appel à vous.

Au même moment, un nouveau télex arrive sur le bureau du commissaire Bougreuil, provenant cette fois de la PJ de Marseille. Il signale deux agressions : l'une perpétrée sur deux femmes, avenue du Prado ; l'autre sur un homme dans un parking souterrain. Les trois victimes ont formellement reconnu leur agresseur sur la photo.

Le lendemain et les jours suivants, d'autres fax tombent : à Valence, deux employés de l'hôtel *Ibis* viennent d'être sauvagement attaqués, ainsi que le veilleur de nuit de l'hôtel *Savoie* à Grenoble.

Le 24 février, à Cannes, le portier de l'hôtel *Palma* reçoit à son tour la « visite » de Celada. Les terribles coups de poignard que ce dernier lui inflige manquent de peu le tuer. Il fait par la suite à la police une description précise de son assaillant.

Dans cette même ville, une famille entière est séquestrée une nuit durant et relâchée au petit matin contre une rançon de 20 000 F après une nuit cauchemardesque.

Le commissaire Bougreuil entre aussitôt en liaison avec ses homologues cannois et marseillais. Des barrages de police sont dressés depuis Lyon jusqu'à la frontière italienne. Les hôtels sont mis sous surveillance. En vain. Plus trace de l'homme en cavale.

Quinze jours après le meurtre de l'hôtel *Bristol*, le téléphone sonne dans le bureau de Bougreuil. C'est le commissaire Pardini, de la PJ de Nice.

Les inspecteurs Dubail et Imbert, qui sont présents, voient leur chef changer de visage :

– Quoi ? explose-t-il. Ça s'est passé quand ?...

Quand il raccroche, il a l'air atterré :

– Ce salaud vient encore de frapper, dit-il d'une voix sans timbre. Encore un veilleur de nuit dans un hôtel, à Nice. On l'a retrouvé dans la salle de bains de l'une des chambres, lardé de trente coups de couteau. Il a agonisé des heures. Avant de mourir, il a pu donner le signalement de son meurtrier. (Il soupire.) Il est mort pour 800 F, tout ce que contenait sa caisse.

Il regarde Imbert et Dubail :

– Je n'aime pas ça, mais il faut alerter la presse. Notre homme devient trop dangereux.

Toulon, 11 mars 1983

17 h 45. Sa journée de travail terminée, Marie-Christine, une jolie blonde de vingt-six ans, regagne à pied son domicile. Celui-ci se situe au cœur du centre-ville. Un trajet de quelques minutes que l'approche du printemps rend agréable.

Au-dessus du boulevard de Strasbourg, un vol d'étourneaux passe en criant.

La jeune femme sourit, heureuse de voir les beaux jours revenir. Les projets ne manquent pas. Son mariage avec Philippe approche. Une fête qui réunira familles et amis, et sera suivi d'un superbe voyage de noces dans les îles grecques.

Elle s'arrête pour acheter dans un kiosque le quotidien régional. En traversant la place de la Liberté, elle lit distraitement les gros titres. Rien que des faits divers sanglants. Quel est donc ce meurtrier TRÈS, TRÈS dangereux qui se fait appeler « El Bandido » ? Un dingue de plus, sans doute.

Elle replie son journal. Il lui faut maintenant se hâter. Déjà 18 heures. Dans une heure, Philippe doit passer la chercher afin d'aller dîner chez des amis. Il ne lui reste guère de temps pour se préparer.

Dans le couloir de son immeuble, elle s'arrête pour prendre le courrier. Un homme est là, qui semble attendre quelqu'un. Elle le salue d'un signe de tête poli et appelle l'ascenseur. A sa grande surprise, l'inconnu lui emboîte le pas. La porte se referme sur eux.

– Quel étage ? demande-t-elle.

L'homme se tourne vers elle et lui sourit. De type latin, il est vêtu d'un ensemble en jean bordeaux et doit avoir entre trente et quarante ans.

– Le même que vous, répond-il.

Marie-Christine le regarde étonnée :

– Vous ignorez à quel ét...

– J'ai dit le même que vous, l'interrompt-il en sortant d'un sac en plastique beige un couteau à large lame qu'il lui met posément sous la gorge.

Pétrifiée, la jeune femme déglutit avec peine. Que lui veut ce fou à l'accent étranger ? Pourquoi la menace-t-il ? Le sursaut de l'ascenseur qui s'arrête lui fait sentir la piqûre de la lame. Ce n'est pas un jeu. Elle est terrifiée.

– Vous... voulez mon sac. Tenez... prenez-le.

Le sourire de l'homme s'accentue. Un sourire glacé. D'un signe, il l'invite à sortir.

– Je suis derrière toi. Au premier cri, je te tue.

– Où... où est-ce qu'on va ?
– Chez toi.
Devant sa porte, Marie-Christine fouille dans son sac. Ses mains tremblent. Ses jambes la trahissent. Si seulement un voisin de palier survenait...
Comme s'il devinait ses pensées, l'homme lui arrache son sac et, sans la quitter des yeux, sort le trousseau de clés :
– Ouvre.
Quand la porte de son appartement se referme sur eux, Marie-Christine panique. S'il n'en veut pas à son argent, c'est qu'il veut la violer ou la torturer à l'arme blanche. Elle a peut-être à faire à un sadique...
Elle jette des regards affolés autour d'elle, comme si les murs familiers, le salon en rotin, ce décor qui lui appartient, et surtout, le téléphone qui trône sur un petit meuble, à deux pas d'elle, pouvaient lui être d'un quelconque secours.
L'homme plonge sur le téléphone et arrache les fils.
– Ne m'oblige pas à m'en servir, siffle-t-il, pointant à nouveau son couteau sur elle.
Marie-Christine réalise avec effroi que sa fébrilité se propage à son agresseur. L'homme perd son sang-froid. Son regard a pris un éclat inquiétant. Elle ne veut pas mourir comme ça... Pour le plaisir d'un psychopathe... à vingt-six ans.
« Philippe, aide-moi », hurle une voix en elle.
Mais Philippe doit être à des années-lumière de se douter du cauchemar qu'elle vit à cet instant. Elle ne peut compter que sur elle. Il faut qu'elle parle, qu'elle brise ce silence atroce, et surtout qu'elle se calme.
– Vous... vous voulez boire quelque chose ?

L'homme scrute son visage un long moment. Il la jauge. Les yeux clairs ne cillent plus en se levant vers lui. Les jolis traits sont moins mobiles. Les mains restent fébriles mais ont cessé de trembler. Elle paraît s'apaiser. Tout va bien.

– Une bière.

Il la suit jusque dans la cuisine et retourne avec elle au salon, sa bière à la main. Il lui désigne un fauteuil face au sien.

– Assieds-toi, intime-t-il.

Il n'a pas lâché son couteau. Que va-t-il se passer quand Philippe viendra ? Elle préfère ne pas y penser. Ou plutôt si, il faut qu'elle y pense. Qu'elle se débrouille pour que ce dingue soit alors parti. Dingue... L'accent...

Le gros titre du journal lui explose au visage en lettres sanglantes. Avec un frisson glacé, elle se souvient :

L'homme, disait l'article, est un Argentin de trente-quatre ans. Se pourrait-il que ce soit lui ? Non ! Ce n'est pas possible ! Trop invraisemblable ! Pourtant, l'âge, le signalement, tout correspond. Si seulement, il y avait eu sa photo en première page ! Elle se maudit à présent de ne pas avoir lu entièrement l'article. Mais non ! Elle n'y croit pas. Ce serait trop horrible qu'elle soit à la merci de ce meurtrier.

Le journal est là, abandonné sur le tapis, anodin, criminel.

Tout en buvant sa bière, De Celada observe la jeune femme entre ses cils. Un regard de chasseur qui accroche à son tour le quotidien gisant à terre ainsi que son nom mentionné dans les gros titres. Il comprend qu'elle sait.

– Tu vis seule ?

– Non.

La réponse a fusé. Marie-Christine soutient les yeux qui la fouillent. Elle ne doit plus lui montrer sa terreur.

– J'ai un compagnon, ajoute-t-elle. Il va bientôt rentrer.

L'homme se penche vers elle :

– Il n'y avait qu'une seule tasse dans l'évier. Je sais que tu vis seule. Ne me mens plus, je n'aime pas ça.

Le ton reste mesuré, mais la main s'est crispée sur le couteau. Marie-Christine a l'impression que son cœur va lâcher.

– C'est vrai, avoue-t-elle dans un souffle. J'ai menti... car j'ai peur. Ça vous étonne ?

Curieusement, ces paroles font retomber la colère de De Celada. Il sourit même. Après une hésitation, il pose son poignard près de lui sur le siège. Il ne supporte pas que ses victimes paniquent, mais leur peur provoque en lui un grisant sentiment de puissance. Dans ces moments, il se sent presque aussi fort que quand il frappe.

– Si tu obéis, je ne te tuerai pas.

– Obéir à quoi ? Qu'est-ce que vous me voulez ?

La sonnerie de l'entrée retentit. Aussitôt, De Celada saisit son arme et se lève d'un bond.

– Qui est-ce ?

Marie-Christine s'affole à nouveau. Philippe ! Ce fou est capable de le tuer sans raison !

Empoignant les longs cheveux blonds, il lui tire la tête en arrière et lui remet le couteau sous la gorge. Il est hors de lui.

– Réponds ou je t'égorge !

– Mon fiancé. Nous devions aller dîner chez des amis.

Il tire de plus belle sur la masse blonde. Il va lui arracher la tête. Elle étouffe un sanglot. Elle n'en peut plus.

– Pourquoi tu ne me l'as pas dit ? siffle-t-il. Pourquoi ?

Une main impatiente actionne à nouveau la sonnette.

– Marie-Christine ? appelle Philippe.

– Ouvre-lui, ordonne De Celada. Pas de bêtise ou je vous égorge tous les deux. Je ne suis plus à ça près.

A la pâleur de sa fiancée, Philippe comprend qu'il se passe quelque chose d'anormal. Que signifie ce regard suppliant ? Ce silence ? Pourquoi n'ouvrait-elle pas ?

– Qu'est-ce qui t'arrive ? Tu n'es pas bien ?

– Elle a peur, c'est tout. Entre et referme la porte.

Stupéfait, Philippe fixe l'étranger qui vient d'apparaître derrière Marie-Christine et qui la menace d'un couteau. D'où sort ce furieux ? Comment est-il entré ?

– Fais ce qu'il te dit, bafouille Marie-Christine. Il est dangereux.

Philippe tente de réfléchir vite, de garder son calme. Difficile, face à l'ordure qui pointe son arme sur la gorge de sa fiancée.

– Fais ce qu'il te dit, supplie-t-elle encore. Il en a tué d'autres. Il nous tuera si tu résistes.

Philippe s'exécute, la rage au ventre. Une rage trouble faite de peur et d'impuissance. Un inconnu vient de les arracher au quotidien pour les suspendre au-dessus du vide. Un jeu diabolique qui peut être mortel.

« S'il se relâche une seconde, se jure-t-il, c'est moi qui aurai sa peau. »

Mais alors qu'il se retourne pour refermer la porte, De Celada bondit sur lui, le ceinture et lui passe une paire de menottes. Le tout n'a pas pris trois secondes.

– Ordure ! hurle Philippe, hors de lui.

Marie-Christine n'a pas crié. Elle ne le peut plus. D'un œil hébété, elle regarde son fiancé tenter vainement de s'arracher les menottes. Lui comme elle sont pris dans une nasse. En sortiront-ils vivants?

La pression plus forte de la lame sur son cou réveille son épouvante. Les yeux écarquillés, elle ouvre la bouche pour hurler. Rien ne sort.

– Tu veux vraiment que je l'égorge? demande-t-il froidement à Philippe. C'est ce qui arrivera si tu continues. Va dans la salle de bains.

Vaincu, Philippe cesse de se débattre. Dans la salle de bains, De Celada le force à entrer dans la baignoire et lui ligote les jambes.

La respiration de Marie-Christine se fait courte. L'air lui manque. Elle suffoque. Non! Pas de crise! Pas maintenant!

– Elle a une crise d'asthme, s'affole Philippe. Laissez-la prendre son inhalateur!

De Celada ne semble pas entendre. Il se penche et arrache de la ceinture de Philippe le jeu de clés qui s'y trouve.

– Ta voiture? Où elle est?

– Bordel, laissez-la se soigner! hurle Philippe. Vous ne voyez pas qu'elle s'étouffe?

De Celada regarde tour à tour l'homme pris dans ses liens et la femme dont le visage se congestionne. La panique de l'un et le malaise de plus en plus violent de l'autre ne sont pas feints.

– C'est bon.

Une main crispée sur sa gorge, la bouche ouverte sur un air qui ne passe plus, Marie-Christine plonge sur l'armoire à pharmacie et arrache l'inhalateur de l'étagère. La pulvérisation de cortisone agit instantanément. L'air passe à nouveau. Mais la crise l'a brisée.

– Ta voiture, répète De Celada au fiancé de la jeune femme. Où tu l'as laissée ?

Philippe détourne les yeux de Marie-Christine. Elle va mieux. Il respire. Et puis, si l'autre veut une voiture, c'est qu'il compte partir et les laisser. Peut-être entrevoient-ils la fin de ce cauchemar.

– La Ford Escort grise, près de l'entrée.

De Celada empoigne Marie-Christine par le bras :

– Suis-moi.

– Laisse-la ! s'écrie Philippe. Prends la voiture mais laisse-la ! Attends... !

La porte de la salle de bains s'est refermée. Presque aussitôt, celle de l'entrée claque.

Philippe hurle à se casser la voix. Marie-Christine aux mains de ce tueur ! Et lui, ici, coincé, ficelé, impuissant ! C'est à devenir fou !

– Où... m'emmenez-vous ?

De Celada ne répond pas. Sa conduite est nerveuse. Il ne cesse de lancer dans le rétroviseur des regards traqués. Depuis Lyon où il avait volé une voiture, il a failli tomber sur un barrage et en a aperçu plusieurs autres. Il jurerait qu'ils étaient pour lui.

Instinctivement, il touche le manche de son poignard glissé dans sa ceinture. Sous son siège, dans un sac en plastique, la carabine est là, chargée, prête à servir. Armé comme il l'est, il ne craint personne.

Les phares éclairent un panneau : Sanary, Bandol. Il arrête la voiture.

– La ville, ici. Comment elle s'appelle ?

– Six-Fours, murmure Marie-Christine.

Ses mains se crispent sur ses cuisses. A peine 20 heures et l'avenue est déserte. Ici, pas de fuite possible. Il aurait tôt fait de la rattraper.

Elle prend une profonde inspiration. Ses poumons sont encore douloureux. La crise l'a épuisée. Mais à aucun prix elle ne doit faiblir. La moindre défaillance peut lui coûter la vie. Son seul soulagement est de savoir son fiancé vivant, à l'abri du couteau de ce fou. Elle-même a dépassé le stade de la terreur. Elle commence à dominer sa peur.

De Celada passe une vitesse et donne un grand coup de volant. Les pneus crissent. A la stupéfaction de la jeune femme, il fait demi-tour.

En entrant dans Toulon, Marie-Christine reprend espoir. Cette ville, elle y est née et la connaît comme sa poche. Au premier feu, se promet-elle, elle sautera de la voiture et fuira vers les rues de la basse ville. Il faut être du coin pour s'y repérer.

Hélas! le premier feu est vert, puis le second, le troisième. Le quatrième passe à l'orange, au rouge. Le cœur de Marie-Christine bondit. Elle glisse doucement la main vers la portière et... Non! Ce n'est pas possible! Il grille le rouge! Ainsi que le suivant! Il les brûle tous et traverse la ville en trombe. Tout est perdu.

Marie-Christine se mord les lèvres pour ne pas hurler et enfonce ses ongles dans ses paumes. Elle est au bord de la crise de nerfs. Qui résisterait à pareil traitement ?

Ils sortent de Toulon. De Celada prend la direction de Nice.

– Tu sais, lance-t-il soudain, ton fiancé a bien fait de ne pas résister. Je l'aurais égorgé.

Elle ferme les yeux, glacée. Il ne ment pas. Elle le sait.

« Je danse sur le fil d'un rasoir, songe-t-elle dans un brouillard en ravalant ses larmes. Et Philippe ne peut rien pour moi. Philippe! »

Elle se trompe. A force de se débattre, son fiancé est parvenu à détacher ses pieds. Écorchés par les menottes, ses poignets sont en sang. Les mains toujours entravées par les bracelets de fer, il rejoint la salle à manger, se précipite sur le téléphone qu'il rebranche, et compose comme un fou le numéro de la police.

En reposant le combiné, il se demande ce que fera l'homme face à un barrage.

– Marie-Christine, gémit-il, la peur au ventre.

Le commissaire principal Petitjean, de la PJ de Toulon, sursaute violemment en entendant la sonnerie du téléphone.

Il tourne un œil embrumé vers le réveil : 1 h 30. A cette heure, ça ne peut être que la PJ. Près de lui, sa femme émerge lentement.

A tâtons, il prend le combiné :

– Allô!... Quoi...? Nom de Dieu, c'est lui! Préviens la brigade territoriale! J'arrive!

– Qu'est-ce qu'il y a? s'inquiète sa femme en le voyant bondir hors du lit et attraper ses vêtements.

– Une femme a été prise en otage par un type qu'on recherche.

– Dangereux?

Le commissaire noue sa ceinture et prend son pardessus.

– Très, répond-il en sortant en toute hâte.

Cuers, Le Luc. Marie-Christine voit défiler les panneaux, les kilomètres dans la nuit de cauchemar.

Elle glisse un œil vers De Celada. Il paraît de plus en plus tendu. Elle sent qu'elle lui pèse, qu'il ne sait que faire d'elle et voudrait bien s'en débarrasser. Depuis Six-Fours, il n'a plus dit un mot. Silence insupportable, ennemi, qu'il faut rompre à tout prix. Obliger l'homme à se livrer, à sortir de lui-même, de sa folie, l'issue est là.

– Vous êtes... argentin ?

De Celada tourne légèrement la tête. Que lui veut cette presque morte ? Ignore-t-elle qu'il va la tuer ?

– El Bandido... c'est vous, n'est-ce pas ? insiste-t-elle doucement.

Dans cette jolie bouche de femme, son surnom ressemble à du velours.

– C'est moi. J'ai déjà tué plusieurs hommes, tu sais.

Marie-Christine lutte contre la panique qui la reprend. La tranquille fierté avec laquelle il lui a dit cela est effroyable : elle a bien affaire à un fou. Un fou qui tue et qui aime ça.

– Je sais, souffle-t-elle. Je l'ai lu dans le journal. Vous... vous êtes très... connu.

De Celada a un sourire sardonique.

– Je vais l'être bientôt plus encore.

Marie-Christine se recroqueville sur son siège et n'ouvre plus la bouche. A Saint-Raphaël, il arrête la voiture dans un parking.

Marie-Christine ferme les yeux. C'est la fin. Il va la tuer.

– J'ai sommeil. On va chercher un hôtel. Si tu dis quoi que ce soit devant le réceptionniste, je l'égorge, et toi après. Sors.

A peine dehors, il l'enlace et glisse son couteau sous les plis de son manteau. De loin, ils doivent ressembler à un banal couple d'amoureux.

Marie-Christine jette des regards éperdus autour d'elle. La rue est vide. Les volets sont clos sur des sommeils tranquilles. Dans son dos, la lame la dissuade de tenter quelque chose.

Un réverbère éclaire le néon bleu d'un hôtel. Le réceptionniste suit un match de football sur la petite télévision installée derrière le comptoir. Il le suit si bien qu'il ne tourne pas une fois la tête vers Marie-Christine et ne voit rien des appels désespérés qu'elle lui lance avec les yeux. C'est à peine s'il lève un regard sur De Celada en lui tendant la clé. Déjà, il s'est replongé dans son match.

Dans la chambre, il n'y a qu'un grand lit. La jeune femme le fixe sans oser faire un pas.

De Celada ferme la porte à clé et arrache les fils du téléphone. Puis il enlève son blouson. Une liasse de billets glisse de sa poche et tombe sur la moquette. Il la laisse. Sa chemise suit le même chemin.

Torse nu, il se tourne vers Marie-Christine debout, près de la porte. Elle est vraiment jolie avec ses longs cheveux blonds. Et cet air de biche aux abois, cette pâleur fragile l'embellissent encore.

– Viens.

Comme une automate, elle obéit et s'allonge. Il se tourne vers elle. C'est alors qu'elle remarque les nombreuses cicatrices qui zèbrent son torse. A demi-nu, avec ses mèches retombant en désordre sur son front, il a l'air brusquement plus humain.

Le désir se peint sur les traits de l'homme, dans sa main qui se tend vers elle. Marie-Christine ferme les yeux.

– Renforcez la surveillance des gares, des hôtels et des aéroports de Nice et Marignane. Lancez un appel pour retrouver la Ford Escort grise. Il faut faire vite. Il a un otage.

Les hommes de l'inspecteur Criado acquiescent et sortent. Avec cette histoire, toute la brigade territoriale Est est sur les dents.

L'inspecteur Criado passe sa veste et quitte son bureau. Le rapport concernant De Celada lui fait craindre le pire pour l'otage.

8 heures. Dans les rues de Saint-Raphaël où la vie reprend, un couple erre sans but.

Marie-Christine est blême. La tête bourdonnante, elle met un pas devant l'autre et ne sent même plus la lame qui effleure son dos sous le manteau. Elle avance, au rythme de l'homme. Elle ne songe plus à fuir ou à crier. Elle n'en a plus la force. Une pensée la hante : elle lui a cédé par instinct de survie. Mais dans la mesure où elle ne s'est pas débattue, peut-on considérer qu'il l'a violée ?

Une église se dresse devant eux. Et soudain, dans le brouillard, une idée germe. Argentin ? Latin ? Certainement chrétien en dépit de ses crimes.

– J'aimerais prier, lui dit-elle, en désignant l'église.

Il hésite et... l'entraîne vers le parvis. L'église est déserte. Aussitôt, Marie-Christine se met à genoux et fait mine de prier. Son pouls s'accélère quand De Celada s'agenouille à son tour et... se met à prier lui aussi.

Ils restent ainsi un moment silencieux, l'un près de l'autre. Enfin De Celada se lève et lui tend les clés de la voiture :

– Conduis-moi à la gare.

Marie-Christine n'ose plus poser de question. Qu'a-t-il encore inventé pour la torturer ?

Sa main se referme sur la clé. Ils retournent prendre la voiture. Marie-Christine démarre. La gare est proche. A peine s'est-elle arrêtée qu'il lui glisse dans la main un billet de 200 F et bondit hors du véhicule.

– *Adios*, lance-t-il en s'éloignant.

Marie-Christine reste pétrifiée. C'est impossible! Son cauchemar ne peut prendre fin d'un coup, comme on coupe un cordon!

Il lui faudra plusieurs minutes pour comprendre que c'est vraiment fini. Qu'il est parti et qu'elle vivra.

Quelques instants plus tard, De Celada est arrêté alors qu'il s'apprête à prendre le train pour Marseille.

Le 7 novembre 1987, la cour d'assises des Alpes-Maritimes condamnera Fernando Alonso de Celada à la réclusion criminelle à perpétuité.

Lors de son procès, il reconnaîtra les vingt crimes dont on l'accuse, mais ne voudra jamais admettre avoir violé Marie-Christine.

Pauline D'URGEL

Ange Salicetti, le Séminariste

Vingt avril 1934

Deux heures du matin à Montmartre.

Un bar au doux nom de poète dans la partie haute de la rue de Douai qui débouche sur la place Clichy. Un bar modeste à quelques mètres d'un cinéma. On raconte dans le quartier qu'il appartient à un curé corse qui le fait tenir par Dante, son neveu. Ça doit être vrai. En tout cas, ce qui est sûr, c'est qu'en poussant la porte de *Chez Dante*, un œil tant soit peu exercé reconnaît du premier coup sur le mur du fond de la salle les petits trous ronds des balles de revolver.

Ce qu'on peut également assurer, c'est que la clientèle de cet établissement n'a pas grand-chose à voir avec le public du cinéma voisin qui vient boire un verre à l'entracte. Elle se compose exclusivement de gens du milieu qui affichent leurs signes extérieurs de richesse : diamant au petit doigt et gourmette en or au poignet.

Dante, le patron, se tient derrière le comptoir. Il a la carrure d'un videur de boîte de nuit et le regard perpétuellement à l'affût à la manière du chasseur de son île natale dans l'attente du sanglier.

Dans la salle, sont réunis autour de deux tables

huit hommes, quatre à chacune des tables. Ils jouent au poker, nullement angoissés apparemment par l'éventualité d'une soudaine apparition de la police. Le bar n'est pas un tripot, mais on y joue presque nuit et jour.

Un des joueurs de la première table lève sa main surchargée de bagues.

– Ô Dante, remets-nous la même!

L'accent trahit le sud de la Corse, et le ton ressemble à un commandement.

Tandis que le patron ressert la tournée de Vittelmenthe, la porte s'ouvre brusquement. Instinctivement, les joueurs cessent de regarder leurs cartes pour observer le nouveau venu.

Un homme de taille moyenne et plutôt mince s'avance. Il porte des lunettes à verres épais, une gabardine vert pâle et un Borsalino de la même attendrissante couleur.

Il s'approche lentement des tables, puis s'immobilise. Jetant un regard circulaire sur les joueurs surpris, il lance avec un fort accent corse et en martelant ses mots :

– Salut les hommes! Excusez-moi si je me trompe...

Stupeur autour des tables. S'agirait-il d'une provocation préméditée ou d'une déclaration de guerre? Mettre en doute la qualité d'hommes de ces Messieurs qui, quelques secondes auparavant, battaient paisiblement le carton ne constituerait-il pas un affront impardonnable?

Pour le « mitan », un « homme », c'est le contraire d'un « cave ». On lui doit le respect parce qu'il vit en marge des lois et qu'il a un certain mépris pour celui qui travaille normalement.

Dante et les joueurs restent médusés. Personne ne

bouge. Personne ne parle. Pas une main ne cherche une arme. C'est un silence de mort et une observation réciproque inquiétante.

Enfin, comme dans le western qui se joue au cinéma voisin, le provocateur sort le grand jeu. Sa main brandit un revolver glissé dans sa ceinture et une salve d'artillerie ponctue son défi. Les balles achèvent de consteller de trous le mur de la salle.

Là-dessus, ce curieux visiteur recule calmement vers la sortie en continuant à braquer les tables. Il claque la porte et c'est seulement sur le trottoir qu'il prend ses jambes à son cou pour dévaler la rue de Douai.

Les truands qu'il vient de ridiculiser n'ont pas eu le réflexe de riposter. Si chatouilleux et susceptibles d'ordinaire, ils sont bien obligés de reconnaître qu'ils ont trouvé leur maître.

– Putain, s'exclame Dante, qui est ce *cafalo* qui a pu faire le coup.

Tous font un geste d'ignorance du menton, à l'exception du plus jeune de l'équipe.

– A mon idée, je n'en vois qu'un seul capable de ça. Un Corse monté de Toulon. Un dingue de la gâchette. Il s'appelle Ange Salicetti.

– Mais quelle raison a-t-il de nous provoquer? interroge un gentleman décoré à tête de notaire.

– Ma foi, répond le jeune, on m'a dit qu'il fait parler de lui à Toulon et à Marseille. Il aurait les dents longues.

– De toute façon, les amis, décrète Dante, on nous a donné un avertissement. Il va falloir ouvrir l'œil et le bon!

Curieusement, les réactions du milieu corse de Montmartre se font attendre. Susceptibles et méfiants comme tous ceux qui mènent une vie dangereuse, les habitués de *Chez Dante* se bornent à recueillir le maximum de renseignements sur l'énergumène assez fou pour venir les narguer dans leur retraite.

Avec les antennes dont ils disposent sur la Côte entre Marseille et Nice et après de longues conversations téléphoniques, ils arrivent à cette conclusion : Salicetti est un dur. Il risque de devenir dangereux.

A Marseille, les révélations de Dominique Paoleschi dont l'épouse, Marie la Jolie, travaille dans une *casita* de Buenos Aires avec la femme d'un des célèbres frères pourraient faire craindre les pires menaces. Salicetti ne reculerait devant rien pour s'imposer. Son pedigree est déjà éloquent.

Il a quitté la Corse pour tenter sa chance sur le Continent. Après avoir travaillé pendant quelque temps à l'arsenal de Toulon en qualité de soudeur, il s'est mis à fréquenter les bas-fonds du Chapeau Rouge. Là, il a fait la conquête de la tenancière d'une maison de tolérance de la rue des Remparts.

Pour lui, c'était une promotion inespérée. Seulement, elle n'était pas du goût d'un certain Paul Graziani dont le frère, Sylvestre, était président du Syndicat local des « maisons de société ».

Les deux frères décident d'éliminer l'intrus.

Averti de leur intention, Salicetti passe à l'action. Il prend les devants en enlevant Cathy, la pensionnaire d'une maison close des Gorges d'Ollioules qui travaille pour le compte d'un homme du clan Graziani. Par la même occasion, il se débarrasse de ce rival en l'abattant dans la montée qui accède au bordel.

Sur sa lancée, il veut aller jusqu'au bout. Au cours

d'une expédition, il flingue Sylvestre Graziani, le puissant président des tauliers, sur la route d'Antibes. Or les frères Graziani sont les cousins germains de Marie la Jolie, la femme de Dominique Paoleschi ; ils ont vu le jour à Lucciana, le même village que celle-ci. Quand ils viennent passer leurs vacances au pays natal, ils se retrouvent tous en famille et les Graziani éblouissent petits et grands par leur élégance et leur générosité.

En résumé, l'intime conviction de Dominique Paoleschi est que Salicetti est monté à Paris pour échapper à la vendetta déclenchée par le clan Graziani-Paoleschi et se faire une place dans le milieu montmartrois.

Quoi qu'il en soit, les récents antécédents toulonnais d'Ange Salicetti, de même que la scène d'intimidation de *chez Dante*, constituent à présent le sujet de conversation principale de ces Messieurs dans les bars situés entre la place Clichy et la place Pigalle.

Rien ne semblait prédisposer ce jeune loup à devenir un hors-la-loi.

Ange Salicetti est le fils d'un garde-chiourme au bagne de Guyane. Né à Cayenne, élevé dans les principes de la religion catholique, il garde pendant toute sa jeunesse, fortement enracinées, les règles morales auxquelles sont attachés ses parents, la croyance superstitieuse dans les chapelets, les scapulaires et les médailles bénites. A la maison, son père et sa mère parlent plus volontiers corse que français. Lui, bien que né à des milliers de kilomètres de son île d'origine, se sent corse jusqu'au bout des ongles. En avançant vers l'adolescence, son comportement habituel se fonde sur la solidarité, la générosité et... la vengeance.

A dix-huit ans, il débarque au village familial, où son père prendra sa retraite de surveillant des forçats. Il hésite longtemps avant de trouver sa voie. Cultiver la petite propriété des Salicetti, pas question. Faire le berger dans la montagne, non plus. Devenir surveillant des bagnards comme il l'a vu faire par son père pendant des années, encore moins...

Finalement, son côté mystique le fait entrer dans les ordres à Ajaccio. Le voilà donc au séminaire. D'abord enfant de chœur, il se conforme aisément aux chants et aux prières liturgiques. Il assiste aux offices avec une piété qui n'est pas feinte. Il attend avec impatience le moment de revêtir la soutane noire.

Pourtant un beau jour, à la suite de la réprimande d'un supérieur, il craque. Il cède à la tentation de tout laisser tomber et de changer d'existence. Du tout au tout. Il sera gangster comme dans les films, il gagnera de l'argent, il aura les plus belles filles...

Il retourne passer quelques jours au village avec sa famille, console sa mère bouleversée de le voir abandonner le sacerdoce, puis s'embarque pour Toulon. La ville abrite une forte colonie corse. Il fait la connaissance d'un garçon de son âge qui a le même prénom que lui, Ange Fontana. Ils vont devenir inséparables et tous les deux ont les dents longues.

Pour arriver, ils feraient n'importe quoi. Ils se débarrassent de ceux qui les gênent. Mais, pour Salicetti, le pépin surgit après l'exécution du président Sylvestre Graziani.

Un nommé Raffaëlli, qui a participé à l'opération, dénonce le tueur. Alors, afin d'éviter la déposition capitale de Raffaëlli en cour d'assises, Ange Fontana supprime le témoin. Salicetti pourra dire merci à son inséparable ami. Grâce à cette liquidation opportune et au talent de Me de Moro-Giafferi, son avocat, il s'en tirera avec huit ans de réclusion.

Pendant qu'il purge sa peine, c'est-à-dire pendant la Guerre 39-40 et l'Occupation, son ami Fontana trafique dans le marché noir sur la Côte. Un litige avec Pascal, un cousin germain de Salicetti, survient à propos d'une commission non réglée. Fontana ne trouve rien de mieux que de supprimer le contestataire.

Ce n'est pas du goût de Salicetti, très attaché aux vieilles traditions corses, selon lesquelles rien ne passe avant la famille. Dans sa cellule, il ne pense plus à la conquête de Paris. Il préfère ruminer des idées de vengeance.

Ange Salicetti sort de prison après la Libération. Pendant sa « villégiature » en centrale, le milieu montmartrois a connu la paix. La provocation de *Chez Dante* est oubliée. Une ère de prospérité s'ouvre avec l'arrivée des Américains, avides de petites femmes de Pigalle.

Mais l'ancien séminariste a autre chose en tête. Il doit, selon la coutume ancestrale, faire payer la « dette de sang » à son ancien ami Fontana. Il l'embarque dans un bar du Vieux Port de Marseille et « l'emmène en belle » dans les collines de Cuges.

Un peu au-dessus de la route Marseille-Toulon, il a repéré une pinède tranquille. Il arrête la voiture, fait descendre Fontana et le ficelle contre un arbre.

Et le supplice commence. Salicetti allume une lampe à souder et approche la flamme bleuâtre de l'épaule de l'homme ligoté.

Les chairs grésillent et se boursouflent. Un frémissement parcourt le malheureux. Il hurle sa douleur.

– Pitié, pitié!

Son tortionnaire ricane :

– Tu m'excuseras si, depuis le temps, j'ai perdu un peu la main. La dernière fois que j'aie manié le chalumeau, c'était à l'arsenal de Toulon.

Il active sa lampe à souder. L'odeur de viande grillée chasse le parfum des pins et de la garrigue.

– Bordille, ça t'apprendra à trahir les amis. Au plus tu gueules, au plus tu souffres, au plus je me régale!

Le supplice durera deux heures. Fontana s'évanouira à plusieurs reprises. Son bourreau le fera revenir à lui à coups de pied dans le bas-ventre. Néanmoins, le malheureux aura encore toute sa lucidité lorsque Salicetti l'achèvera de trois balles dans la nuque.

Mais l'ancien séminariste est insatiable. Ce règlement de comptes effectué, il ne s'estime pas quitte. Tant que l'associé de sa victime, Sylvestre Mattei, ne sera pas liquidé, sa conscience ne sera pas en paix.

Son prochain homme à abattre a quitté les rivages méditerranéens pour se fixer à Paris. Il possède un night-club qui prospère du côté de Pigalle.

Qu'à cela ne tienne, Salicetti retourne à Montmartre comme il l'avait fait avant la Guerre dans l'affaire de *Chez Dante*.

Deux jours plus tard, son gibier ayant été repéré, une rafale de mitraillette tirée en plein jour d'une voiture roulant au ralenti l'abat devant le jet d'eau de la place.

Cet exploit audacieux marque l'instauration dans le milieu de méthodes criminelles jusqu'alors réservées aux gangs de Chicago. Les Corses de Paris et de Marseille encaissent mal le coup.

– Pour qui il se prend, l'Ange? gronde François

Luchinacci, dit le Notaire parce qu'il a fait ses études de droit avant de plonger dans les activités plus ou moins légales. Il ne faudrait pas qu'il s'avise de nous imposer sa loi ! Les terreurs, nous n'aimons pas ça !

N'empêche, Salicetti est en pleine ascension. Il vient d'acheter à Montmartre *l'Équipage*, rue Duperré, dont il a confié la gérance à son ami Adrien Caëtti. Il contrôle *l'Autobus 22* et *le Château d'If*, dont s'occupent Matthieu Costa et Antoine Quilici. La folie des grandeurs l'envahit. Il veut mettre la main sur tout ce qui rapporte : les cabarets, le racket, les belles de nuit, la contrebande des cigarettes, dont il sait que son compatriote, Antoine Paolini, dit Planche, est un des patrons.

Le Notaire suit d'un mauvais œil sa réussite spectaculaire dans l'Empire de la Nuit. Formé par Paul Venture Carbone dont il était le lieutenant à ses débuts, il exerce la profession officielle de courtier en liège. Sa famille, des plus honorables, possède sur les flancs de la montagne qui domine la côte orientale de la Corse de vastes forêts de chênes-lièges. Quant à ses fréquentations, elles vont des personnalités du Tout-Paris aux caïds les plus redoutés du Milieu. S'il est tombé de ce côté-ci de la barricade, c'est à cause d'une fille de maison close qu'il avait enlevée dans l'ardeur de ses vingt ans.

En ce moment, François Luchinacci a pris la place de Venture Carbone dans le cœur de la célèbre Manouche, propriétaire du *Chambiges*, un des bars les plus célèbres des Champs-Élysées, qui fait restaurant le soir.

Après quelques mois de guerre froide entre le Notaire et l'ancien séminariste, les positions des deux rivaux se durcissent. Luchinacci ne se gêne pas pour critiquer durement dans le milieu les manières de Salicetti. Celui-ci l'apprend à son P.C. de la rue Duperré. Alors il passe à l'action.

Le soir même, alors que le Notaire sort du *Drap d'Or* au bras de Manouche, des tireurs anonymes le prennent pour cible. Il s'en tire sans aucune égratignure. Il a eu le temps de s'allonger sur une marche. Quatre balles étaient passées au-dessus de sa tête.

– Les salauds! dit le rescapé. Ils tirent sur moi par surprise, ils n'oseraient pas m'attaquer en face!

Depuis, des hommes aux allures suspectes rôdent autour du *Chambiges*. Des racketteurs, sans doute envoyés par Salicetti pour intimider le Notaire. L'Ange assure du reste la « protection » des restaurants connus et des boîtes de nuit. Ces établissements lui achètent leur tranquillité; s'ils ne paient pas, ils s'exposent à des bagarres fréquentes au moment de l'affluence, voire à des incendies criminels.

Le Notaire ne décolère pas.

– Le Séminariste veut m'avoir à l'intimidation, rage-t-il. Il va me le payer!

Il charge un de ses gardes du corps, Napoléon Cortichiato, d'aller abattre en représailles Adrien Caëtti, l'ami de Salicetti, gérant de *l'Équipage*.

La mission est accomplie le jour suivant.

L'Ange écume de fureur. Son premier devoir est de venger Caëtti. Il se met personnellement à la recherche de Cortichiato. Celui-ci n'est plus à Paris. Son contrat rempli, il est retourné en Corse. L'Ange saute aussitôt dans un avion pour Ajaccio. Il aperçoit l'homme à abattre attablé devant un pastis à la terrasse d'un café du cours Napoléon.

Il se dirige tranquillement vers lui en se frayant un passage à travers les flâneurs, nombreux à l'heure de l'apéritif. Il marche la jambe droite un peu raide à cause du « calibre » qu'il a dans la poche. A quelques mètres de la terrasse, il dégaine et tire. Cinq coups : un mort qui s'écroule au bas de son fauteuil.

La riposte ne se fait pas attendre. Les hommes du Notaire saccagent à Montmartre et dans tout Paris les établissements appartenant à son ennemi. Pigalle retentit périodiquement de violentes fusillades. Paul Milani, du clan Salicetti, est abattu au *Fan-Fan Bar*. Mais l'Ange demeure introuvable à Paris.

Apprenant qu'il séjourne à Ajaccio, Luchinacci organise sur place un attentat. Il sait que son ennemi, très pieux, se rendra à la grand-messe dominicale à la cathédrale où fut baptisé Napoléon, le futur empereur. De fait, à la sortie de la cérémonie, une salve de mitraille accueille l'Ange et les parents qui l'accompagnent. Son oncle, Benoît Pietri, qui marchait à ses côtés, est tué net d'une balle en plein cœur. Sa jeune nièce est grièvement blessée. Par une chance providentielle, Salicetti s'en tire avec un projectile dans le cou. Il se rétablit en quelques semaines.

Aux approches de Pâques 1948, l'Ange est pris d'une crise aiguë de mysticisme. Il se recueille et prie de longs moments dans la petite chapelle qu'il a fait aménager dans sa propriété du Raincy, aux environs de Paris. Il se met dans l'idée que, s'il a échappé à la mort en sortant de la cathédrale d'Ajaccio, c'est que cette chance est due à la grâce de Dieu. En conséquence, son devoir exigerait qu'il aille remercier le Seigneur à la cérémonie du *Catenacciu*, le vendredi saint à Sartène.

Comme il connaît l'histoire des bandits d'honneur de son pays, il n'a pas oublié que les hors-la-loi André Spada et François Bornéa ont revêtu la tenue rouge et porté la cagoule de même couleur du Pénitent Rouge en expiation de leurs péchés et en reconnaissance d'avoir échappé à leurs ennemis et aux gendarmes.

– Je serai, moi aussi le *Catenacciu*, décide-t-il.

L'identité du Pénitent Rouge est gardée secrète. Seul l'archiprêtre de Sartène la détient sur son carnet.

Ce que l'on peut dire, c'est que, en cette nuit du vendredi saint, l'homme en cagoule n'est qu'un être misérable. Pour mériter la paix de son âme, il accepte de revivre au plus profond de lui-même et jusque dans sa chair les souffrances du Christ.

L'Ange arrive donc à Sartène. Il s'habille pour la cérémonie dans un lieu caché. Il passe la robe, se coiffe de la cagoule, puis se fait conduire en voiture jusqu'à l'église, où il entre par la petite porte.

Le voilà prêt pour sa pénitence.

On lui fixe les lourdes chaînes aux pieds et on charge son épaule d'une croix de cinquante kilos.

Et en route pour la procession...

Dans le romantique décor des vieilles maisons de granit, des ruelles en escalier, des passages obscurs, le *Catenacciu* doit gravir son Golgotha. Des milliers de bougies brûlent sur le rebord des fenêtres. L'électricité de la ville est coupée.

Soudain, un chant lugubre n'en finit plus de sangloter :

Perdono, mio Dio,
Mio Dio, perdono!
Perdono, mio Dio,
Perdono, pièta!

Accablé sous le poids de l'énorme croix, les chevilles meurtries par les chaînes, les pieds ensanglantés par les morceaux de verre, les clous et les punaises semés sur son passage, l'Ange s'affaisse. Il tombe à genoux. Il doit faire trois chutes comme le Christ. La transpiration et les larmes détrempent sa cagoule.

Une sorte d'exaltation mystique saisit la foule. Des femmes cherchent à arracher la cagoule du Grand Pénitent. D'autres l'encouragent :

– *Aïo*, tiens bon, c'est toi qui l'as voulu !

A la bénédiction finale sur la place Porta, toute la foule s'agenouille. Le supplice du *Catenacciu* tire à sa fin. L'hallucinant cortège va rentrer dans l'église.

L'homme en rouge n'en peut plus. Il titube. Enfin le voici dans le lieu saint. Il va déposer sa croix au pied de l'autel, se met à genoux et dit une prière.

Son calvaire est terminé.

Il n'a plus qu'à s'esquiver par la sacristie pour se débarrasser de ses vêtements de pénitent, sortir par une porte dérobée et se fondre dans la nuit.

Le lendemain, jour de la Résurrection, ce sera l'Ange le plus acharné, peut-être, à tirer en l'air des salves d'allégresse. Tandis que les cloches carillonnent, les mitraillettes, les fusils, les carabines, les revolvers, les tromblons, les escopettes et même les pétards s'en donnent à cœur joie.

Pour Salicetti, est-ce la Résurrection du Christ qu'il célèbre ou la prochaine condamnation à mort de son ennemi ?

Une vingtaine de jours après la cérémonie du *Catenacciu*, l'Ange apprend par ses informateurs que le Notaire s'apprête à le liquider. Il prend les devants. Il sait qu'un ami du Notaire, qui est aussi un cousin de Dominique Paoleschi, fréquente un bar-tabac de la rue Lafayette. Il s'agit de Hyacinthe Filippi, patron du *Colibri*, une boîte de Pigalle.

Au volant de sa traction noire, Salicetti tourne plusieurs fois autour du bar jusqu'au moment où il aperçoit Filippi battant le briquet sur le trottoir pour allumer une *Lucky Strike.*

Les vitres de la voiture s'abaissent. Deux canons de mitraillettes se pointent vers le fumeur. Une rafale crépite. Filippi tombe sur le trottoir, tué net. Aussitôt la traction bondit en avant et se perd dans le flot de la circulation.

La police a un renseignement. Encore un coup de l'Ange !

Deux inspecteurs se présentent au domicile de Salicetti.

– Où étiez-vous avant-hier après-midi vers 16 heures ?

Très calme, le Séminariste leur fournit un alibi qu'il croit en béton.

– Moi, à cette heure-là, Messieurs, je faisais la belote chez mon ami Matthieu Costa, propriétaire de *l'Autobus 22*. Une douzaine de personnes étaient présentes. Vous n'avez qu'à vérifier.

Bien entendu, les déclarations de Salicetti sont confirmées. L'enquête s'orientera dans une autre direction.

Quelques jours après l'exécution de Filippi, une voiture s'arrête devant *l'Équipage*, rue Duperré. Trois hommes en descendent. Ils pénètrent dans le bar et s'approchent du comptoir. Sans doute espéraient-ils trouver Salicetti. Ils ne trouvent que son garde du corps. Pour ne pas être venus pour rien, ils font un carton sur lui.

La guerre des Corses arrive à un tournant décisif.

Dans le but de faire cesser le carnage, Dominique

Paoleschi cherche à intervenir. De Marseille, il appelle au téléphone Salicetti, qui se trouve dans sa propriété du Raincy.

– Allo, c'est toi, l'Ange ?

– Oui, c'est moi. Qui est à l'appareil ?

– Dominique Paoleschi.

– O Doumé, qu'est-ce qui t'arrive ?

– J'ai quelque chose de très important à te dire.

– A quel sujet ?

– A propos du Notaire, de François Luchinacci. Je tiens à t'assurer qu'il n'est pour rien dans tout ce qui vient d'arriver. Mais c'est difficile d'expliquer ça par téléphone. Le mieux serait qu'on se rencontre le plus tôt possible.

– Volontiers. Mais où ça ? A Paris, à Marseille ?

– Si tu pouvais descendre à Marseille, ça m'arrangerait. Je suis très pris avec mon établissement. *Paris-Montmartre* marche bien.

– Quel jour te conviendrait ?

Un instant de réflexion, puis :

– Après-demain, par exemple.

Nouveau silence. Le Séminariste doit calculer son emploi du temps. Il finit par approuver :

– D'accord, Doumé. J'en profiterai pour aller voir Tintin Tramoni au *Kentucky*. Je viendrai donc après-demain. Où ça, le rendez-vous ?

– Au bar *l'Aiglon*, place Gabriel-Péri. Tu connais ?

– Pardi, il appartient à Dominique Colonna, ton associé, pas vrai ?

– Je crois que tu l'as connu dans le temps...

– Tu as raison, il y a des années...

– Bon. Je t'attendrai mercredi soir vers vingt heures. Colonna sera avec moi. C'est un homme de bon sens.

– A mercredi. Soyez exacts.

– Pas de problème. Allez *ciao*!

Au jour dit, à l'heure dite, Paoleschi et Colonna attendent Salicetti au fond de la salle de *l'Aiglon*. Bientôt, un autre homme les rejoint : une figure connue à Marseille, Antoine Guerini, patron du *Versailles*, qui passe pour un « parrain ». Tous les trois, l'air grave, se mettent à converser en corse.

Guerini sourit et fait une observation en français :

– Dites, on se croirait au temps où les bandits d'honneur au maquis signaient entre bandes rivales un traité de paix. Les médiateurs s'efforçaient de régler les conflits tout en respectant les droits de chacun et en prévenant de nouvelles tueries. Malheureusement, ces traités étaient souvent rompus et le sang coulait à nouveau...

– Mais c'était l'ancien temps, murmure Paoleschi en clignant de l'œil.

C'est à cet instant que l'Ange fait son apparition. Il a l'air tendu.

– Notre ami Antoine Guerini est venu en observateur, pas en *pacero*, s'empresse de préciser Paoleschi après les serrements de main.

Autour de la table, le silence pèse lourdement. Personne ne se décide à engager la discussion. Antoine Guerini observe Salicetti à la dérobée. Il n'a jamais eu de litige avec l'Ange. Pourtant, une certaine défiance se lit sur son visage.

C'est Paoleschi qui, le premier, prend la parole. S'adressant à Salicetti en cherchant son regard derrière les gros verres de ses lunettes, il commence :

– Ange, tu me connais. C'est moi qui ai pris l'initiative de cette réunion. Il le fallait. Nous n'allons pas continuer à nous entre-tuer. Il faut faire la paix. Tout d'abord, tu as ma parole que François

Luchinacci se tiendra tranquille à condition que tu arrêtes les hostilités.

Le Séminariste écoute avec attention. Puis il se penche au-dessus de la table pour énoncer d'un ton ferme :

– Pour toi, ça va, j'ai ta parole. Mais je n'ai pas la sienne...

– Tu l'as, intervient Colonna. Je l'ai vu au *Drap d'or*. Il ne fera rien pour rompre cet accord, cette réconciliation.

– Fais-nous confiance, l'Ange, enchaîne Paoleschi. Surtout, ne va pas te faire tuer pour rien. Il y en a qui sont trop nerveux.

Salicetti l'examine longuement avant de dire :

– Écoute, Doumé, j'ai confiance en ta parole. C'est d'accord, je laisse le Notaire tranquille, mais à la moindre incartade, je le fais descendre. Tant qu'il se tiendra peinard, il pourra dormir sur ses deux oreilles. Seulement, qu'il ne s'avise plus de fréquenter mes ennemis... Tu vois qui je veux nommer : Jo Renucci et Antoine Paolini... Dans ce cas, impitoyable, je serai...

– Ne te fais pas de souci, Ange, déclare solennellement Paoleschi, je m'en porte garant.

Antoine Guerini reste silencieux. Il n'est là que pour dispenser « la bonne parole » le cas échéant. Il n'a participé en rien aux pourparlers. Là-dessus, les quatre hommes prennent l'apéritif et se séparent sur une très protocolaire poignée de main.

Trois jours après le « traité de paix » verbal conclu au bar *l'Aiglon*, François Luchinacci, l'homme qui avait été l'objet principal de la discussion entre Paoleschi et Salicetti, est arrêté par la police, lors d'un contrôle, en compagnie de quatre ennemis du Séminariste munis d'un abondant arsenal.

Lorsque l'information lui parvient, l'Ange se met en fureur :

– Doumé a essayé de me rouler, s'écrie-t-il devant son ami Matthieu Costa. Il se croit le plus fort... Mais gare !

– Il était peut-être sincère, plaide timidement Costa.

– Faut pas rigoler. Sa sincérité, je n'en ai rien à foutre. Je l'entends encore me jurer la main sur le cœur : « Sois tranquille, l'Ange, je m'en porte garant. » Bordille, va !

Le soir même, Salicetti appelle Paoleschi au téléphone.

– Doumé, tu n'as pas tenu parole, lui reproche-t-il amèrement. C'est pour aller à la pêche que le Notaire et ses collègues se trimbalaient avec des Lüger, des Colt, des Smith & Wesson et tout le toutim... ? Je vais être obligé de t'envoyer mes hommes au *Paris-Montmartre*... Tu vas voir comment ils vont te l'arranger, ta boîte ! Tant pis ! Garde-toi, Doumé !

Paoleschi essaie d'expliquer :

– Ma parole, l'Ange, je ne suis pour rien dans cette histoire... Je vais te dire...

Le Séminariste raccroche brusquement avant que son interlocuteur ait pu achever sa phrase...

Et la vendetta se poursuit.

Chaque nuit, vers une heure, le Séminariste a l'habitude d'aller chercher sa femme, Germaine, à la sortie de *l'Équipage*, rue Duperré.

Cette nuit-là, avant de sortir de sa voiture, il remarque dans son rétroviseur une jeune femme grande et élancée qui fait les cent pas sur le trottoir.

– Té ! Une pute, soliloque-t-il en souriant. Je parie qu'elle va me proposer de « monter ». En tout cas, c'est un joli lot. Un peu mince peut-être, mais des jambes...

La jeune femme s'approche de l'auto en faisant tournoyer nonchalamment son sac à main. Le Séminariste reste à son volant, regardant la fille qui s'avance à petits pas sur ses talons aiguilles.

Elle se trouve à moins de dix mètres quand elle s'arrête, ouvre son sac et en sort un bâton de rouge qu'elle passe soigneusement sur ses lèvres. Puis, soudain, avec une rapidité incroyable, la scène change : la jeune femme brandit un pistolet et tire à deux reprises sur la voiture. Salicetti a le temps de se baisser : une balle siffle à son oreille droite ; une autre lui érafle l'épaule gauche.

Déjà, la tireuse s'enfuit à toutes jambes, relevant le bas de sa jupe pour mieux courir. Tournant dans une rue perpendiculaire, elle saute dans une Delage blanche stationnée au bord du trottoir. Avant de démarrer, elle enlève sa jupe et sa perruque.

Le visage émacié d'Antoine Paolini, dit Planche, apparaît alors sous une épaisse couche de fond de teint.

L'Ange n'a pas pu intervenir, tant sa surprise était immense.

De toute façon, l'attentat est manqué.

La rage du Séminariste atteint son paroxysme. Sa conviction est que, dans l'ordre, trois hommes ont juré sa perte : François Luchinacci, Jo Renucci et cet Antoine Paolini, mince comme une planche, qui se déguisait si bien en belle de nuit. Celui-là, avec qui il était entré en rapports à Tanger pour une affaire de cigarettes américaines, il gardait en permanence sa photographie à l'intérieur de son portefeuille pour être assuré de bien le reconnaître malgré sa myopie.

Les véritables raisons de cette inimitié contre ces trois importantes personnalités du milieu? Pour l'ennemi numéro 1, Luchinacci, c'est une question d'orgueil et de domination dans l'empire des nuits parisiennes. Pour l'ennemi numéro 2, Jo Renucci, il s'agit de l'opposition de celui-ci à la participation du Séminariste dans le trafic de cigarettes monté avec Planche. Une question d'amour-propre. Quant à l'ennemi numéro 3, Antoine Paolini, l'associé de Renucci, ce sont les mêmes motifs. Avec une pointe de jalousie à l'égard de Renucci.

Joseph Renucci, dit le Petit Jo, est le type même du truand embourgeoisé de la nouvelle génération. Il a quarante ans au moment des hostilités qui ensanglantent les clans adverses du milieu. Intelligent et roublard, il a compris que, pour se construire une belle carrière, il fallait s'appuyer sur les qualités rares et solides qui marquent les réussites enviables dans le monde des affaires. Le simple courage, le goût du risque et l'adresse au revolver ne représentent plus les atouts qui permettent de s'imposer dans le milieu et dans la société.

Un mètre cinquante, tiré à quatre épingles, affichant de bonnes manières, sujet à des crises de bégaiement chaque fois qu' « il prend la colère », tel apparaît l'une des plus douées des grosses têtes du milieu marseillais.

C'est sans doute parce qu'il craint, avec sa petite taille et ses défauts d'élocution, de ne pas arriver à se faire comprendre qu'il porte instinctivement la main à l'emplacement de la poche intérieure de son veston, histoire de vérifier que son revolver est bien en place.

– Lui, il sait parler mieux que moi, ironise-t-il volontiers.

Mais les condamnations n'attendent pas le nombre des années. Il écope de la première à l'âge de vingt ans. Un défaut de port d'arme à cause de sa sacrée manie d'avoir constamment une arme à portée de la main.

Arrêté par la suite dans des affaires de vol et d'agression à main armée, il trouve presque toujours le moyen de se forger un alibi. C'est un rusé.

Monsieur Jo, ainsi qu'on l'appelle avec une certaine déférence, prend comme règle de conduite le conseil que lui a donné un ancien : « Surtout, ne te mouille jamais. »

Officiellement, depuis 1935, il exerce le métier d'importateur d'agrumes. A côté, il se lance dans la politique. Sous le septennat d'Albert Lebrun, il fait campagne pour les élections sénatoriales en faveur du candidat socialiste Fernand Bouisson. Élu sénateur des Bouches-du-Rhône, ce dernier devient, grâce à son entregent, président du Conseil. Fonction éphémère du premier au quatre juin 1935.

Les hautes fonctions et les relations de l'homme politique permettent à Renucci de nouer de profitables relations dans le monde des affaires.

Pendant l'Occupation, alors qu'il représente une marque de champagne connue, il s'inscrit au P.P.F. de Doriot et de Sabiani, où il rencontre le fameux duo Carbone et Spirito.

Sentant le vent tourner à la fin 1943, il n'hésite pas à virer de bord. Ainsi, à la Libération, la Résistance le laissera naviguer en eau trouble. Dès lors, ses ambitions prendront brusquement leur essor.

Il monte un cabaret de luxe, *le Drap d'Or*, rue Vaccon, et un salon de thé, *le Ceylan*, rue Paradis, fréquenté par les belles dames du Tout-Marseille. Avec ses gains, il crée une maison de disques qui sort les chansons marseillaises de Fernandel et d'Andrex.

Renucci habite un luxueux appartement des beaux quartiers. Il fréquente la haute bourgeoisie. Sa fille, très jolie, est une habituée du *Corsaire Borgne*, la boîte où se donne rendez-vous la jeunesse dorée de la ville.

A un moment, la police le soupçonne d'avoir participé à l'agression contre un convoi postal d'Aix-en-Provence en compagnie d'un mauvais garçon surnommé René le Capitaine. Mais aucune preuve ne peut être relevée.

La politique l'accapare de plus en plus. Il estime qu'il y a énormément d'avantages à en espérer. En 1948, il offre ses services au R.P.F., dont il devient un des agents les plus efficaces. Il favorise l'élection de deux amis, Antoine de Récy, député du Pas-de-Calais, et Étienne Raulin-Laboureur, député de Paris. Les trois hommes mitonnent de gros projets.

Le 26 janvier 1949, en sortant d'un dîner d'affaires au *Badinguet*, près de l'Étoile, en compagnie de sa secrétaire Rosette, d'un négociant marseillais et de Monsieur Jo, le député de Paris est l'objet d'un attentat. Une volée de balles crible sa voiture. Il est blessé à la jambe. La secrétaire, dont la silhouette correspond à celle de Monsieur Jo, est tuée sur le coup. Une vingtaine de projectiles ont été tirés par deux tueurs que la police ne parviendra jamais à identifier.

Monsieur Jo a bénéficié d'une chance inouïe. Au moment de monter en voiture, il avait décliné l'offre du parlementaire de le raccompagner à son hôtel.

– Merci, avait-il dit. Mais j'ai besoin de prendre un peu l'air. Je vais rentrer à pied.

Lorsqu'il eut connaissance de l'attentat, il comprit que la fusillade était dirigée contre lui qui aurait dû se trouver dans la voiture du député Raulin-Laboureur. Et c'est sa secrétaire dont la silhouette plutôt menue pouvait ressembler à la sienne qui avait été victime à sa place.

Pour les explications fournies aux enquêteurs de la police judiciaire, il s'en tient à un des principes appliqués par les bergers corses : « *A lingua un'a mica ossu, ma i facce rompa.* La langue n'a pas d'os, mais elle les fait briser. »

La loi du silence en usage dans le milieu s'inspire du proverbe du maquis.

Avec le vol des bons du Trésor commis à Arras par deux complices du député de Récy, le nom de Renucci revient au premier plan de l'actualité. Monsieur Jo aurait rencontré de Récy dans son château des environs de Paris afin de discuter des conditions de vente de ces bons.

La police eut beau l'interroger longuement. Il n'y avait pas de preuves. Un non-lieu s'ensuivit.

Du coup, le suspect blanchi regagne Marseille.

– Dans quel pastis, ils vont encore me mouiller ? plaisante-t-il devant ses amis en les retrouvant au *Drap d'Or*.

Ce sera, quelques mois plus tard, dans une affaire de contrebande de cigarettes.

Il se trouve comme par hasard dans la calanque de Callelongue au moment du déchargement de cartouches d'américaines en provenance de Tanger.

Appréhendé par la brigade criminelle, il répond aux enquêteurs :

– J'étais venu essayer une voiture avec un ami... J'avais l'intention de la lui acheter avant de repartir pour Tanger. J'ai un pied-à-terre là-bas, où j'exerce les fonctions d'administrateur de sociétés. Quant aux trafics de cigarettes dont vous parlez, permettez-moi de vous faire remarquer qu'en Afrique il n'y a pas de contrebande. Le commerce est libre. Tout est hors taxes.

Encore aucune preuve formelle.

De nouveau un non-lieu.

Comme Renucci ne manque pas d'aplomb, il tient à donner une conférence de presse au *Georges V* à Paris afin de laver son honneur.

– Toute la presse a raconté que j'étais un trafiquant, expose-t-il au cours du cocktail. C'est absolument faux. Je suis un commerçant qui paie ses impôts et qui est soumis aux lois. Je vends des cigarettes ? D'accord. Mais je vends aussi des filets de pêche. A Tanger, tout est en vente libre. Quand je vends un chargement de blondes, est-ce que je dois savoir où elles vont être expédiées ? Je suis payé cash. Je n'en demande pas plus.

Il n'en a pourtant pas fini avec ses ennuis judiciaires. Il fait de brefs séjours en prison, mais s'en sort constamment.

Salicetti, qui cherche toujours à se débarrasser de son ennemi numéro 2, ronge son frein. Il contient à grand-peine son impatience devant ce diable de petit bonhomme qu'on ne sait jamais où trouver. A Paris, il passe en éclair ; à Marseille, il ne fait que des apparitions ; à Tanger, il est trop entouré de gardes du corps et de contrebandiers à sa solde pour se faire surprendre.

Dans ces conditions, l'Ange reporte son attention sur son ennemi numéro 1, François Luchinacci. Il l'a mis de côté depuis la réunion organisée à *l'Aiglon* par Dominique Paoleschi. Le manque de parole de celui-ci dans sa tentative de rétablir la paix lui est resté sur le cœur. Plus le temps passe, plus sa soif de vengeance se fait pressante.

Il attend l'occasion. Dans sa petite chapelle du

Raincy, il prie Dieu qu'elle se présente le plus tôt possible.

Si tout marche comme il le souhaite, il fera brûler un cierge en signe de gratitude.

En cette veille de la Pentecôte 1948, Paris est calme. Le week-end l'a vidé des propriétaires de résidences secondaires et des amateurs de grand air.

De plus, il fait un temps vraiment printanier.

Dix-neuf heures au *Chambiges*.

En ce début de soirée, le restaurant est encore presque vide. Le Notaire bavarde avec la caissière, puis se fait servir un whisky par son barman, Charles Poli.

Dans la cuisine, Manouche prépare une potée aux choux.

Survient le premier client. C'est Roland Toutain, l'acteur de cinéma, qui passe réserver une table pour le dîner.

– Je vais chercher mes amis, dit-il à Luchinacci en repartant. Nous serons là vers 20 h 30.

Le Notaire achève tranquillement de siroter son whisky avant d'aller se laver les mains aux toilettes.

Soudain, le rideau de la porte se soulève brutalement. Deux hommes surgissent et braquent leurs revolvers.

– François, où il est ? demandent-ils au barman.

La voix hachée par l'émotion, l'homme à la veste blanche répond :

– Aux toilettes; il revient tout de suite.

Un des inconnus intime à la cantonade :

– Tenez-vous peinards, tout se passera bien.

Dans un silence de mort, les deux hommes se dirigent vers les W.C. L'un marche à reculons en tenant le personnel en respect; l'autre tourne d'un coup sec la poignée de la porte des toilettes en même temps que, d'une poussée, il ouvre en grand.

Le dos tourné, le Notaire est penché au-dessus du lavabo. Il aperçoit les intrus dans la glace.

– Luchinacci! appelle l'un d'eux.

Dans un prompt réflexe, le Notaire envoie la main vers le revolver qu'il porte sous son veston suspendu dans un étui, le sort prestement et presse la détente.

La balle va se loger dans le lambris du plafond.

A la même seconde, les tueurs ouvrent le feu. Atteint au ventre et à la poitrine, leur victime se cramponne au lavabo. Manouche, qui, de la cuisine, a entendu les détonations, se précipite un torchon à la main. Elle trouve son amant râlant, un filet de sang à la commissure gauche des lèvres. Trois balles lui ont perforé le poumon et l'abdomen.

Les tueurs reviennent sur leurs pas dans la salle en tirant dans tous les sens. Une balle déchire la chemise du barman et lui égratigne le biceps; une autre blesse à la hanche Antoinette, la dame du vestiaire. En proie à de véritables convulsions, elle hurle comme une folle. Le second barman, qui avait plongé la tête dans une poubelle, refait surface, couvert de détritus. Le maître d'hôtel, resté immobile pendant la fusillade, remarque le filet de sang coulant le long de sa veste blanche et s'évanouit.

Revenu de sa terreur, le second barman nettoie le visage tout ensanglanté de son patron. Manouche, éperdue, redresse doucement le Notaire. Entre deux râles, il lui souffle :

– Tu n'as rien vu, hein!

Il fait un nouvel effort pour murmurer :

— Planque mon calibre et prends ce qu'il y a dans mon tiroir fermé à clé.

Le premier barman arrête un taxi pour conduire les trois blessés à l'hôpital Marmottan. Quand on l'étend sur la banquette arrière, un dernier sursaut de vie donne au Notaire l'énergie de recommander à Manouche :

– Tu me feras enterrer en Corse.

Puis sa tête tombe lourdement sur sa poitrine. Il rend le dernier soupir.

Manouche, le revolver enveloppé dans une serviette du restaurant, remonte chez elle. Elle ouvre le tiroir dont elle ignorait le contenu. Elle entasse dans un cabas des pièces d'or, deux autres revolvers et de faux papiers d'identité.

Le lendemain, elle déclare à la police judiciaire que Luchinacci n'avait que des amis. Sur la présentation des photographies de tireurs de diverses bandes, dont celle de Salicetti, elle prétend ne les avoir jamais vus.

Elle n'ordonne pas d'enterrement à Paris pour son amant. Elle fait simplement donner une absoute sur son cercueil, puis l'expédie en Corse.

Dans le milieu, c'est la consternation.

Le Notaire était un homme craint et respecté. Dominique Paoleschi comptait parmi ses meilleurs amis. D'ailleurs, quand il descendait à Marseille, c'était chez lui, rue Longue-des-Capucins, qu'il couchait, car il redoutait autant les contrôles de police dans les hôtels que la surveillance constante dont il était l'objet de la part de ses ennemis. Et puis Marie la Jolie savait si bien préparer la *zuppa corsa* dont il raffolait...

Ses fidèles font le serment de le venger.

Matthieu Costa, un des principaux lieutenants de

Salicetti, va payer le premier. Avant de monter à Paris, il tenait le bar *la Ruche*, rue Lulli, à Marseille. Il expliquait non sans humour l'appellation de son établissement fréquenté par le milieu de l'Opéra et les prostituées du quartier!

– Pourquoi je l'ai appelé *la Ruche*? A cause des abeilles qui butinent dans le coin pour mes amis.

Le 27 mai 1944, le bar a été gravement touché par un bombardement aérien des Américains. A la Libération, il n'a pas été reconstruit. Un parking a pris la place des immeubles sinistrés. Alors Matthieu Costa est venu tenter sa chance à Paris où, déjà, Salicetti s'était installé. Aussitôt, l'Ange avait confié à l'ancien patron de *la Ruche* la direction de *l'Autobus 22*, un cabaret sélect des Champs-Élysées.

C'est là que, le 24 août 1949, Costa reçoit d'un nommé Fédéricci, dit Jeannot le Fou, un très grave coup de couteau dans le ventre.

Il sera transporté à l'hôpital dans un état comateux.

Quarante-huit heures plus tard, la police profite d'une légère amélioration pour venir l'interroger à propos d'un meurtre qui venait d'être commis place Thiars à Marseille.

Jeannot le Fou, son agresseur de *l'Autobus 22*, sortait du restaurant *le Roi d'Ithaque* tenu par Jacques Ulysse, dit le Gros Jacques, un ancien de l'âge d'or de la traite des blanches, lorsqu'il fut descendu de plusieurs coups de feu tirés par un inconnu qui avait pris la fuite en direction du quai de Rive-Neuve.

– Non, ce n'est pas moi qui ai ordonné cette exécution, affirme-t-il sur son lit d'hôpital.

Il rendra le dernier soupir le surlendemain de son audition.

Ses obsèques ont lieu le 30 août dans une

débauche de fleurs. Une énorme couronne ornée de rubans de soie, hommage posthume de son ami Salicetti, attire tous les regards. Et son donateur, en dépit des risques que sa présence aux funérailles lui fait courir, n'hésite pas à se joindre au cortège dans un taxi, escorté de trois gardes du corps.

– Tu nous conduiras à l'église Saint-Honoré d'Eylau, a indiqué l'Ange au chauffeur. Après la cérémonie, tu nous mèneras au cimetière de Pantin.

Le truand tenait absolument à accompagner son fidèle lieutenant jusqu'à sa dernière demeure et à dire une prière sur sa tombe.

Au moment où le convoi d'une trentaine de voitures, occupées par les parents et les amis venus de Marseille, de Nice et de Corse, sort du passage souterrain de la Porte Champerret, une fusillade nourrie éclate.

Une traction avant couverte de poussière est venue se placer à la hauteur du taxi du Séminariste et a ouvert le feu.

Le véhicule est transformé en passoire. Salicetti a tout juste le temps de s'aplatir au fond de la voiture. Le corps d'un de ses gardes du corps s'écroule sur lui, le sauvant d'une mort certaine. Littéralement hachés par les rafales, deux autres de ses compagnons succomberont à leurs blessures.

Le lendemain, le bruit court que Jo Renucci, l'ennemi numéro 2 de Salicetti, était au volant de la traction des tueurs.

La vendetta atteint son paroxysme. Elle ne cessera plus de moissonner les victimes dans les deux camps. Sur la plage de Tahiti, à Ajaccio, Xavier Bianchini et Tintin Tramini sont grièvement blessés. A Montmartre, au *Fan-Fan Bar*, c'est au tour d'Eugène Bartoli de servir de cible. A Marseille, Dominique Paoleschi est blessé par une rafale de mitraillette à quelques mètres de son appartement de la rue Longue-des-Capucins. Transporté à l'hôpital de la Conception, il n'a pas perdu connaissance malgré les neuf balles qu'il a encaissées. Aucune ne met sa vie en danger.

Le chirurgien qui a pratiqué l'intervention lui confie à son réveil :

– On pourrait vous appeler Trompe-la-Mort. Deux balles dans les épaules, trois aux jambes, une dans le bras, une dans la main, une dans la fesse et la dernière qui a simplement éraflé la peau des parties sans les toucher. Dans trois semaines au plus tard, je signe votre bulletin de sortie.

Faute de combattants, les règlements de comptes finissent pourtant par s'essouffler. Les quelques brèves fusillades qui éclatent de-ci de-là ressemblent un peu à un baroud d'honneur. Manifestement, le milieu est épuisé par tant de sang versé. Mais le Séminariste se montre insatisfait.

– Je les tuerai tous comme des chiens, répète-t-il pour se donner du courage.

Sur ses trois ennemis déclarés, un seul a été liquidé : François Luchinacci, le Notaire. Les deux autres, Jo Renucci, dit Monsieur Jo, et Antoine Paolini, dit Planche, sont encore en vie et ils présentent un danger évident. La preuve, c'est la présence confirmée de Renucci lors de la fusillade de la Porte Champerret.

Seulement, comment atteindre cet homme qui passe son temps entre Paris, Tanger et Marseille ?

Quant à Planche, l'ennemi numéro 3, l'associé de Renucci pour la contrebande des cigarettes, le Séminariste l'a condamné à mort parce que, dans un bar du Panier à Marseille, il a affirmé devant témoins qu'il le descendrait à la première occasion.

Superstition et autodéfense, il consacre de longs moments à l'observation minutieuse du portrait du chef de la contrebande marseillaise, qui ne quitte pas son portefeuille. Autant pour exorciser le démon que pour graver au fond de ses yeux l'image de ses traits. Il veut avoir la certitude de reconnaître instantanément l'homme qui a juré de le tuer et qui risque à tout instant de se dresser devant lui à la manière d'un diable surgi d'une boîte.

Pour quelqu'un dont la vue est normale, Antoine Paolini est aisément identifiable. Des cheveux de jais, un fin visage en lame de couteau avec des yeux d'épervier et l'air pas très tendre, une maigreur d'échalas à laquelle il doit son sobriquet de Planche, il a un physique difficile à oublier.

Salicetti ne l'a rencontré que deux ou trois fois à Tanger alors qu'il essayait d'entrer avec lui dans le trafic des cigarettes. Sur le conseil de Renucci, Planche l'avait bel et bien écarté de ses affaires. L'orgueil sans mesure de l'Ange en avait été blessé et pouvait expliquer certains de ses aveuglements qui avaient fait couler tant de sang.

A cela, s'ajoute une incontestable rancœur pour la façon exemplaire dont Paolini et Renucci ont monté leur organisation. Équipages spécialisés, correspondants auprès des gangs contrebandiers de Barcelone, de Las Palmas, de Naples, et, pour Marseille, personnel qualifié recruté au Panier pour le déchargement et l'écoulement de la marchandise. A bord des bateaux, poste de radio à ondes courtes afin d'être en liaison constante avec les autres cargos en mer.

Ces contacts se font en langage chiffré. Chaque

organisation de contrebandiers a le sien propre. Par exemple, dans le code secret employé par l'équipe Paolini-Renucci, le bateau chargé de tabac, c'est Freddy; la terre, Roméo; le phare de Planier au large de Marseille, Antonio; le cap Cépet près de Toulon, Feruccio; l'île de Porquerolles, Santiago; Antibes, Alfredo..., etc.

Autre précaution : si le bateau chargé de cigarettes n'a repéré aucun signal au point prévu dans les deux heures suivant l'heure du rendez-vous fixé pour le transbordement, la notice secrète prévoit qu'il doit regagner le large dans l'attente de nouvelles instructions. Dans la région de Nice, un pilote qui fait les baptêmes de l'air est prévenu au dernier moment de l'endroit du littoral provençal où doivent être débarquées les caisses de cigarettes. Le message enfermé dans une bouée est alors parachuté à côté du bateau de livraison. C'est Planche en personne qui organise les débarquements avec son équipe.

Salicetti n'est pas bête, mais il n'aurait jamais eu la capacité d'organiser les rouages d'un tel trafic. Il s'en rend compte parfaitement. Et puis son orgueil sans mesure a été blessé par le refus de Planche de le prendre pour associé. Malgré les apparences, il n'est plus le jeune loup maigre et farouche qu'il a été dans son adolescence. Il s'est instruit au séminaire. Comme le font les truands qui veulent arriver, il a fait du *Petit Larousse Illustré* son livre de chevet. Chaque jour, il en lit une cinquantaine de pages pour apprendre les mots qu'il ne connaît pas.

Parfois, en son for intérieur, il compare la vie qu'il mène à celle du chef du gang des cigarettes. Et il en est jaloux.

Planche sait s'entourer de garçons sûrs du Panier. Lui, l'Ange, à part le pauvre Matthieu Costa, ne peut compter que sur des assistants moins dévoués, alors que son ennemi a eu l'intelligence de retirer du cambriolage, du recel, et du proxénétisme les jeunes gens désœuvrés de son quartier. Avec sa contrebande, il leur fait gagner de l'argent. Ceux qui travaillent pour son compte n'ont pas à s'en plaindre : il paie bien. Il a même la réputation d'engager beaucoup de monde; il tient à ce que ses amis puissent « en croquer » un peu. Il a même institué dans l'arrière-salle d'un bar une sorte de Sécurité sociale pour venir en aide à ceux qui vont en prison et à leurs familles dans le besoin.

Lui, Salicetti, il envoie son équipe chercher l'argent en rackettant les bars et les night-clubs. C'est à la fois plus dangereux et moins rémunérateur.

Autre point de comparaison qui le met hors de lui : les activités illicites de Planche ne l'empêchent nullement de mener une existence de petit-bourgeois en dehors des opérations de débarquement des cigarettes et de ses déplacements à Tanger.

En effet, Planche ne boit pas; il ne va pas « en boîte »; il ne parade pas dans les bars. Son seul luxe, ce sont son yacht et ses belles voitures. Mais avec ses grosses américaines qui laissent baba les minots, il ne peut pas passer dans certaines rues étroites ou de traviole du Panier. Sa vraie détente, c'est le soir, chez lui, lorsqu'il joue sur sa guitare les chansons de Tino Rossi, son idole.

Rançonner les commerçants comme en a l'habitude la bande de l'Ange n'est pas exempt de risques. Conscients de s'exposer à toutes sortes de désagréments, boules puantes sous les tables des restaurants, voies de fait, provocations diverses, chantage, menaces d'incendie, balles sifflant aux oreilles, certains restaurateurs et patrons de cabarets se sont rebiffés. Au lieu de percevoir la dîme, plusieurs racketteurs, dont le trop fameux Jo le Grêlé, ont reçu des balles dans la tête. Parmi ces racketteurs, se trouvaient des membres de la bande de l'Ange.

A force de ressasser tous ces faits, Salicetti devient ivre de rage et pique des crises de nerfs qui frôlent l'hystérie. Il reprend alors la photographie de son ennemi et profère en corse des formules d'envoûtement comme il en a entendu de la bouche d'une *strega*, une sorcière de la montagne. Lorsqu'il se calme, son esprit fait encore le rapprochement entre ses façons d'agir par la violence et celles, plus habiles, de Paolini, qui tente toujours d'arranger les choses. Ainsi, au cas où quelque lampiste de son équipe se fait prendre et connaît la prison préventive, Planche paie sans hésiter.

Différence de méthode de travail?

Planche serait-il dans le vrai?

Cette question l'obsède tout le jour et l'empêche de dormir la nuit. Il ne se sent en sûreté nulle part.

Pourtant, dans sa propriété du Raincy, un berger allemand et tout un système d'avertisseurs électriques aux persiennes lui garantissent une protection efficace. C'est plutôt dans Paris qu'il s'estime le plus exposé et surtout dans la journée. Son lieutenant Matthieu Costa n'a-t-il pas été poignardé en plein jour?

Aussi limite-t-il ses visites dans ses établissements de Montmartre. Il ne sort plus guère que la nuit pour aller chercher sa femme à *l'Équipage*, à quelques mètres de la place Pigalle. Il sait que le secteur est dangereux et il ne s'y attarde pas. Lorsqu'il a des consignes à donner à ses hommes, il préfère les convoquer au Raincy.

D'ailleurs, quelques-uns de ses amis et de ses gardes du corps l'ont quitté. Pour les remplacer, il n'a pas trouvé de compatriotes. Il a dû se contenter d'embaucher quatre ou cinq anarchistes espagnols qu'il a connus à sa sortie de la centrale de Nîmes. Faute de mieux, il a eu recours à leurs services, mais il se rend bien compte que c'est un pis-aller.

Incontestablement, il est aux abois.

Il n'ose pas se l'avouer. Pourtant, il sent que son existence n'est plus qu'un sursis.

Repartir vivre en Corse, dans son village, après avoir liquidé ses affaires à Paris ? Il y songe parfois, mais après réflexion, il réalise que, là-bas, il sera encore plus facilement à la merci de ses ennemis. Et puis céder ses cabarets ? Qui voudrait les reprendre à moins que ce ne soit pour une bouchée de pain ?

Dans ses périodes d'exaltation meurtrière, il soliloque en caressant son revolver :

– Faudra-t-il que j'en descende encore quelques-uns ?

Au cours de ses crises de dépression, il confie à ses derniers fidèles :

– Je suis un homme mort en promenade.

Des heures durant, il s'enferme dans sa petite chapelle. Il s'agenouille sur un prie-Dieu, se recueille, dit son chapelet et marmonne des prières en corse :

– *Ô Signore! Ô Madona! Punicide i cattivi!* Ô Seigneur! Ô Madone! Punissez les méchants!

Son mysticisme alterne avec sa soif de vengeance. Vingt-quatre heures sur vingt-quatre, il « se garde » comme les bandits corses au maquis. Il ne se couche qu'avec un Colt sous son oreiller.

Les nuits se succèdent, toutes pareilles. Avant de fermer l'œil, il passe et repasse dans son esprit les raisons qui ont présidé à son déclin. Maintenant qu'il est trop tard, il voit clairement les erreurs qu'il a commises. Il tourne et se retourne dans son lit jusqu'à ce que Germaine tente de l'apaiser :

– Chéri, tu te fais trop de bile. Tu dramatises. Avale un comprimé pour dormir.

Il la prend dans ses bras et réplique d'un ton las :

– Je dramatise, tu rigoles! Tu sais ce qu'ils disent de moi au *Laetitia* ?

– Non. Qu'est-ce qu'ils racontent ?

– Ils ont dit textuellement : « L'Ange a trop fait couler de sang. Il doit remonter au ciel pour toujours. » C'est rassurant, pas vrai ?

En effet, plusieurs habitués du *Laetitia*, le bar de la rue Notre-Dame-de-Lorette fréquenté par les Corses, se sont offerts en médiateurs pour arrêter la guerre. Certains ont même proposé de faire une « teinche » pour obtenir la paix des braves et le pardon des offenses à l'honneur. D'autres, les plus nombreux, ont dit qu'on ne pourrait faire la paix qu'à la première et unique condition : que Salicetti soit rayé du monde des vivants.

Dans la nuit du 3 au 4 décembre 1950, vers deux heures du matin, Salicetti regagne sa propriété du Raincy à bord d'une voiture conduite par Germaine. Par prudence, il use d'un subterfuge : il change d'itinéraire pour dérouter ses ennemis. Il passe tantôt par la Porte des Lilas, tantôt par celle de Bagnolet.

Cette nuit-là, c'est par la Porte de Pantin.

Comme d'habitude, l'Ange est agenouillé sur le siège avant pour mieux surveiller les alentours. La voiture roule vite. La circulation est inexistante.

Soudain, le Séminariste remarque dans le rétroviseur une traction avant noire qui colle à son sillage.

– Plus vite! Fonce! Fonce! ordonne-t-il à sa femme.

Elle appuie à fond sur l'accélérateur. La voiture suiveuse force également son allure. Salicetti se rend compte de la situation.

– Bon, pas la peine de chercher à les distancer, fait-il en saisissant le fusil de chasse à canon scié qu'il a déposé sur la banquette arrière.

Mais la traction les double. Pas le temps de se servir de son arme! Des traits de feu giclent des mitraillettes. Les vitres des portières volent en éclats. La poitrine criblée de balles, l'Ange s'écroule sur l'épaule de sa femme, laquelle a échappé miraculeusement à la mitraille.

Son crâne éclaté comme une grenade trop mûre, l'Ange a encaissé dix-huit projectiles. Les tueurs devaient être des champions de tir : l'exécution n'a pris que quinze secondes.

Il ne reste plus à Germaine qu'à aller déposer le cadavre à l'hôpital le plus proche. C'est Bichat.

Personne, ni dans la police, ni dans le milieu, ne parviendra à identifier les tireurs.

A Marseille, l'oraison funèbre que prononce Dominique Paoleschi résumera le sentiment général du « mitan » :

– L'Ange a été abattu comme un chien enragé. La vendetta est éteinte.

Elle avait duré treize ans!

Jean BAZAL

Trois pigeons s'aimaient d'amour tendre

Il est des criminels arrogants qui se font une tribune du banc des accusés et qui défient l'ordre établi, la morale et les lois. Il en est de pathétiques, qui clament leur innocence à la face d'un jury perplexe. Il en est de repentants qui implorent le pardon de leurs victimes. Il en est de stupéfaits par la fatalité qui les accable. Il en est enfin de fermés comme la porte de la prison qui les attend. Ceux-là plus que les autres inquiètent les honnêtes gens car au-delà des châtiments infligés, l'homme a besoin de comprendre. Il lui faut savoir pour quelle cause son semblable a franchi la frontière abstraite qui fait d'un citoyen anonyme un meurtrier. Cette question demeurée sans réponse le renvoie à sa propre fragilité de créature soumise à des passions, à la précarité de son statut provisoire d'innocent. La véritable interrogation posée par le crime n'est ni « qui ? » ni « quand ? » ni « comment ? », mais « POURQUOI ? »

Jamais accusé n'a laissé jury et public de cour d'assises plus embarrassés. Jamais crime n'a semblé plus indéchiffrable que le double meurtre perpétré par ce colombophile au regard morne. Peut-être le symbole de paix et de fidélité qui s'attache au pigeon voyageur ajoute-t-il encore au malaise qui étreint les auditeurs de ce procès au cours duquel une famille – et quelle famille! – s'est déchirée. Dans ce climat violent et ambigu, le verdict tombe, qui ne satisfait ni la défense ni la partie civile :

« Vingt ans de réclusion criminelle. »

Vingt ans, c'est trop, beaucoup trop, si, comme l'a affirmé le professeur Lépine, inventeur du vaccin antipoliomyélitique, éminent savant cité par maître Marcel Paoli, avocat de la défense, l'accusé est « un épileptique authentique, capable de crises de démence meurtrière »; en revanche, ce n'est pas assez si l'on suit la thèse de l'accusation fondée sur les expertises du professeur Crémieux et des docteurs Cardère et Alliez qui le présentent comme un simulateur particulièrement adroit et retors. Alors? Pervers ou malade? Les calcifications cérébrales révélées par les radiographies sont-elles susceptibles d'entraîner des « troubles graves du comportement », ou sont-elles seulement une « anomalie non pathologique sans conséquence »? Que faut-il penser des maux de tête dont se plaint l'accusé, de ses cinq tentatives de suicide, la dernière consécutive au drame? A ce propos, le procureur, dubitatif, n'a pas manqué de souligner que l'accusé eût été mieux inspiré de prétendre se tuer en se jetant à droite, dans le ravin, vertigineux à cet endroit de la route, plutôt qu'en percutant un rocher de taille médiocre du côté du remblai. Mais le corps de l'homme a tout de même été retrouvé sans connaissance, gisant près de l'automobile accidentée... « Souffrance intolérable et désespoir... » pour son avocat lyrique et compatissant, « Cinéma! » pour Serge, son fils aîné, implacable.

Malgré, ou peut-être à cause de la véhémence des experts et des témoins qui se sont affrontés à la barre, le jury n'a pu forger son intime conviction. En prononçant ce verdict incertain, il a soit puni un irresponsable, ce qui n'est pas l'objet de la justice, soit fait preuve d'une incompréhensible indulgence envers un assassin. En cette année 1960, la peine capitale n'étant pas encore abolie, la loi française, si l'on se réfère aux peines infligées à l'époque, lui imposait pratiquement le devoir de voter la mort ou la condamnation à perpétuité. Alors ? Malaise...

Malaise dans ce palais de justice d'Aix-en-Provence à l'architecture classique, octogonale et symétrique. Malaise dans ces esprits latins amateurs de toges et d'éloquence cicéronienne. Malaise sous ce soleil de juin qui ne parvient pas à dissiper d'étranges ténèbres...

Ici, près de la Méditerranée, juges et avocats savent le goût épicé des grandes sauces. Ils apprécient en connaisseurs les beaux crimes bien crapuleux, les débordements passionnels, les règlements de comptes politiques, les vendettas, les parricides ! Ici, on vit ardemment, et quelquefois, emporté par trop de fièvre, on assassine. Ici, on aime à la fureur l'argent, la liberté, la terre, le sexe, le pouvoir, passions qui conduisent aussi sûrement un homme sur le trône que sur l'échafaud ! Ici, pour conquérir ou pour se venger, on utilise volontiers le poison des Borgia, le poignard de Carmen, le calibre de Carbone, la mitraillette de Spirito. Ici, on fait dans le subtil, l'expéditif ou le grandiose. Ici, on tue rarement sans mobile, avec un coutelas de boucher ! Ou alors, on est... *fou* ?

Fou, André C. P. ? Dix-neuf coups de couteau. Sept dans le dos pour sa première victime, douze en pleine poitrine pour la seconde. Double meurtre sibyllin, codé, esthétique, suivi d'un rêve de chute à la Dom Juan dans les escarpements de la Gineste. Le tout en moins d'une heure. Une manière de rituel satanique. Quelque chose de nocturne, de... carpatique qui glace le sang!

Fou, André C. P. ? Qui l'eût dit ou seulement pensé avant ce 31 octobre 1959 ?

André C. P. a quarante-deux ans. S'il n'est pas athlétique, il est cependant bel homme, avec des traits réguliers, une moustache mesurée qui ne dénote ni laisser-aller, ni virilité agressive, une moustache comme il faut, sobre, élégante, une moustache qui va avec ses complets bien coupés, une moustache de notable. Il porte un patronyme qui compte et qui pèse à Marseille, puisqu'il est attaché aux célèbres *Huileries et Savonneries*, au point que le vulgaire ne sait plus très bien si le savon tient son nom de la ville ou bien si c'est elle qui lui doit le sien. L'écusson de la fabrique, qui ressemble à s'y méprendre à des armoiries, porte cette inscription : *Fournisseur de Monsieur, le frère du Roy.* Aussi, comment s'étonner qu'une particule à peine apocryphe vienne quelquefois s'intercaler, comme par mégarde, entre les deux parties du nom composé ? André C. P. est donc de la lignée de ces grands bourgeois qui ont fait la cité, et grâce à qui elle rayonne de son immense prestige industriel et commerçant. Il fréquente ceux qui négocient et traitent les produits d'Afrique, d'Amérique et d'Orient, la canne à sucre, l'arachide, la fève de cacao et celle du café. Il tutoie les entrepreneurs, les armateurs, les diplomates, les banquiers. Certains de ses amis se sont illustrés dans les peintures et vernis, les ciments, les tuiles mécaniques. Leurs noms se détachent en lettres de métal contre le ciel embué de fumée des banlieues ouest. D'autres ont préféré installer du côté d'Aubagne, les pâtes alimentaires, les conserveries, les chocolats ou le lait condensé. Les odeurs un peu troubles de la cuisine et de la chimie se mêlent les jours de vent incertain, et tandis que le mistral empeste le goudron et le soufre, le levant fleure la confiture et le ravioli. Parfums de Marseille...

Ce monde d'industriels et de négociants compose un microcosme affairé, soudé et fermé, dans lequel André C. P. a sa place désignée depuis le jour de sa naissance, au sein d'une fratrie de onze enfants dont la plupart ont créé leurs propres entreprises ou fait de brillantes études. La fortune de la famille est considérable, et si le père règne toujours sans partage sur la fabrique, chacun des héritiers s'est déjà vu doter de biens immobiliers, terres et propriétés aux alentours de la ville. André C. P. est depuis peu le maître de « La Suriane », superbe jumelle de la demeure paternelle, bâtie dans son ombre au flanc de la Colline, quartier patricien où l'on rivalise d'élégances architecturales à base de colonnades et de frontons. Il serait vain de chercher là les outrances nouveau-riche des stucs et des staffs coloriés. Entre Périer et Prado, à deux pas de la place Delibes, Marseille a le goût classique, voire austère. Elle a perdu l'accent.

André C. P., contrairement à ses frères, n'a guère accumulé de ces diplômes qui, tout en confortant l'orgueil d'une famille, sont, pour le titulaire, un gage d'émancipation et de liberté. Établis dans des entreprises et des professions libérales réparties aux quatre coins de la cité, les C. P. ont étendu une sorte d'hégémonie intellectuelle et financière aux alentours du Vieux Port. Le clan se flatte aussi de compter dans ses rangs un dresseur de fauves que l'on nomme pompeusement « belluaire », pour oublier avec tact que le mot « dompteur » résonne de façon fâcheusement tzigane. Les C. P. ont de l'argent, beaucoup d'argent, mais ils ont aussi un cerveau et des c...!

Peut-être André C. P. n'a-t-il pas eu l'occasion d'acquérir le goût de l'effort qui honore ses frères, noyé qu'il a été par la tendresse d'une mère portée à dorloter cet enfant plus fragile que les autres. Irascible et anxieux, il est de ces caractères dont l'entourage dit avec indulgence qu'ils sont « écorchés vifs » pour ne pas avoir à les déclarer insupportables. Bref, après des études médiocres, ne pouvant être ni diplomate, ni médecin, ni prêtre, ni militaire, il est donc, sur les instances maternelles, devenu sur le tard, après une jeunesse mouvementée et boudeuse, l'employé de son père.

En fait, la situation n'est pas mauvaise, car on a souvent vu le moins doué des princes succéder au souverain, pour la simple raison que, trop timoré pour prétendre se tailler son propre royaume, il ne part guère en campagne, et, du coup, ne s'éloigne jamais du siège du pouvoir. Mais le *pater familias* sait ce que « gagner sa vie » veut dire. Son fils doit se contenter d'un salaire de représentant de commerce ainsi que d'une bien médiocre 2 CV pour assurer ses déplacements. Ces mœurs sont d'ailleurs courantes dans les grandes familles marseillaises, où les caciques tiennent à élever leurs successeurs dans cette rude sobriété qu'ils estiment l'école de l'efficacité. André C. P. en use d'ailleurs de même avec ses trois fils, en leur comptant chichement l'argent de poche, et en se gardant bien de se livrer avec eux à des démonstrations affectueuses déplacées. Il accepte l'autorité paternelle avec cette soumission qui fait la force des dynasties. Aussi se met-il en colère lorsqu'il lui arrive d'entendre Pierrette, son épouse, se plaindre du patriarche qui a « des oursins dans les poches ». Lui, il sait que les choses sont en ordre, que les pères précèdent les fils avant que les fils ne succèdent aux pères, et qu'il n'y a rien à dire à cela. Il lui arrive, bien sûr, de fugitivement déplorer en son for intérieur la formidable vitalité de son géniteur qui le relègue encore à plus de quarante ans dans le rôle subalterne du « fils C. P. » Il lui arrive même, quelquefois, de rêver, la nuit, qu'il préside au repas de Noël, ou encore qu'il dépose une gerbe à quelque mort inconnu devant le mausolée de la famille dans l'allée centrale du cimetière Saint-Pierre. Mais dès qu'il a chassé les brumes du sommeil, André C. P. n'est que piété filiale, et jamais il n'a contesté une décision ou dédaigné un avis de son père. D'ailleurs, il fuit les conflits. La tension nerveuse lui donne de violentes migraines, ce qui lui fait préférer la dérobade à la confrontation. Les colères qui le prennent par surprise le laissent pantelant et fourbu, le crâne rempli d'un essaim de frelons. Dans ces moments-là, il ne supporte plus que la présence de sa mère et celle de ses pigeons, car André C. P. est colombophile. Il est même président de l'association régionale. Cette passion le tient depuis sa jeunesse, et il s'y connaît comme personne pour sélectionner un pigeon de sport à la vivacité de son œil ou à l'éclat soyeux de son plumage. Cette pacifique activité suscite parfois quelques discrets ricanements, mais André C. P., contrairement à son oncle le belluaire, préfère aux lions d'Afrique et aux tigres du Bengale le grand voyageur chaussé de Maëstricht ou le petit voyageur à tête plate de Parme. Il apprécie ce volatile discret qui peut parcourir des milliers de kilomètres pour retrouver son compagnon et l'endroit où il est né : « Un souffle d'air auquel les plumes donnent corps... » comme le dit si joliment le philosophe John Ruskin.

Et puis, André C. P. a su, en homme avisé, se ménager une autre étendue de quiétude loin de l'humeur batailleuse de Madame son épouse, de la tendresse envahissante de Madame mère, et de l'impérialisme hautain du maître des savonneries. Cette étendue – si l'on peut dire – porte le charmant prénom d'Odette. Elle a trente-cinq ans. Elle est jolie. Les épreuves qu'elle a connues auprès d'un premier compagnon alcoolique et brutal lui ont encore adouci le caractère qu'elle avait déjà naturellement porté à l'indulgence. D'un milieu modeste, elle n'est qu'admiration dévote pour cet amant dont elle peut lire le nom calligraphié en italique vert et or sur l'étiquette des bouteilles d'huile qu'elle achète à l'épicerie du coin.

André C. P. a donc une maîtresse. La chose n'est pas exceptionnelle dans la bourgeoisie, qu'elle soit de Marseille ou d'ailleurs. La chose se sait : il serait en effet chimérique d'espérer longtemps cacher une liaison dans un monde où la moitié du temps est consacrée à l'observation plus ou moins malveillante du voisin. On chuchote et on rit sous cape, car pour des affaires de cocuage, on ne s'étripe que chez les rois et les manants. Les ruptures bourgeoises se règlent en chiffres chez le notaire, rarement en cour d'assises sous la menace du couperet.

André C. P. espérait bien, comme nombre de ses amis, pouvoir vivre longtemps entre ses femmes et ses pigeons. C'était oublier un peu vite le sang corse qui bouillonne dans les veines de Pierrette. Est-elle vraiment jalouse ? Ou, plus prosaïquement, n'accepte-t-elle pas d'abandonner à une autre une part, si infime soit-elle, de revenus qu'elle juge déjà insuffisants ? Toujours est-il que les scènes se multiplient. Elle crie, elle menace. Elle parle de divorce, de scandale, de garde des enfants ! Cela, André C. P. ne peut l'imaginer. Cette femme l'exaspère : il la trouve sotte, cupide, vulgaire, mais elle est son épouse, la mère de ses fils, celle que ses parents à lui reconnaissent pour légitime. Elle est un élément fixe et définitif de la structure dans laquelle et grâce à laquelle il existe. D'ailleurs, si exécrable que soit devenue l'épouse au fil des ans, elle est, comme la plupart des Méditerranéennes, une excellente mère. Pleine de sollicitude et d'abnégation dès que les enfants sont souffrants, elle est, malgré son caractère impétueux, digne de sa propre mère qui, d'une main légère savait, comme par magie, apaiser les affreuses migraines dont souffrait le petit André. L'éventualité d'une rupture avec les siens – car Pierrette a su se gagner des partisans dans sa belle-famille – lui est à ce point insupportable qu'il se sent prêt à trouver des vertus à son atrabilaire moitié. Ainsi, peu à peu, l'idée « capitularde » de quitter sa maîtresse fait-elle son chemin dans cet esprit conformiste. Le père, la mère, le mariage, la famille, la maison. Que peut représenter Odette, la pâle Odette, auprès de ces dieux lares à face de commandeurs ? Une passade ? Certes ! Mais une passade à laquelle il tient. Son attachement est nourri de l'admiration que lui porte Odette, car, parmi les siens, il est un peu sevré de cette liqueur qui donne une si délicieuse ivresse. Son attachement est fait aussi de sensualité. Il convient de respecter la mère de ses enfants, et le respect n'étant pas la composante essentielle de l'érotisme, André C. P., malgré les menaces de plus en plus précises de son épouse, remonte toujours deux fois par semaine, bourrelé d'inquiétude mais frissonnant de désir, la rue Paradis, la bien-nommée, vers le petit appartement sur cour qu'occupe madame Odette Mottard, née Ramaire... Il se dit qu'il sera toujours temps de la quitter si le ciel s'assombrit un peu trop. Il ne songe guère à la réaction d'Odette, car il a pour elle ce léger et confortable mépris que l'on porte dans son monde aux femmes qui se donnent hors mariage. En fait, les liens qui l'attachent à sa maîtresse ne sont pas sans évoquer ceux ligotant ces intoxiqués du tabac qui prétendent avec une imprudente désinvolture pouvoir s'arrêter de fumer du jour au lendemain... Ainsi, à trop tergiverser, André C. P. a poussé à bout la patience de son épouse. Lasse de fulminer en vain, elle est passée à l'action. Elle a demandé le divorce. C'est ce que dit la lettre recommandée adressée à :

Monsieur André C. de P.
Villa « La Suriane »
8 rue Wulfran-Puget, Marseille, Bouches-du-Rhône.

Cette lettre, Joseph Salicetti, employé des P.T.T., la glisse dans sa sacoche entre une facture de l'Électricité de France et une carte postale « Bons baisers d'Ajaccio. » Qu'il classe à regret avec un soupir. Il enfourche sa bicyclette et quitte la poste centrale par la rue Henri-Barbusse. Son secteur couvre le flanc nord de la Colline, limité par le dernier tiers de la rue Paradis, le boulevard Périer et le deuxième Prado. Il commence toujours par l'avenue Commandant-Rolland à la hauteur de la Cadenelle. Ensuite, il n'a plus qu'à s'en revenir de porte en porte vers la rue Wulfram-Puget et la place Delibes où il arrive généralement lorsque midi sonne au clocher du cloître Sainte-Claire. En danseuse, il donne un premier tour de pédale. Il est 8 h 12.

« 8 h 12... »

Pour la dixième fois depuis que les huit coups ont retenti au cartel Napoléon III qui orne la cheminée du salon, André C. P. jette un bref coup d'œil à sa montre. Encore près de quatre heures à attendre avant de pouvoir courir rejoindre Odette près de l'hippodrome au fond du parc Borrely... Le temps semble s'être arrêté. Le désir qu'il a de sa maîtresse s'est accru depuis qu'il sait leur aventure vouée à une fin prochaine, car d'autant plus piquants sont les plaisirs menacés. Pour s'accoutumer à l'idée de la rupture, il lui arrive de mettre en scène le tableau, de le dialoguer même, avec une certaine complaisance.

– Tu as l'air ennuyé... lui dit sa mère, occupée à rafraîchir un bouquet de reines-marguerites.

– Non... répond-il, un peu agacé par cette tendresse envahissante dont la perspicacité le met trop souvent à nu. Je réfléchissais...

Pierrette, qui feuillette un magazine près de la porte-fenêtre, soupire et lève les yeux au ciel.

André C. P. ignore cette muette provocation. Il retourne à son rêve éveillé. Il voit Odette, pantelante, en larmes, le supplier de ne pas la quitter, tandis que lui, fait valoir tout ce qui les sépare en de nobles formules : famille... enfants... devoir... Il souffrira, certes, mais la certitude qu'Odette souffrira davantage a tendance à le réconforter ! Il pourrait peut-être, pour adoucir son chagrin, lui offrir un couple de pigeons... L'idée lui paraît excellente, allégorique. Sa sensibilité sera touchée par cette attention. Il s'invente un scénario qui n'a rien à envier à ces romans à deux sous dont se régale la jeune femme : ils pourraient, tous deux, rendre leur liberté aux volatiles en un geste symbolique... André C. P., en colombophile averti, n'ignore pas que des pigeons lâchés dans la nature retournent immanquablement à leur pigeonnier pour y rejoindre leur compagnon. Afin de s'assurer un retour certain, il suffit de séparer deux couples... Pourquoi ne pas aller choisir les oiseaux dans le colombier ? D'ailleurs, cela écourtera le temps jusqu'à l'heure du rendez-vous...

8 h 36. Joseph Salicetti glisse trois enveloppes dont une à fenêtre dans la boîte aux lettres du n° 17 de l'avenue Saint-Exupéry.

En traversant la terrasse qui sépare la villa du colombier, André C. P. a une grimace d'agacement en constatant que la 403 de son père est garée dans l'allée d'accès à la villa, entre sa propre 2 CV et le portail. André C. P. s'approche des véhicules, note que la Peugeot est ouverte et la clef de contact sur le tableau de bord. Rasséréné, il s'apprête à remonter la vitre baissée, lorsque Polythe, le jardinier, s'approche en tortillant un coin de son gros tablier :

– Monsieur André...

André C. P. déteste être appelé ainsi. Il a l'impression d'être traité en premier communiant.

– Monsieur André, poursuit le jardinier, vos pigeons m'ont encore gâté un semis de radis...

– Bah ! répond-il sèchement, en cette saison, de toute façon ils auraient été creux...

– C'est pas une raison, reprend Polythe, vexé. C'est pas une raison !

8 h 49. Joseph Salicetti donne un exemplaire de la revue *Réalités* à la bonne à tout faire du 49 avenue Commandant-Rolland.

Au moment où il retourne sur la terrasse, André C. P. aperçoit son fils Serge, élève de quatrième classique au lycée Périer, qui franchit le portail en balançant son porte-documents d'un geste désinvolte. Il consulte sa montre, et, constatant que l'heure du premier cours est largement dépassée, il demande :

– Tu n'es pas en classe ?

– Le professeur de latin est absent, répond l'adolescent.

Satisfait par l'explication donnée, André C. P. se dirige à nouveau vers la tour qui retentit de roucoulements matinaux.

– Papa... est-ce que je peux...

André C. P. sourit. Il sait que Serge partage son goût pour les pigeons, et se réjouit de passer avec lui un de ces moments précieux où le père et le fils sont comme deux frères.

– Bien sûr...

Et tandis qu'ils marchent d'un même pas, André C. P. se sent coupable d'aller choisir avec son fils un couple de pigeons destiné – même fugitivement – à sa maîtresse.

9 h 03. Joseph Salicetti sonne au n° 4 de l'avenue Ambroise-Paré pour régler un mandat.

André C. P. ouvre la porte du colombier. Le père et le fils pénètrent dans la petit tour. Les roucoulements cessent un instant. Des battements d'ailes désordonnés soulèvent une odeur acide et chaude de fiente et de grain. Des pigeons sont installés par couples, d'autres sont isolés dans des cases plus petites. Derrière les fins grillages qui les retiennent prisonniers, ils fixent sur l'homme et son enfant le regard inquiet de leurs yeux vifs.

– Pourquoi ceux-là sont-ils seuls? demande Serge.

– Parce qu'il convient de changer l'appareillage des couples après la troisième reproduction.

– On dit pourtant que les couples de pigeons sont formés pour la vie...

– En liberté, certainement, mais en élevage, il faut veiller à la vitalité des reproducteurs, et donc, contraindre un peu leur penchant naturel, en leur imposant un « veuvage » forcé...

En exposant cette règle d'or de l'élevage des pigeons, André C. P. se dit que les pigeons sont vraiment très différents des hommes...

9 h 40. Joseph Salicetti, perplexe, considère l'étroitesse de la boîte aux lettres du n° 15 de la rue Dumont-d'Urville, et la mention « ne pas plier » inscrite à gauche de la grande enveloppe bistre. En facteur consciencieux, il tire la cloche du petit portail.

Serge ne se lasse pas d'écouter son père parler de ses pigeons. André C. P., qui est souvent silencieux, devient intarissable dès qu'il s'agit de ses voyageurs. Il connaît cent anecdotes, car l'utilisation tant sentimentale que militaire des messagers ailés se perd dans la nuit des temps, et « remonte véritablement au... déluge! » ne manque-t-il jamais de faire remarquer à ses auditeurs charmés par ce bon mot.

– Veux-tu m'aider? demande-t-il à son fils. Je dois sélectionner deux voyageurs.

– Pour quelle distance? demande le jeune homme.

André C. P. pense fugitivement que d'ici au parc Borrely, *à vol d'oiseau*, il ne doit pas y avoir plus de cinq cents mètres, et que les pigeons seront rentrés au bercail en cinq à six minutes. Il en conçoit un bref remords, et répond cependant en professionnel :

– Les vols de vitesse se comptent à partir de 855 kilomètres, le demi-fond 250 et le fond 500...

10 h 18. Joseph Salicetti quitte le 15 de la rue Dumont-d'Urville où la cuisinière, une Italienne pulpeuse, lui a offert un café et l'a raccompagné jusqu'au portail en lui disant *a domani...* avec un long regard sucré. Joseph Salicetti se félicite d'avoir été scrupuleux et de n'avoir pas plié l'enveloppe bistre!

– Est-ce que je peux choisir moi-même les pigeons pour cette course? demande le garçon en arpentant le couloir qui longe la façade des cases.

André C. P. pense que les élus n'auront pas une grande performance à accomplir... Peut-être devrait-il, pour cette prestation si particulière, choisir des ornementaux plutôt que des compétiteurs... La scène n'en sera d'ailleurs que plus belle...

– Regarde donc du côté des « cravatés », dit-il.

Et comme son fils paraît surpris.

– C'est pour un vol de démonstration...

Et tandis que Serge, satisfait par la précision, s'approche des oiseaux captifs, il se met en devoir de préparer un panier destiné à transporter ses messagers... Sur une table où s'empilent mangeoires et abreuvoirs, il dépose une boîte en vannerie munie d'un couvercle que l'on peut tenir rabattu au moyen d'un lien de chanvre torsadé. La coutume veut que, pour un lâcher de pigeons, on coupe vivement ce lien afin de permettre à tous les oiseaux de s'envoler en même temps. D'un coup d'œil circulaire, André C. P. cherche le couteau qu'il utilise d'ordinaire à cette fin.

10 h 51. Joseph Salicetti se sépare à regret de la carte postale « Bons baisers d'Ajaccio » en la glissant sous la porte du 12 *bis,* avenue César-Franck.

– Quel est le record de distance parcouru par un pigeon ? demande Serge.

– On parle d'un voyageur français, qui, lâché à Arras, est retourné à son pigeonnier de Saigon en vingt-quatre jours, parcourant ainsi quelque 11 500 kilomètres...

Cependant que Serge tente de calculer mentalement la vitesse de croisière du champion, André C. P. aiguise avec soin le couteau, une antique lame de fer qui s'émousse vite à sectionner les boucles d'osier des cages de transport.

– Les pigeons retournent-ils toujours à leur pigeonnier ? demande le garçon, un peu à la manière de ces enfants qui connaissent par cœur un conte de fées, et pourtant ne parviennent pas à s'en rassasier.

– Leur sens de l'orientation est proprement stupéfiant !

– Mais comment peuvent-ils se diriger ainsi ?

– Ils fonctionnent un peu à la manière des boussoles. Certains savants pensent que le vol des pigeons serait perturbé par les orages magnétiques sur le soleil.

– Le soleil ? reprend Serge, surpris.

– Parfaitement, le soleil ! renchérit le père.

Et tous deux considèrent en silence le soleil pâlissant de cette fin d'octobre qui, dans l'embrasure de la porte demeurée ouverte, s'élève entre les deux grands cèdres, et, que subitement, voile comme un nuage. André C. P. ferme un instant ses yeux éblouis, et pour se délasser, appuie sur ses paupières, ce qui fait apparaître contre sa rétine soudain douloureuse de grands trous rouges cernés de vert.

11 h 33. Joseph Salicetti glisse un *Méridional* sous bande dans la boîte du n° 4 de la rue Wulfran-Puget.

S'arrachant à sa contemplation du soleil d'automne, André C. P., après avoir éprouvé du pouce le fil de la lame, estime qu'il a poussé trop loin l'affûtage, et que le couteau est devenu un véritable rasoir. Il cherche des yeux un chiffon pour l'envelopper, n'en trouve pas, et prend une serviette blanche avec laquelle il nettoie les pattes des pigeons pour les expositions. Il entoure la lame de la serviette afin d'éviter un possible accident, puis la conserve à la main, ne sachant trop où la poser. Tandis que Serge lui montre les pigeons qu'il a sélectionnés, André C. P. est trop préoccupé pour remarquer que le jeune néophyte s'est trompé, et a choisi un couple. Il poursuit, comme pour lui-même :

– Il y a quelques années, lors d'une grande réunion colombophile, des éleveurs ont lâché plus de mille pigeons, tous d'une excellente qualité, et qui avaient remporté de nombreuses victoires. Parmi les pigeons lâchés, 16 seulement retournèrent à leurs colombiers. Les autres furent aperçus, la course terminée, errant dans l'espace pendant des heures, tournant en rond, en proie à on ne sait quelles sensations...

– C'est étrange... dit Serge, perplexe et légèrement impressionné.

– Oui, c'est étrange... reprend le père en fermant un bouton de sa veste, car, depuis que le soleil s'est couvert, la température a fraîchi.

11 h 36. Joseph Salicetti sonne à la grille du n° 8, rue Wulfran-Puget, en retirant de sa sacoche une lettre recommandée.

– Monsieur! Monsieur appelle Marguerite, la cuisinière et l'épouse de Polythe, lequel bougonne tout en recommençant son semis de radis.

André C. P. apparaît sur le seuil du colombier.

– Monsieur! Une lettre pour vous! reprend la vieille femme.

– Eh bien, prenez-la! lance André C. P. à la cantonade.

– C'est pas possible! Elle est recommandée! Il faut signer.

André C. P. s'approche le sourcil haut, légèrement agacé. Joseph Salicetti l'attend avec un bon sourire de bon facteur.

– C'est pas ma faute, Monsieur C. de P. C'est l'administration...

Agréablement chatouillé par la particule placée fort à propos, André C. P. sourit. Joseph Salicetti lui tend son carnet à cases et un Bic flambant neuf :

– Tenez, Monsieur C. de P., signez là!

André C. P. est ennuyé. Le couteau roulé dans la serviette le gêne pour prendre le stylo. Il hésite à le confier à Marguerite ou au facteur... Finalement, pour avoir les mains libres, il jette l'arme par la vitre baissée sur le siège passager de la 403. Il signe, saisit l'enveloppe et attend pour l'ouvrir que Joseph Salicetti se soit éloigné. Mais le facteur se balance d'un pied sur l'autre avec un sourire un peu niais.

– Bon... eh bien... au revoir, Monsieur C. de P., et bonne journée... quoique... une lettre recommandée... on sait jamais...

D'autant plus exaspéré par cette curiosité intempestive qu'il vient de reconnaître le tampon du palais de justice dans le coin gauche de l'enveloppe, André C. P. explose.

– Qu'attendez-vous, mon brave ? De l'argent, un pastis, ou ma main sur la figure ?

Ce qui fera dire à Joseph Salicetti lors du procès :

– C'était pas un joli caractère, Monsieur le président, oh ! ça non... c'était pas un joli caractère...

André C. P. a du mal à décacheter l'enveloppe. Ses mains sont fébriles. Il déplie l'imprimé. Il lit. Les mots, froids, précis, impersonnels, ont du mal à se frayer un passage jusqu'à son cerveau soudain engourdi.

...Juge des Affaires matrimoniales...

...requête en divorce pour faute...

Un éclair dans sa tête, suivi d'une pluie de décombres, le laisse les jambes molles, les bras cassés. Impressionnée par le visage figé et les lèvres blanches de son patron, Marguerite demande :

– C'est pas grave, au moins, Monsieur André... ?

Il néglige de répondre. Il poursuit sa lecture, effaré.

...audience en conciliation...

Conciliation. Il s'accroche à ce mot comme à un bois flottant parmi les débris d'un naufrage. Conciliation. Il peut donc encore faire marche arrière. Il lui suffit de quitter Odette. Le moment est venu. D'ailleurs, elle l'attend peut-être déjà auprès du bassin où voguent les canards en larges bordées inutiles...

Il pourrait aller au salon, dire à Pierrette qu'elle a gagné, qu'il capitule, mais l'idée d'avoir à le faire devant sa mère, son père et son fils, dont il sent la présence dans la maison sans pouvoir tout à fait la localiser, lui est insupportable. Trop d'humiliations minuscules lui ont lentement, jour après jour, mis l'orgueil à vif. Cette fois, il règlera tout seul cette affaire et s'en reviendra non pas en suppliant mais en maître, déchirer la lettre devant Pierrette, puis la sommer avec hauteur de cesser ces enfantillages et de reprendre ses esprits. Il dépose le panier contenant les pigeons dans la malle arrière de la 2 CV, mais s'aperçoit, au moment de démarrer, que la 403 lui barre le chemin. Il s'apprête à manœuvrer la voiture paternelle pour libérer l'allée, mais tout à coup, avec cet étrange souci des plus infimes détails qui traverse les pires désarrois, il se dit que l'élégante berline grise sied mieux que son rustique véhicule à une belle scène de rupture. Il abandonne donc l'idée un peu mièvre d'offrir des pigeons, et prend place au volant, sur le siège de velours anthracite.

La 403 démarre avec un vrombissement cossu qui lui calme les nerfs. Il roule au pas jusqu'à l'intersection de la rue Wulfran-Puget et de la rue Paradis. Il longe l'élégante artère jusqu'à son intersection avec le deuxième Prado. Lorsqu'il tourne à droite, pour se diriger vers le David, il se sent parfaitement détendu et maître de lui. Il lui faut à peine quelques minutes pour atteindre l'avenue du Parc-Borrely, franchir le décor de théâtre de la grande grille et s'enfoncer, sur la gauche, dans l'allée sinueuse qui serpente entre les peupliers dorés par ce début d'automne.

Odette est là au bord d'une pièce d'eau, qui jette quelques miettes à des canards brouillons. Elle porte un manteau marron un peu triste et un sac à main fatigué. Il la trouve pathétique et dérisoire. Il se demande comment il a pu mettre en péril son confortable statut de bourgeois pour une aussi médiocre affaire de fesse...

Comme elle attendait une 2 CV, Odette ne l'a pas tout de suite identifié. Il doit se pencher par-dessus le siège du passager et baisser la vitre pour l'appeler. Elle se retourne, paraît surprise, et s'approche en souriant. Tandis qu'il lui fait signe de la tête de prendre place à côté de lui, la jeune femme, avec une mimique admirative, laisse tomber :

– Fichtre ! Tu as hérité ?

Saisi par la remarque maladroite, il serre les dents. Odette ouvre vivement la portière. Il a juste le temps d'ôter le couteau roulé dans la serviette pour éviter qu'elle ne s'assoie dessus.

– C'est un cadeau ? demande Odette, mutine et décidément mal inspirée. Il hausse les épaules et pose l'encombrant paquet sur ses cuisses. Mais avec ce manque de tact dont elle est, hélas, coutumière, Odette insiste.

– Allez ! Montre-moi...

Il se défend d'abord mollement, puis avec plus de vigueur :

– Ça suffit, maintenant. Arrête ! Tu es crispante, à la fin !

La jeune femme, stupéfaite par cette violence inattendue, se fige :

– Qu'est-ce que tu as, mon amour ?

Exaspéré par ce mot pourtant coutumier entre eux, il oublie toute délicatesse, et jette avec brutalité.

– Ma femme a demandé le divorce !

Le visage d'Odette s'illumine.

– Nous allons enfin pouvoir vivre au grand jour !

Comme elle fait mine de se jeter dans ses bras, il la repousse durement.

– Ah ! mais non...

– Comment ? demande Odette, qu'est-ce qu'il y a ?

– Il y a que je ne veux pas divorcer !

La jeune femme le regarde, les yeux écarquillés de stupéfaction. Du coup, il tente de mettre un peu de baume sur cette blessure qu'il vient de lui infliger sans trop de ménagement.

– Tu comprends... ma famille... les enfants...

Tandis que, muette, Odette le considère, il trouve une subite inspiration, une raison qui lui semble totalement imparable :

– Jamais mon père ne me pardonnerait un divorce...

Mais l'argument n'obtient pas le résultat escompté. Odette éclate de rire :

– Ton père ! Ah, oui ! Parlons-en, de ton père ! Il te traite comme si tu avais douze ans ! Oui papa ! Bien papa ! Merci papa ! Tiens... mon pauvre... avec la voiture de ton papa... tu me fais pitié...

Elle renverse la tête et rit, d'un rire sans joie, grinçant, un rire dans lequel vibrent sa douleur et sa désillusion. Elle ouvre la portière, et la claque violemment derrière elle. André C. P. est atterré. C'est donc là tout l'amour que lui portait sa maîtresse ? Elle le méprisait autant que son épouse ? Tous ces gestes tendres, ces câlineries, ces minauderies n'étaient que comédie et calcul ? C'est impossible ! Il vit un cauchemar ! Éperdument, il voudrait l'effacer, l'oublier, recommencer la scène. S'excuser. Voir couler ses larmes, oh, oui ! ses larmes ! Peut-être pourrait-il quitter Pierrette à cet instant...

A son tour il sort de la voiture, tente de l'arrêter en la prenant par le poignet :

– Odette ! Attends...

La jeune femme se débat :

– Laisse-moi ! Laisse-moi, imbécile !

Éperdu, il tente de se justifier, de lui expliquer la difficulté qu'il a toujours eue à s'exprimer devant son père, si froid, si droit, si...

Odette se retourne, les yeux étincelants de mépris. Elle retrouve toute sa verdeur de langage pour lui jeter à la figure :

– Ton père, pauvre couillon, il a beau jeu à jouer les Père-La-Vertu, après avoir cocufié ta mère pendant vingt ans. Et d'ailleurs, elle le lui a bien rendu, la salope !

André C. P. a une réaction d'enfant meurtri.

– Qui t'a dit ces mensonges... ?

Odette ricane :

– Demande voir à Polythe...

Polythe et sa mère ? Non ! Non ! NON ! La serviette qu'il tient glisse dans ses mains tremblantes, découvrant la lame. Ses phalanges blanchies serrent le manche du couteau. Au moment où Odette, qui se tord comme un ver coupé, va lui échapper, il frappe un premier coup dans le dos qui la cambre en arrière. Elle pousse un cri rauque et tente de fuir. Il frappe, frappe encore. Ses jambes se dérobent sous elle, elle tombe à genoux. Le sac à main lui échappe, s'ouvre et laisse rouler sur le sable humide ces charmantes futilités indispensables aux femmes... Il frappe, frappe toujours. La lame si parfaitement aiguisée perce le lainage avec un craquement succulent. Elle pénètre dans les chairs sans rencontrer de résistance, glisse délicieusement entre les côtes et les vertèbres, ressort comme d'un fourreau et replonge, lubrifiée, dans la masse moelleuse du corps sans vie. Il frappe encore une fois la femme à terre recroquevillée dans le méchant manteau marron qui, lentement, s'imbibe de sang. Et tandis qu'un promeneur se précipite en criant « A l'aide ! A l'aide ! » il roule posément le couteau dans la serviette, remonte dans la 403, et rentre chez lui le crâne rempli de pulsations.

– Il semblait calme, dira le témoin, il a fait ça comme on saigne un lapin...

La ville s'est estompée dans un brouillard phosphorescent. La berline roule entre les façades blêmes de l'avenue. Une sorte d'aimant l'attire vers la maison. La grille. Le gravier de l'allée qui crisse sous les pneus. Le moteur qui s'arrête, plongeant le monde rétréci dans un silence de tombeau. Ses pas mécaniques sur les quatre marches de pierre. La terrasse.

Pierrette est là, qui ramasse quelques feuilles mortes, ridiculement ordinaire dans une jupe de tweed et un chemisier à col noué. Elle a un ricanement en voyant s'avancer vers elle celui qu'elle a toujours pris pour un fantoche. Comment pourrait-elle craindre cet être médiocre ? Elle se trompe sur le désarroi qu'elle lit sur le visage décomposé, et, avec ce manque de modération qui caractérise les esprits bornés, ne songe, une fois encore, qu'à l'humilier...

– Tu as reçu mon petit mot ?

André C. P. ne répond pas. Il ne ralentit même pas son allure. Il marche sur elle avec une si totale détermination qu'elle recule, d'abord surprise, puis inquiète, enfin épouvantée lorsqu'elle le voit tirer le couteau de la serviette sanglante. Elle ouvre la bouche pour crier, découvrant des prémolaires couronnées d'or.

– Au sec...

Le premier coup, au niveau du larynx, lui coupe la parole. Un flot de sang dévale sur le col si artistement noué quelques instants plus tôt. Déjà presque saignée, la carotide ouverte, Pierrette reste debout, l'invective et le mépris aux lèvres, les yeux remplis d'épouvante et de haine. Alors, il frappe, frappe, et frappe encore, transperçant avec volupté ces seins flasques qui tremblent sous la soie trop tendue. Il jouit de ces éclatements de chair et de tissus. Il la regarde se vider de tout son fiel, de tout son venin. Il se délecte de la terreur qui injecte les yeux noirs, savoure le délice morbide de les voir perdre leur éclat, devenir d'un seul coup vitreux... Et la vieille poupée maligne s'effondre lentement sur les carreaux gluants éclaboussés de rouge.

Il jette le couteau qui rebondit plusieurs fois sur les dalles avec un cliquetis agaçant. Ce bruit familier réveille en lui des souvenirs enfouis de gronderies pour ses maladresses enfantines :

– André ! Fais donc attention ! Tu as encore fait une sottise !

Une sottise ! Une SOTTISE ! Il n'a ni cassé un verre ni renversé un pot de confiture. Mais comme jadis il se sauve, et c'est du sang qui colle à ses semelles. Il saute au volant de la 2 CV, démarre en trombe, fait une embardée, manque verser sur un muret de pierre pour éviter la 403 qui est toujours dans le chemin. Où aller ? Qui l'entendra ? Il fuit.

Il roule. Rue Paradis... Prado... Avenue de la Plage... La vieille chapelle, Pointe-Rouge... La barre de Marseilleveyre lui vole l'horizon. Avenue de Montredon, la campagne Pastré, jeudis d'enfance, douceur perdue... La Grotte-Rolland. Une colline grise : le mont Rose. La calanque de Samena, le port de l'Escalette comme un trou dans l'eau. Au-dessus, les rocs nus écrasés de blockhaus. Les Goudes, l'île Maïre, brutale, continent ou dent cariée ? Callelongue, fin du monde où s'engouffrent les vagues sous les barques rouillées. Souricière. Il fait demi-tour. La 2 CV se penche comme un voilier virant de bord. S'échapper. Il rebrousse chemin mais ne peut retourner à Marseille. Alors il vire vers Mazargues et d'avenue en boulevard, de rue en traverse, grimpe vers la Gineste. Une exaltation baroque lui dilate les poumons. Jamais il n'a eu un tel sentiment de puissance. Lui. Le minable. Le raté. Lui qui a toujours vécu à petits pas, à petit feu. Il a tué. Il a osé tuer. Cette action qui devrait lui paraître abominable le remplit d'orgueil.

Tandis que la 2 CV cahotante s'essouffle dans la côte roide qui monte en lacet vers le col, il a la sensation d'une foule sombre qui marche derrière lui. D'elle, monte une rumeur chuchotée et circonspecte. Il reconnaît dans cette masse compacte son père, sa mère, ses frères, ses professeurs, ses amis, tous ceux qui, avec leurs bons sentiments et leurs caresses visqueuses, depuis quarante ans l'ont nié, l'ont jour après jour contraint à être un autre. Là, devant eux qui peinent dans la rude montée, il va, solitaire et magistral, affranchi de toutes les règles. Brusquement, il comprend : cette rumeur ténue, c'est le chuchotement qui accompagne les enterrements que l'on appelle obsèques. Il est mort.

La route grimpe de plus en plus fort. Le parapet qui la borde sur la droite lui donne des airs de balcon. Marseille est en bas, mollement étalée autour de ses ports, noyée dans une brume bleue. Un désir violent le prend de s'anéantir en elle dans une étreinte vertigineuse. Ne pas prendre le virage à gauche... continuer... droit devant... dans l'espace... dans le vide... se soûler de quelques secondes d'éternité... se rêver oiseau l'espace d'un dernier soupir...

Mais la montée à cet endroit qui précède le col est rude. La 2 CV n'est pas assez puissante pour prendre de la vitesse et passer par-dessus le muret. La roue avant droite heurte petitement la bordure de ciment, et le véhicule s'arrête presque sur le bas-côté. André C. P. doit donner un coup de volant et accélérer au maximum pour dégager l'aile qui racle contre les pierres mal alignées. Du coup, il se retrouve au milieu de la route, et doit braquer à droite pour se redresser. Il se met à zigzaguer, tourne éperdument le volant pour éviter un motocycliste engagé dans la descente. La 2 CV, désemparée, fait deux ou trois embardées avant d'aller heurter un rocher du côté de la colline. Sous le choc, la portière s'ouvre, éjectant André C. P. et le panier qui contenait les deux pigeons. La fragile cage d'osier s'ouvre, et les oiseaux, surpris, marchent un instant sur la route avec de jolis mouvements de cou avant de s'envoler. Tandis que leur maître, qui vient de rater sa mort comme il a raté sa vie, gît inanimé en bas, très loin, ils tournent un moment au-dessus du paysage désolé, puis, au lieu de reprendre le chemin du colombier, piquent droit devant eux, vers la mer, vers le sud, entrant dans la fraternité de ces voyageurs qu'on ne revoit jamais.

Charlette ROUDÉ

La saga des Guerini

Dans un ouvrage collectif récent [1], où il évoque l'exode massif des Corses vers le Continent, sitôt après la Première Guerre mondiale, Jacques Lovichi, professeur, écrivain, spécialiste des problèmes corses, explique que cette désertion fut en partie imputable à l'extrême pauvreté de l'île, dont des dizaines de milliers d'habitants se contraignirent à l' « exil » pour essayer de trouver ailleurs un travail – à Marseille ou à Nice la plupart du temps –, une vie moins rude que celle à laquelle ils semblaient irrémédiablement voués.

Consacré à ceux de ces « émigrants » qui ont « mal tourné » – gentil euphémisme –, un paragraphe éclaire assez bien un personnage comme Antoine Guerini, permet de mieux comprendre l'itinéraire de ce caïd, ce parrain du Bassin méditerranéen, devenu, de son vivant, figure mythique du milieu.

« (...) Baccalá per Corsicá, *morue pour la Corse, inscrivait-on sur les ballots de poisson séché à destination de l'île; les plus avariés, les moins propres à la consommation*, rappelle Jacques Lovichi. *Pour les Corses,*

1. *Corse, défense d'une île*, par J. Brunati, J. Camilly, J. Fusina, J. Lovichi, A. M. Sambroni, J. C. Rogliano, J. Thiers, J. M. Vinciguerra, aux Éditions Autres Temps.

c'était toujours assez bon! Comme aussi les postes de douaniers, de matons ou de flics; toujours assez bons pour les Corses. Et lorsque, chassés par une nécessité soigneusement entretenue, ils arrivaient sur les quais de Marseille, avec, pour tout bagage, leur jeunesse et, selon la formule consacrée (et atténuée), leur sexe et leur couteau, que pouvaient-ils devenir d'autre que ce que je viens de dire, ou petits fonctionnaires coloniaux envoyés en tel point du globe, déserté (sauf pour les postes de premier plan) par des Français à part entière, *pour, ayant trouvé plus colonisés qu'eux, y faire suer quelque burnous et flotter le drapeau tricolore? Ou alors ils devenaient de grands fauves dans la jungle des villes et j'en viens parfois à me demander si ces réprouvés, ces « en marge », ces « caïds », survivant comme ils le pouvaient avec leurs lois généreuses et féroces de* condottieri, *n'étaient pas ceux chez qui se réfugiait, en fin de compte, cette vertu de la race qui a permis aux Corses de demeurer un peuple debout face aux millénaires d'invasions de toutes sortes.* »

Débuts d'un jeune loup

Lorsqu'il débarqua sur les quais de la Joliette à Marseille, en avril 1923, Antoine Guerini, tout juste dégrossi par un service militaire écourté, après avoir été classé « soutien de famille », n'avait pas vingt-deux ans.

« Émigrant » anonyme parmi des milliers d'autres, debout sur la passerelle du *Napoléon*, il regardait ce ciel bleu mais bizarre, tissé de grues noires et grises dont les bras maigres ressemblaient à des pattes d'insectes. Il était loin de la dense voûte d'un beau vert sombre des châtaigniers et des chênes. L'odeur du mazout remplaçait celle des asphodèles. Les klaxons, les sirènes, le grincement des tramways sur leurs rails lui faisaient presque regretter l'envol des perdreaux faisant bruire les branches, l'écorchure de l'eau sur les pierres acérées des ruisseaux, mais *basta*! Il avait opté pour l'exil et n'allait pas se mettre à pleurnicher. Un avenir nouveau s'ouvrait devant lui, certes incertain, plein d'interrogations, mais ce serait toujours mieux que là-bas, où la vie, devenue impossible, l'avait carrément poussé jusqu'à Calvi, au pied de la passerelle du bateau, dont il n'avait pu payer le billet de transport qu'en raclant les fonds de tiroirs.

En ce jour d'avril 1923, Antoine Guerini se jura de réussir, autant pour lui que pour ses frères, à qui il avait promis de préparer le terrain et de les appeler, une fois la terre conquise. Il ne laisserait pas ses cadets croupir dans leur trou.

Aîné de sept enfants – six garçons, une fille –, Antoine arrivait donc tout droit de Calenzana, ce petit village de la Balagne connu pour ses vignes, sa chapelle ancienne et sa Vierge, *Santa Restituta*, décapitée aux premiers temps de l'ère chrétienne, que toute la Corse vénère. Elle aurait fait voir des aveugles, parler des muets et ramené une paix miraculeuse dans d'ancestrales vendettas, réputées irréductibles.

Antoine était profondément croyant, comme la plupart des Corses, et vénérait, lui aussi, la sainte de son village. Il portait d'ailleurs à son cou, depuis sa communion solennelle, une médaille en or, frappée à son effigie.

Très pauvre, fils d'un berger qui ne possédait même pas de terre, il n'avait rien vu ni fait de bien exaltant. Au contraire, depuis sa naissance en 1902, sa vie n'avait été qu'une insipide addition de gestes quotidiens, toujours les mêmes, au gré des saisons : le ramassage des châtaignes, la cueillette des olives, la garde des brebis et des chèvres, la pâtée aux cochons, donner la main à la *mamma* dans la confection des charcuteries, alimenter le *fucone*, au-dessus duquel celles-ci se fumeraient en permanence.

Parfois, un divertissement : braconner dans les fourrés giboyeux de la *macchia*, pêcher à la main dans l'eau vive des ruisseaux de montagne, où abondent l'écrevisse et la truite.

Parfois aussi, une réelle satisfaction, celle de la chair : une nuit d'amour dans les bras de la jeune et belle veuve, à Calvi, d'un poilu enterré par une pluie d'obus, à Verdun. Antoine Guerini était un sensuel. Sa nature le portait d'instinct vers les femmes.

Mais au chapitre des séquences positives du film de sa jeune vie, c'était tout. Il n'avait même pas assez fréquenté l'école pour savoir lire et écrire, le père ayant décidé que le travail à la ferme était plus important que le calcul, l'histoire et les récitations. C'était bien assez des plus jeunes, Pierre et Restitute, pour leur rebattre les oreilles avec des fariboles comme les poésies, qui ne rapportaient rien.

Antoine Guerini était donc analphabète, un rustre à l'état pur, comme la plupart des jeunes villageois corses de sa génération. Mais il n'en était pas moins doté d'une intelligence très vive, d'une capacité d'adaptation immédiate aux choses de la vie. Le sectarisme et une vue réduite des situations, même les plus inattendues, n'étaient pas à inscrire sur la liste de ses failles.

Faute de pouvoir connaître des épopées historiques ou littéraires du programme scolaire classique, il avait toujours écouté avec une religieuse attention les histoires légendaires de ces bandits d'honneur, partis au maquis, le *Palais vert*, pour des affaires d'hommes, d'offenses, de vengeance et de sang, que l'on respectait d'un bout à l'autre de l'île mais que l'on vénérait et assistait dans le Sartenais, la Cinarca, la Castagniccia : Ettori, Spada, Bellacoscia, Nicolaï, Caviglioli, Rutili et quelques autres...

En ce milieu des années 20, Marseille s'était déjà taillé sa triste réputation, qui allait perdurer, de « Chicago française », et ses bandits « urbains », en Borsalino, bottines de cuir fin sur mesure, veste à carreaux cintrée à la taille, cheveux gominés, joues rasées au sabre matin et soir par le barbier, parurent vite au jeune Antoine Guerini bien différents et finalement plus intéressants que ses héros de la veille, hirsutes, en godillots à clous et costumes de velours noir, les fameux bandits d'honneur. Non seulement ils le fascinèrent, ostensiblement armés de Colts 92, au lieu des poussiéreux Robust et Idéal, calibre 16, des chasseurs de Calenzana, mais il s'ingénia précocement à les imiter et même à les admirer.

Dès les premières semaines de son installation, un « pays » des « Corses de Marseille » lui fit avoir en sous-location pour presque rien une chambre avec eau courante – ce qui était rare – dans un immeuble insalubre de la rue des Repenties, au cœur même du quartier du Panier, haut lieu du banditisme et de la crapulerie, nid à voyous et à gangsters, carrefour incontournable du délit et du crime, quartier d'autre part réservé aux maisons closes depuis un arrêté municipal datant de 1863. C'est ainsi qu'au cours de ses déambulations nocturnes, Antoine passait avec envie devant ces bordels aux enseignes éclairées par de grosses lanternes rouges, aux noms évocateurs :

Aline, Le Chat Noir, Théo, Rebecca, Madeleine, New-House, Cythéria, Le Panier Fleuri [1]...

Fréquentant à ses débuts des amicales corses, certes folkloriques, sympathiques, de type patronage ou œuvre de charité, en un mot un peu barbantes, mais – notait déjà le futé Calenzanais – où l'on se serrait les coudes entre compatriotes sans regarder à la réputation de quiconque, pourvu que la consonance du patronyme et les racines fussent insulaires, Antoine Guerini commençait à s'y faire des relations et même des amis de son âge, attirés comme lui par cet « air du pays ». Ils deviendraient plus tard, en même temps que lui et par les mêmes voies, d'authentiques caïds, chacun à sa manière, avec qui il serait « en affaires », au gré des époques, des circonstances, des combines et des « coups », des opportunités, des paix tranquilles ou des guerres sanglantes... Aussi bien dans les amicales que dans les bistrots et les bals populaires, Antoine fit donc la connaissance d'une solide poignée de compagnons de route : Paul Mondoloni, Jo Renucci, Antoine Paoloni, dit Planche à cause de sa maigreur, Dominique Colonna, Matthieu Trivico, dit l'Indien, Antoine Andréani, surnommé l'Épée pour son habileté au poker, Dominique Poli, qui resterait fidèle au clan jusqu'au bout, Marius Salvatti, dit Méu, future terreur des policiers et des banques, à la tête de son fameux gang des Blouses Grises, Ange Salicetti, déjà appelé le Saint ou le Curé, pour sa manie de faire brûler des cierges au pied des saintes statues, Paulo Leca, surnommé l'Élégant, et Charles Vincileoni, son compère, futurs « cerveaux » du vol spectaculaire

1. L'une des plus anciennes maisons closes de Marseille, qui donna, par extension, son nom à l'ensemble du quartier.

des bijoux de la Bégum, perpétré en plein jour sur les hauteurs de Cannes.

Désœuvrée, cette équipe de jeunes loups en quête d'aventure sortait beaucoup la nuit, commençait à vivoter de larcins, de petites combines, et à se faire des relations dans d'autres quartiers, aussi chauds que leur Panier d'attache, tels Endoume, la Belle-de-Mai, la Capelette et, surtout, l'Opéra, autre haut lieu de la pègre, antre de toutes les corruptions et du vice, et dont le quartier général était déjà l'incontournable *Bar Henri*.

Curieux de tout, on pourrait dire avide, plus attiré par les bas-fonds, la faune interlope des périmètres incertains que par les fils de bourgeois, parfois en goguette, des quartiers sud, zone chic et argentée, ou même tout simplement par les ouvriers qui lui auraient forcément été plus proches, curieux de tout mais silencieux et discret, Antoine Guerini humait l'atmosphère, regardait autour de lui, observait les mœurs, les mentalités, apprenait sa nouvelle ville, cette Marseille de cocagne, fourmillante de vie, d'affaires multiples et latentes, aveuglante de lumières, assourdissante de rumeurs.

C'est ainsi qu'il prit le pouls de cette capitale ouverte sur l'Orient, de ce port où il avait décidé de jeter l'ancre, qu'il en connut les arcanes, les « permissivités » et les « interdits », qu'il sut très tôt où voler ou acheter les clés d'or ouvrant les portes d'activités aussi lucratives que dangereuses et interdites...

Si le hold-up n'était pas encore monnaie courante – à l'image de toutes les autres villes du reste –, les vols sur les quais croulants de marchandises en transit fleurissaient. Le butin quotidien se vendait au grand jour, avec une facilité déconcertante, et pour cause. Corrompue à tous les échelons jusqu'à la moelle, la police fermait les yeux, laissait faire pour empocher de grasses enveloppes, mais elle ne perdait rien pour attendre : interviendrait sous peu une grande lessive, avec condamnations, radiations, blâmes et mutations diverses.

Battant son plein, le racket n'avait d'autre chef d'orchestre que l'un de ses inventeurs – du moins dans ses modernes applications, son rénovateur –, le célèbre et astucieux la Scoumoune, toujours suivi à un mètre de son petit cireur de bottes, indescriptible Gavroche façon Panier, porteur aussi fidèle qu'infatigable d'une boîte en bois qui ressemblait à un cercueil, dans laquelle le malin rangeait son artillerie. Allez donc, après ça, le prendre en flagrant délit de port d'arme !

Et ce n'était pas tout ! Dans un tout autre domaine, les magouilles politiques et commerciales sévissaient (déjà) à tous les étages d'administrations aussi pourries que la police, ce qui, à l'époque, était vraiment peu dire. Là aussi tombaient régulièrement de fabuleux pots-de-vin, engraissant, depuis longtemps, certaines bandes d'initiés, mieux au fait que la racaille famélique des vols ordinaires, des combines pouvant rapporter gros. Parmi elles, la fine équipe de Paul Carbone et de Lydro Spirito, dit Beau-Ficelle, une légende à lui tout seul : beau parleur, voyou de race, séducteur patenté, joli cœur de ces dames énamourées, depuis la midinette jusqu'à l'aristocrate en Hispano, toujours sublime dans ses costumes trois pièces, faits sur mesure, de « gueule d'amour », boutonnière obligatoirement égayée d'une fleur blanche ou parfois d'une rose.

Rois de la pègre et même de la ville – par l'entremise de leur champion, Simon Sabiani –, subtil mélange de brutalité, de rouerie, d'intelligence et de charme, le légendaire et diabolique tandem avait la mainmise sur le trafic de l'opium, qui commençait à se développer, la prostitution et, par voie de conséquence, le proxénétisme, alors à leur apogée.

A eux deux, l'un Corse sauvage, mauvaise tête issue du Bat' d'Af', l'autre, Italien d'origine, fin négociateur – dosage savant du savoir-faire des doges et de l'efficacité des banquiers lombards –, ils contrôlaient, de surcroît, d'une férule sans pitié ni partage, l'ossature des activités non affichées du milieu, pourtant sempiternelles : les jeux clandestins, l'organisation (subventionnée) des spectacles populaires, dont les courses cyclistes, les corridas, les bals des fêtes locales ou nationales, les galas de music-hall, à l'*Alcazar* ou aux *Variétés* – ils se vantaient, à juste titre d'ailleurs, d'avoir arraché Constantin Rossi, devenu Tino-la-Voix-d'Or, à l'épuisante « chauffe » des longs-courriers d'Indochine –, les élections de miss, les meetings politiques, les marathons de danse et, surtout, les combats de boxe, leur sport véritablement préféré... Un penchant qui ne les rendait pas plus honnêtes ou loyaux pour autant. Ils truquaient, sans état d'âme, de façon éhontée, la plupart des combats. Et cela à leur convenance, leur bon vouloir, sans tenir compte de leur passion non feinte pour le noble art. Cela dépendait, évidemment, des mouvements, toujours fluctuants, des paris clandestins, dont leurs *books* tenaient une stricte comptabilité. Ou alors, tout simplement, d'un coup de cœur, d'une tocade pour un boxeur.

Le clou de leurs arnaques à la boxe fut sans conteste le championnat du monde des poids coq, opposant le tenant du titre, protégé de Jean Cocteau, la Libellule Noire, le filiforme Panaméen Al Brown (53 kg pour 1,75 m !), au Bombardier du Panier, champion d'Europe tout de même, le prolétaire Kid Francis, François Buonaugure de son vrai nom, bon cousin et protégé de Beau-Ficelle, lui, qui ne perdit jamais un seul match aux *Arènes du Prado* à Marseille, chasse gardée du tandem infernal, quelle qu'eût pu être sa prestation sur le ring.

Pistolet dans les reins et vert de peur, le malheureux juge-arbitre italien, M. Lomazzi, fut contraint par Beau-Ficelle, souplement grimpé au bord du ring, de décréter le match nul (*no contest*) certainement le plus scandaleux de l'histoire de la boxe, depuis ses origines jusqu'à nos jours... Craignant pour son avenir immédiat et son profil de médaille, Al Brown avait piqué un cent mètres en direction des vestiaires, quant à Kid Francis, archibattu à l'issue des quinze reprises réglementaires, il affichait – malgré son poing levé par l'arbitre sous les acclamations de la foule en délire – l'aspect pitoyable d'un combattant qui en avait pris plein le foie, tête dévissée, lèvres sanglantes, pommettes éclatées, yeux tuméfiés et fermés par la pluie de coups, debout, bien sûr, mais tellement chancelant.

C'était Marseille. Ce *no contest* fit un tel scandale dans le Landerneau pugilistique international que la ville, montrée du doigt comme un panier aux crabes indigne, fut interdite, frustration et humiliation suprêmes, d'organisation de championnat du monde de boxe jusqu'en l'an... 1992! (*sic*)

Si cette décision ne changea en rien le destin de Carbone et de Spirito, elle servit au moins de leçon au jeune Antoine Guerini, qui assistait au combat, cette pantalonnade, avec ses amis Planche et Matthieu l'Indien. Il comprit ce soir-là beaucoup de choses. A défaut d'avoir pu apprendre les fables de la Fontaine, il vérifia, entre autres, que la loi du plus fort est bien toujours la meilleure. Il en tirera profit jusqu'au bout, sachant qu'un pistolet suffit à faire la différence. Il sut soudain de façon très claire qu'il n'y avait plus d'hommes forts, ni de patrons, ni d'arbitres, depuis qu'un illustre inconnu avait un jour inventé la poudre.

Il comprit également que, pour l'instant, Carbone et Spirito étaient bien les plus forts, et qu'il vaudrait mieux composer avec eux plutôt que de les affronter. Mais il était jeune et avait tout son temps pour capter l'héritage. Son heure viendrait.

Pour parfaire son éducation et sa connaissance des possibilités qui s'offriraient bientôt à lui, Antoine apprit que la manne la plus appréciable résidait dans certains trafics, comme ceux de l'opium et des machines à sous surtout.

Le premier arrivait par dizaines de kilos clandestins dans les « carrées » de navigateurs qui, pour compenser le salaire anémique imposé par les Messageries Maritimes et Paquet, traficotaient un peu, en plus de la « pacotille » autorisée.

Les secondes, importées d'Amérique, étaient acheminées jusqu'à Marseille via la Belgique, au prix de 6 000 francs l'unité, transport et taxes compris. Elles s'amortissaient amplement, dès la première quinzaine d'exploitation.

Antoine le nota, mais ainsi catapulté dans cette jungle aux multiples attraits, il n'avait encore pour lui que sa jeunesse, sa volonté de réussir et son physique de jeune loup. Ce n'était pas grand-chose peut-être, mais ce n'était déjà pas si mal. Les femmes le lui feront vite savoir.

Aussi charmant garçon que Beau-Ficelle, assez grand pour un Corse, bien découplé, Antoine avait un visage viril et typé, à la peau basanée et au menton carré, légèrement fendu en son milieu, ce qui ajoutait à son charme rustique. Mais ce furent ses grands yeux surtout, très noirs et séducteurs, qui chavirèrent aussitôt, dans les bals de quartier ou à la plage, le cœur des midinettes.

Sa « belle gueule d'amour » décida donc de son destin, tout comme ses précoces et mauvaises fréquentations et, peut-être, aussi, un certain goût pour la facilité, son peu de penchant enfin pour le civisme ordinaire.

Il ne devint ni flic, ni maton, ni douanier et n'alla point faire suer le burnous de quelques colonisés, mais il se réveilla, un beau matin, dans le costume d'un *bambou* [1] d'abord, puis d'un proxénète bon teint, fringué de circonstance : bleu de Chine, casquette, foulard de soie blanche et « pompes » sur mesure en croco. Une graine de voyou qui se transforma vite, sur le chemin pentu du vice, en l'un de ces « grands fauves », si bien croqués par Lovichi, l'un de ces « oncles dévoyés », dont les Corses ne parlent qu'à demi-mot, avec un peu d'hypocrite réprobation et beaucoup de fierté contenue. Quelle tribu corse n'a le sien, qui n'a pas toujours, il est vrai, aussi brillamment réussi que celui-là ?

Au début, mais vraiment au tout début, sans doute parce qu'il était encore un peu tendre, le Calenzanais s'est courageusement essayé dans d'honnêtes métiers : navigateur au cabotage, un seul voyage, c'était trop dur ; docker, quinze jours pas plus, c'était

1. « Cornac » de prostituées, rémunéré par leur souteneur.

encore plus pénible; peintre en bateau en cale sèche (un Corse, M. Tramoni, donnait volontiers du travail à tout individu dont le nom se terminait par un « i »), manutentionnaire chez Rivoire et Carré, un temps aux côtés de Fernandel et d'Yves Montand, qui s'appelaient encore Contandin et Livi, apprenti maçon à la construction du Stade Vélodrome, employé enfin à la voirie pour y inspecter les arbres. Eh oui! « inspecteur aux platanes », cela existait en ces temps à Marseille, au même titre que « pointeur » sur les quais.

Mais les salaires ne correspondant ni à ses ambitions ni à ses goûts, Antoine dériva vers des occupations moins contraignantes et beaucoup plus lucratives : colleur d'affiches, agent électoral, garde du corps d'hommes politiques, briseur de grève – il y en avait plus qu'il n'en fallait en ces temps agités qui préparaient l'avènement du front populaire –, *bookmaker* pour le compte de Carbone et Spirito, *bambou*, puis proxénète à part entière.

Activités qui lui permirent d'amasser assez d'argent pour acheter son premier établissement, en 1930, le *Bar Colonial*, rue Bernard-du-Bois, premier d'une liste qui s'allongerait comme un poème chinois au fil des ans, qui ferait de lui une espèce d'empereur d'une hôtellerie de nuit et de luxe... Certes, c'était un troquet crasseux, dans un quartier mal famé, mais un troquet dont il était tout de même le propriétaire, à vingt-huit ans à peine. Ce n'était pas si mal pour un fils de paysan, débarqué à Marseille, sept ans plus tôt, avec un baluchon pour seul bagage, les poches vides et l'odeur de la ferme encore collée à ses semelles.

Suivi bientôt le *Bar de l'Étoile*, dans ce boyau aux murs lépreux et fétides qu'est la rue Thubaneau, mondialement connue pour ses prostituées d'abattage.

Bars dans lesquels il vendit au prix fort de l'alcool d'exportation volé sur les docks par ses amis et où il retira des bénéfices considérables de ces baraques à sous, nouvelle coqueluche des Marseillais, alors interdites et non encore appelées *manchots*, aujourd'hui autorisées dans les casinos, mais toujours prohibées dans les bistrots. Ce qui n'empêche pas le milieu d'en placer des milliers, au fond de salles amies ou rackettées, sous l'étiquette anodine de « jeu attractif » pour la jeunesse, qui ne recracheraient, en guise de gains, que des boules de chewing-gum ou des bonbons acidulés.

Rien n'a changé sous le soleil du Vieux Port.

Et les bénéfices furent d'autant plus considérables, à l'époque, que les bars d'Antoine, situés dans un quartier proche de la Porte d'Aix, où grouillaient les Arabes, les Chinois et les Noirs, flambeurs par atavisme, avaient une clientèle constituée à quatre-vingt-dix pour cent par cette faune providentielle d'« accros » à tous les jeux de hasard.

Tenant sa promesse, le nouveau propriétaire fit alors venir ses frères sur le Continent, certainement pour les arracher au farniente du village, mais surtout pour se constituer un clan familial lui garantissant une fidélité à toute épreuve, jeter les fondations de son futur empire.

Les drôles languissaient d'ennui et piaffaient d'impatience. Ils se mirent aussitôt au travail, avec d'autant plus d'ardeur et d'efficacité que eux aussi voulaient devenir importants, accéder à la propriété. François et Barthélemy, dit Mémé, pressenti premier lieutenant, vinrent en tête de pont, bientôt imités par Pascal, la brute, porte-flingue idéal, Lucien et Pierre. Par chance, ce petit dernier savait lire, écrire et compter. On n'eut donc pas de mal à lui trouver un emploi adéquat : il deviendrait comptable de leurs recettes, les officielles, celles des comptoirs, et les autres, non avouables, issues d'autres activités, comme le recel et le proxénétisme, car Antoine continuait à faire tourner ses moulins [1].

Un peu plus tard, les six mousquetaires de Calenzana invitèrent leur sœur, Restitute, à les rejoindre dans la cité phocéenne, déjà vraie capitale – en nombre d'habitants et en compatriotes occupant de hauts postes – de leur Corse natale, « larme de Dieu en Méditerranée », peut-être, selon le moine Herman Deffendini, mais terre de misère, sûrement.

Se constituer un clan et prospérer dans les affaires n'était cependant pas tout. Antoine, cerveau de l'association, s'en rendait compte. Encore fallait-il consolider leurs bases toutes fraîches en se faisant de solides relations, politiques de préférence, à l'image de Carbone et Spirito, modèles incontournables pour qui voulait aller de l'avant. Ce à quoi s'employa le Calenzanais.

Fût-ce à cause de ses modestes origines ? On ne sait trop, mais contrairement à ses aînés, Carbone et Beau-Ficelle, qui avaient depuis longtemps choisi le camp de l'extrême droite en la personne de Simon Sabiani, borgne – il avait perdu un œil à la guerre de 14 –, bizarrement ancien communiste, conseiller général, adjoint au maire, qui s'embrigadera au P.P.F. de Doriot et, plus tard, se compromettra dans la Collaboration, Antoine Guerini opta, lui, dès le début, pour le socialisme et son champion à Marseille : le gentil maire des pauvres, Henri Tasso, un temps ministre de la Marine marchande dans un des gouvernements de Léon Blum.

1. Prostituées.

Devenu agent électoral important et commandant à des troupes de soldats encartés mais rémunérés, Antoine Guerini eut cependant la ruse, ou la prudence, au gré des rudes batailles électorales où pleuvaient les coups de barre à mine et où parlait parfois la poudre, dans le courant des années 30, de ne jamais s'affronter directement au tandem vedette, Carbone et Spirito, « colonels » au P.P.F., par ailleurs plus riches et encore plus puissants que lui. De même, il évita de s'opposer à eux, au cours de la sanglante guerre qui éclata dans les mêmes années, pour le monopole de la commercialisation des machines à sous. Il resta en dehors du conflit, évitant de placer ses propres baraques, car il en avait acheté quelques dizaines, dans les fiefs connus du tandem, laissant aux autres le soin de saccager des bars et de s'entretuer pour quelques baraques de plus. Ni lui ni ses amis ne firent partie des blessés ou des morts que l'on repêchait tous les matins dans les eaux noires du Vieux Port, les entrailles rongées par les congres, les pieds alourdis par un tronçon de rail de tramway.

Antoine n'en devint pas moins puissant lui-même, bien au contraire. Dans le sillage des hommes politiques dont il assurait personnellement la protection rapprochée, il connut bon nombre de hauts fonctionnaires de la mairie et de la préfecture, ainsi que de nombreuses autres personnalités dans des domaines très divers, l'industrie et le commerce notamment, précieuses relations qui lui permirent peu à peu de se constituer une « clientèle » qui lui serait utile tout au long de sa carrière, en casant judicieusement parents, compatriotes et amis à des postes de choix, aux quatre coins de la ville et du département.

La jeunesse s'emballait pour une nouvelle danse, le lambeth-walk, quand, au début de l'été 1939, la population marseillaise fut invitée à passer au bleu les vitres de ses fenêtres. A la fin juin, des tranchées-abris furent creusées sur la place Victor-Gélu où le bon félibre, qui indiquait de son doigt de bronze le chemin des maisons de tolérance du Quartier réservé semblait se demander ce qui allait bien pouvoir se passer...

Eh bien, ce fut la guerre, l'Occupation, le franchissement par les troupes allemandes, le 11 novembre 1942, de la ligne de démarcation. Le sud, la zone dite libre ne l'était plus, et les frères Guerini firent banalement du marché noir, comme beaucoup de Français. Mais ils arrondirent surtout leur magot dans le trafic de l'or et celui, fort lucratif, des faux papiers d'identité et des cartes d'alimentation, les premiers réclamés à n'importe quel prix par des Juifs essayant de regagner la Suisse ou l'Espagne, les secondes avidement recherchées par une population affamée. Dans les deux cas, une mine d'or.

Chanceux, ils furent aidés dans ces trafics d'opportunité par un bien étrange personnage, arrivé depuis peu à Marseille, connu de fraîche date, homme à plusieurs facettes, haut en couleur et folklorique, ange ou démon selon les cas, qui pourrait à lui tout seul servir de modèle à des auteurs de romans policiers ou d'espionnage : le commissaire Robert Blémant, bon vivant mais secret, flic au bureau, voyou à l'apéritif dans les bars louches, flambeur à la morale plus qu'élastique, un « ripou » avant que l'expression ne fût inventée, qui n'en était pas moins un authentique résistant.

En fait, ce fut aussi bien dans les troquets de l'Opéra que dans les régions du réseau de résistance auquel ils appartenaient qu'Antoine et Mémé avaient connu ce personnage ô combien ambigu !

Vivre en marge de la société ne signifie pas pour autant que l'on est dénué d'une âme de patriote, et l'âme des Guerini était peinte en bleu-blanc-rouge, personne ne le contestera. Par courage, haine viscérale de toute forme d'oppression (fréquente chez les Corses, marqués par maintes invasions) et par pur patriotisme, donc, les deux frères étaient entrés très tôt dans les rangs de la Résistance, participant à des opérations de sabotage, de récupération de containers après largage de parachutes, volontaires pour des missions de renseignements et d'acheminement de courrier et même de « liquidations » de miliciens ou de gestapistes, ils étaient fort appréciés par leurs compagnons de l'ombre et par leurs supérieurs.

Les extirpant de leur cadre habituel, ces activités leur avaient permis de faire la connaissance d'hommes qui deviendraient de très importants leaders politiques et même des ministres, tel Gaston Defferre, lui aussi dans la Résistance et chef d'un réseau dans le sud, qui n'était alors qu'un simple avocat peu fortuné.

Et parmi ces nouvelles et intéressantes relations, il y eut donc Robert Blémant, nommé à Marseille par sa hiérarchie, sincèrement patriote lui aussi, ce qui ne l'empêchait nullement de rester voyou dans l'âme et d'aimer l'argent facilement gagné. Avoir de faux-vrais papiers et des cartes d'alimentation était pour un commissaire de police un jeu d'enfant. Comme ses nouveaux amis Guerini avaient la possibilité de vendre ces pièces très cher, il ne se privait pas de leur fournir tout ce dont ils avaient besoin pour alimenter leur petit commerce.

C'est ainsi qu'était née leur amitié, leur première « association ».

Né à Valenciennes au début du siècle, donc sensiblement du même âge qu'Antoine, Robert Blémant était physiquement son contraire. Petit, court sur pattes et rondelet, visage rose et mou, joufflu, il avait de tout petits yeux sous d'épais sourcils qui lui conféraient un air bougon, un front lisse, luisant et dégarni, de petites mains carrées aux doigts boudinés, un ensemble qui le faisait plus ressembler à un représentant de commerce bien nourri qu'au super flic, au James Bond, au grand voyou qu'il rêvait d'être, au fond de lui. Un décalage, une contradiction, qui ont toujours fait qu'il était mal dans sa peau, diront certains de ses proches, le petit homme ayant du mal à se glisser dans le moule idéal et mythique, issu de ses phantasmes.

De bonne famille bourgeoise mais assez peu enclin à l'effort intellectuel, Robert Blémant avait fait de très médiocres études, n'obtenant même pas son bac, une absence de diplômes qui l'avait contraint à n'entrer dans la police, en 1930, que par la petite porte, avec le grade de simple inspecteur.

Intelligent cependant, pugnace et rusé, doté d'une santé de fer, il ratissait sans cesse le terrain, de jour comme de nuit, d'un bout à l'autre de sa circonscription judiciaire, menant la vie dure aux voyous du nord, résolvant de nombreuses affaires, accumulant les « crânes », grâce à des « indics », dont il avait vite compris, contrairement à ses collègues, aux méthodes plus traditionnelles, que rien de sérieux et d'efficace ne pouvait se faire sans leur « collaboration ».

Il fut remarqué et bien noté pour ses résultats et accéda rapidement au grade de commissaire par promotion interne.

Mais les fleurs offertes au pot d'arrosage de cette promotion, critiquée par beaucoup, n'étaient pas fanées dans la salle de réception du commissariat que, déjà, il avait la fâcheuse réputation d'être un marginal, de trop fréquenter le milieu, d'y avoir trop de liens amicaux, trop d'obligations, de s'y être forgé une mentalité à part, aussi douteuse que dangereuse. Il se défendait en affirmant que c'était pour mieux combattre le gangstérisme, qu'on ne faisait pas d'omelette sans casser des œufs. Une thèse qui peut se défendre et qu'adoptent, aujourd'hui encore, tous les flics compromis dans de sales affaires.

Il fut nommé à Marseille en 1941, au poste d'adjoint au chef de la Brigade de surveillance du terrain, chargée du contre-espionnage, qui agit, on le sait, en marge des méthodes officielles, par infiltration de tous les milieux, par la manipulation d'agents doubles. C'est sans doute dans cette atmosphère particulière que Robert Blémant prit encore plus goût à la marginalité, commença à tout confondre, à ne plus distinguer nettement la frontière séparant le chasseur du gibier, le Bien du Mal.

Tout en appartenant à la police de Vichy, Robert Blémant était donc entré dans la Résistance, dès 1941. Ayant un pied dans les deux camps, il rendit d'inestimables services aux réseaux de l'ombre et à certaines familles juives, faisant incontestablement preuve d'une loyauté reconnue.

Sur ordre, il arrêta un lieutenant de l'armée d'armistice, Roger Wybot, soupçonné d'appartenir à la Résistance, et même d'avoir commis des exactions. Il feignit de mener une enquête pour donner le change à ses supérieurs et, faute de preuves, rendit le jeune Roger Wybot à la liberté. Celui-ci s'empressa de rejoindre de Gaulle à Londres. Plus tard, il participera aux campagnes de Libye et d'Italie, avant de débarquer en Provence, le 15 août 1944.

Entre-temps, Robert Blémant était passé en Afrique du Nord, dès le franchissement de la ligne de démarcation par les Allemands, laissant Marseille et ses amis Guerini aux aléas de l'Occupation.

De leur côté, les Corses continuèrent à s'illustrer dans la Résistance et redoublèrent d'héroïsme lors de la libération de la ville par Montsabert. Ils se battirent vaillamment, Mémé surtout, qui prit, à lui tout seul, à la grenade, un nid de mitrailleuses allemandes, sur la Canebière, acte de bravoure qui lui vaudra plusieurs décorations, dont la croix de guerre.

Dans la foulée, rejoint par Antoine, Nick Venturi et Louis Rossi, il s'empara, armes au poing, sous les ordres de Gaston Defferre en personne, des bureaux et des rotatives d'une feuille pétainiste qui deviendra *Le Provençal.*

Le clan devient empire

Au lendemain de la Libération, alors que différents trafics n'avaient pas tardé à fleurir autour des entrepôts de stockage de l'intendance américaine, alors que se vulgarisait la pratique du hold-up, avec Pierrot-le-Fou et le gang des Blouses Grises, alors que les trafics de drogue et de cigarettes blondes battaient leur plein en Méditerranée, orchestrés par Lucky Luciano et son lieutenant corso-marseillais, Jo Renucci, alors qu'éclatait la sanglante guerre du *Combinatie* entre des bandes corses devenues rivales, à la suite du mauvais partage d'un lot de cigarettes piratées au large de Tanger, les frères Guerini, eux, continuaient à s'enrichir avec une « manne verte » jusqu'ici inconnue sur le marché de la truanderie : les millions de dollars de la... C.I.A.

Une haute personnalité (on a prétendu que c'était Gaston Defferre) venait en effet de les mettre en rapport avec des agents de cet organisme secret, venus à Marseille les valises bourrées de dollars, nantis d'une mission impérative : faire échec, par tous les moyens, au communisme et à la C.G.T., qui prétendaient faire main basse sur le premier port de France, porte de l'Orient, de surcroît. C'était le début de la guerre froide. Dans l'esprit de l'Oncle Sam, il était hors de question que Marseille et son port devinssent le jouet de Moscou. Ne pouvant bien entendu intervenir eux-mêmes, sous peine de voir les U.S.A. accusés d'ingérence, les agents de la C.I.A. avaient donc besoin de bras sur place et étaient prêts à payer le prix fort. Il en allait de la liberté du monde occidental.

Pour les Guerini, briser des grèves, mater des excités n'était qu'un travail de simple routine. Eux et leurs sbires connaissaient ces pratiques depuis les campagnes électorales des années 30. Aussi acceptèrent-ils le « contrat » et empochèrent-ils les dollars, en même temps qu'ils retrouvaient, dans l'enthousiasme, une vieille connaissance, Robert Blémant, qui leur donna du reste un coup de main, dans leur chasse aux « sorcières rouges », du haut de son fauteuil privilégié de flic agent secret.

A son départ de Marseille, le commissaire s'était retrouvé à un poste clé des services secrets du général Giraud, et de ce passage chez ceux qu'on appellera plus tard les « barbouzes », il gardait le goût des méthodes expéditives, des enquêtes parallèles, dont il ne put se déprendre en réintégrant, en 1945, Marseille et les rangs de la police officielle. Aussi, très peu attiré par la répression du banditisme ordinaire, demanda-t-il, très tôt, une affectation dans les services secrets. Et là, qui retrouva-t-il sur son chemin, fraîchement nommé par de Gaulle à la tête de la D.S.T.? Roger Wybot en personne, ce lieutenant qu'il avait sauvé quelques années plus tôt. N'ayant point oublié l'attitude de Blémant sous Vichy, Wybot se fit un devoir et un plaisir de satisfaire à sa demande. Il le nomma même directeur de la D.S.T. à Marseille, ville sensible, plaque tournante de tous les trafics, dont certains bénéfices alimentaient la caisse noire de nombreux services parallèles. Robert Blémant n'en demandait pas tant. Pour un flic parti du bas de l'échelle, c'était une sacrée promotion.

A ce poste, le nouveau promu fit merveille. Mais on lui reprocha vite, une fois encore, de trop fréquenter le milieu et de mener grand train, tenant table ouverte dans les grands restaurants, roulant dans de somptueuses limousines. Une façon de vivre bien au-dessus du traitement d'un simple policier, fût-il directeur d'une antenne d'un grand service. On l'accusa bientôt de recevoir de l'argent de la pègre et, en dépit de la protection de Wybot, il dut démissionner, sans que cette déchéance l'affectât pour autant : il avait renoué avec les Guerini et entendait bien profiter de leur position. Il passa carrément de leur côté, devint truand à part entière.

Astucieux, il donna d'abord, avant de demander. Il les aida à acquérir, à des prix défiant toute concurrence, nombre de boîtes de nuit laissées à l'abandon par des truands collabos en fuite vers l'Amérique du Sud : *le Perroquet Bleu*, boulevard des Dames, *la Potinière*, rue de la Tour, *l'Artistic et l'Amour*, rue Molière. Un patrimoine qui fut bientôt augmenté par l'achat de cabarets encore plus chics, bien autre chose que les bouis-bouis à Arabes de leurs débuts : *le Versailles*, rue Sénac, qui deviendra le P.C.

d'Antoine; *le Méditerranée*, quai des Belges, fief de Mémé; *le Paradou*, rue Saint-Saëns, géré par Pierre, et *le Mayfair* enfin, rue Beauvau, confié à Alice, l'épouse d'Antoine.

Puis Robert Blémant pensa à lui et acheta le *Paris-Montmartre*, à l'Opéra, en association avec deux amis des Guerini, Dominique Paoleschi et Dominique Colonna, truands notoires. Dès lors, cautionné par Antoine, parrain, « homme de respect », juge de paix incontournable du milieu, il connut une ascension fulgurante, à Marseille, acquérant trois nouveaux établissements, dont *le Drap d'Or*, à Paris et Tanger, et association cette fois avec Jo Renucci, prestigieux lieutenant d'un parrain de la Mafia.

Il étendit ensuite ses relations, se fit de nouveaux amis et mit un pied dans le monde des jeux, entraînant Antoine Guerini sur ses basques. C'est ainsi qu'ils s'associèrent, dès 1959, avec Jean-Baptiste Andréani, l'empereur des jeux. Pour 200 000 francs, ils devinrent actionnaires du *Grand Cercle*, 12, rue de Presbourg, à Paris, un luxueux établissement où les mises étaient illimitées, tout comme les profits.

Mais un jour, et ce fut le début de la catastrophe pour tous, Robert Blémant fit la connaissance d'un personnage fascinant, dévoré d'ambition, ennemi juré de Jean-Baptiste Andréani : Marcel Francisci, un Corse rondouillard au beau parler, qui avait fait fortune en Indochine dans l'amour tarifé et le trafic des piastres.

Truand à col blanc, intelligent mais surtout cultivé et instruit – il avait son bac, quelques années de fac et était conseiller général en Haute-Corse, sous l'étiquette gaulliste –, Marcel Francisci avait tout pour séduire l'ancien flic et être préféré à ses anciens amis, ces paysans! Le malin avait compris qu'il n'était pas nécessaire de se mouiller en attaquant des banques et que le jeu, vieille passion des hommes, pouvait rapporter plus d'argent que le commerce de la fesse, autre penchant humain, en déclin malgré tout depuis la fermeture des « maisons » et l'avènement des « michetonneuses », difficiles à contrôler.

Il possédait déjà des cercles huppés en France, au Liban et en Angleterre, mais il voulait s'étendre, avoir le monopole. Devenu le nouveau mentor de Blémant, il n'eut aucun mal à le persuader de faire un bout de chemin avec lui, sur les routes pavées d'or du jeu, et peut-être aussi sur d'autres chemins, poudrés de blanc, eux, mais ceci est une autre histoire.

Les places étaient chères, cependant, dans l'univers restreint du flambe. Il fallait faire un peu de ménage. Marcel avait un plan tout simple : éliminer la concurrence. Robert l'accepta, sans état d'âme et sans tenir compte de ses anciennes amitiés et de leurs intérêts. Marcel avait assez de « soldats » dans son camp pour passer à l'action sans craindre la riposte.

Le 31 mars 1962, la porte du *Grand Cercle* fut mitraillée. Moins d'un mois plus tard, le 15 avril, Jean-Baptiste Andréani fut gravement blessé par une décharge de fusil de chasse, alors qu'il regagnait son domicile, avenue Foch, au petit matin.

Après une période de calme relatif, le *Grand Cercle* fut carrément taxé par des hommes en cagoule, le 30 mars 1964. Ils firent main basse sur 150 000 francs, tirèrent quelques rafales sur les plafonds lambrissés et dans les rangées de bouteilles du bar, confisquèrent les bijoux des personnes présentes, et mirent le feu à l'établissement avant de prendre la fuite, non sans arroser une dernière fois l'entrée de salves qui blessèrent le portier et, par ricochet, un malheureux passant.

Jean-Baptiste Andréani eut alors très peur. Craignant désormais pour sa vie, cn ne l'avait raté que de justesse deux ans plus tôt, il décida de frapper un grand coup en éliminant ceux qui tiraient dans l'ombre les ficelles de ces manœuvres d'intimidation.

Le 17 octobre, il réunit ses amis à Paris, au cours d'un véritable conseil de guerre, auquel furent conviés ses associés marseillais, les frères Guerini. Ces derniers s'y rendirent, accompagnés de leur tueur patenté, René-Antoine Mondolini, fils naturel de Mémé, dit le Petit Guerini, autant par dérision que pour sa courte taille.

Ce jour-là, les exécutions du flic félon, à qui on avait eu tort de mettre le pied à l'étrier, et du Corse aux dents trop longues, furent décidées à l'unanimité. Jean-Baptiste Andréani mit lui-même sur la table les 200 000 francs représentant le montant d'un « contrat », celui concernant Blémant. Les Marseillais se chargeraient de son application. Eux, les Parisiens, régleraient son compte à Francisci. Ainsi fut dit.

A Marseille, la condamnation à mort fut définitivement prononcée le 14 janvier 1965, dans la villa même d'Antoine Guerini à Saint-Julien, La Calenzana. Il y tint le rôle d'avocat général, face à un jury composé de tout ce que le milieu comptait de membres importants dans le Midi. On ne pouvait se permettre d'éliminer un Blémant sans s'assurer d'un large consensus. Cette condamnation fut cependant votée à la majorité relative, sans grand enthousiasme, car non seulement Blémant avait ses défenseurs, mais tous savaient que ses amis Francisci comptaient parmi leurs « soldats » certains jeunes loups, formés à l'école du *Bar des Trois Canards*, dont Gaétan Zampa, à la réputation déjà terrifiante.

Qui n'aurait tremblé, en effet, à la seule évocation de ce bar du 48, rue La Rochefoucauld, près de Pigalle ? Acquis par trois Marseillais à leur arrivée à Paris en 1951, les caïds Bertella, Matrone-le-Manchot et Alboréo, l'établissement était vite devenu une espèce de Harvard du haut banditisme, avec une spécialité, le racket, comprenant la « descente à la cave » de malheureux qu'on torturait avec raffinement jusqu'à ce qu'ils se décident à cracher les « taxes » exigées, parfois jusqu'à la mort. En quelque quinze années, tous les noms illustres du Gotha de la grande truanderie s'y étaient fait la main, dont Georges Boucheseiche, François Marcantoni, Jacky Imbert, dit le Mat, et bien d'autres... Sans foi ni loi, on ignorait toute pitié, au *Bar des Trois Canards.*

Le 4 mai 1965, l'ex-commissaire regagnait son domicile campagnard, vers 19 heures, en compagnie de sa deuxième épouse, Antonia. Au volant de sa Mercedes blanche, immatriculée dans la Seine, il avait emprunté, comme toujours, la route départementale n° 15, qui conduisait à sa riche propriété, le « Domaine des Petits Birons », un mas restauré, entouré de terres cultivables, entre les communes de Lambesc et Pelissanne.

Le soir tombait lorsque soudain surgit une DS 19 noire, qui s'apprêtait à dépasser sa limousine. Robert Blémant se serra sur la droite pour laisser le passage à cette voiture et, durant les quelques secondes où les véhicules furent côte à côte sur l'étroit chemin, plusieurs coups de feu crépitèrent, éclairant la nuit provençale d'étoiles jaunes ourlées de rouge, dans l'odeur âcre de la poudre. « Je crois qu'il s'agissait de rafales de mitraillette », précisera plus tard la passagère aux enquêteurs.

Deux balles de 9 mm firent éclater le crâne de l'ex-commissaire, tué sur le coup. Sa femme ayant eu le lobe de l'oreille gauche déchiré par un projectile, l'attaque prouvait la détermination sauvage des assassins, qui ne s'étaient nullement préoccupés de sa présence à bord, fait assez rare dans le milieu, où l'on épargne généralement ceux qui n'ont rien à voir avec les affaires. On la considéra comme miraculée.

Deux jours plus tard à Pelissanne, les policiers, venus en observateurs aux obsèques de l'étrange personnage, étaient aussi nombreux que ses amis. Ils ne s'étaient certes pas déplacés pour rendre un ultime hommage à leur ex-collègue, mais seulement pour « photographier » les « présents ». Une délégation assez importante du milieu était là, dont des Parisiens et même des Anglais, quelques Américains, accompagnés des traditionnelles couronnes, mais l'on remarqua l'absence de tout membre du clan Guerini. C'était signer l'assassinat de façon ostensible. C'était la preuve aussi qu'Antoine se croyait encore intouchable, qu'il supposait pouvoir agir à sa guise, en toute impunité.

Il était loin du compte. Les « vengeurs » opérèrent avec d'autant plus de férocité et de pugnacité que des bêtes enragées, comme Gaétan Zampa, étaient animées par des raisons personnelles, autres que la simple vengeance d'un ex-poulet, qu'on connaissait à peine, du reste. Non. Ces garçons rêvaient en fait de revenir en maîtres absolus à Marseille, leur ville natale. Plus que tout autre alors, ils avaient intérêt à voir son parrain, vieux lion fatigué d'une époque révolue, disparaître à jamais. Tout comme Antoine Guerini lui-même ne s'était jadis pas mis des cendres sur la tête à la mort accidentelle de Carbone et à l'exil obligé de Spirito à la Libération, les Tigres des

Trois Canards bouillonnaient d'impatience, voyant enfin s'approcher l'heure de participer au festin du milieu, de s'asseoir à la table des grands, celle de l'argent. Ils n'allaient pas lésiner, ni lambiner désormais : une fois la place nettoyée, leurs commanditaires parisiens ne leur avaient-ils pas promis de les laisser régner en paix sur le Bassin méditerranéen ?

La riposte s'avéra sanglante, sans pitié, et il n'y eut même pas d'affrontement, puisque les « victoires » furent pratiquement à sens unique.

Armand Sessa – dont on ne retrouvera jamais le cadavre, ou alors peut-être un corps mutilé en décomposition du côté de l'Alsace –, l'une des « gâchettes » connues des Guerini, fut enlevé en plein Paris, au mois de février 1966. Au nom du commanditaire de l'assassinat de Blémant, on voulait à tout prix ajouter ceux des exécutants, les tueurs de Pelissanne. Les enveloppes des « contrats » étaient particulièrement bien gonflées. Aussi ne faisait-on pas dans la demi-mesure, aux *Trois Canards*, où l'on avait une réputation à défendre. Il devait bien savoir quelque chose, ce Sessa ! On le descendit dans cette cave où des dizaines d'autres l'avaient précédé et, sous la torture, dont la « gégène » et le chalumeau [1], l'otage déballa tout ce qu'il savait : oui, Antoine Guerini était bien l'instigateur de l'assassinat, commis par trois de ses lieutenants : René-Antoine Mondoloni, Pierre Colombani et Étienne Carrara. Il avoua même, en prime, que c'était Jean-Baptiste Andréani en personne qui avait versé l'argent nécessaire pour armer les bras jamais gratuits des tueurs.

On connaissait désormais le gibier avec certitude. La chasse pouvait commencer. Ce fut le début d'une

1. Ange Salicetti, dit le Séminariste, a fait école. (Voir son histoire, par Jean Bazal, dans le même ouvrage.)

longue traque, qui dura jusqu'à la condamnation de Mémé, en 1970, par la cour d'assises de la Seine.

Le 10 février 1966, Pierre Colombani fut littéralement coupé en deux par une pluie de balles de fort calibre, à la terrasse d'un bar, au centre d'Ajaccio.

Mondoloni et Carrara n'eurent droit à un sursis que parce qu'ils se trouvaient, fort opportunément pour eux, derrière les barreaux de la Santé, pour une « broutille » : une fusillade avec des policiers, éclatée au cours d'une poursuite en voiture, dans le 14e à Paris. Ils ne perdaient rien pour attendre : leur tour viendrait.

L'héritage des trois canards

Marseille, 23 juin 1967. C'était une belle journée ensoleillée, le solstice d'été, et Antoine Guerini avait tout pour être un homme heureux, comme on dit. A soixante-cinq ans – un âge tout de même canonique pour un homme qui avait son itinéraire dans le milieu – il était toujours un parrain incontesté. Riche comme Crésus, il régnait sur une véritable chaîne hôtelière, bars, hôtels, restaurants, boîtes de nuit, cercles de jeu, dans lesquels la pègre venait régulièrement dilapider son butin du jour. Une sorte d'impôt indirect, de racket à la considération, respectueusement et spontanément consenti, l'acte d'allégeance d'escouades de vassaux, venus sur la Canebière en rutilantes voitures, depuis les quatre coins de Provence et même de plus loin.

Mais il payait ses impôts rubis sur l'ongle et faisait figure, aux yeux de la loi, d'un honnête commerçant.

Contrairement à la plupart des voyous, ses pairs, il n'avait jamais connu la prison. Son « casier » n'était entaché d'aucune condamnation et son nom n'avait même pas figuré une seule fois à la première page des journaux, comme cela avait été le cas, par exemple, dans les années 30, de Carbone et de Spirito, deux malins pourtant, à propos de l'assassinat du conseiller Prince, retrouvé déchiqueté sur la ligne de chemin de fer Paris-Dijon, en plein scandale Stavisky. Mais Antoine avait toujours eu ses petites et grandes entrées dans les mondes de la presse, de la politique, de la police et de la magistrature.

On l'avait soupçonné de tous les crimes, tous les trafics, et pourtant bien sagace eût été, en cette fin des années 60, l'observateur qui aurait pu faire la part véritablement exacte, dans sa vie, des événements vrais et de l' « anecdote », découlée du mythe, de la légende qui auréolaient son personnage. C'était tellement vrai que Me Paul Lombard, l'un de ses avocats, avait pu dire : « Le clan Guerini ? C'est l'Arlésienne ! On parle toujours de lui, on ne le voit jamais ! Personne ne peut se vanter d'en avoir pris un seul, un jour, la main dans le sac ! »

L'affaire Blémant ? Antoine la considérait comme réglée. Ce n'était pas la disparition d'un Sessa et la mort d'un Colombani qui allaient l'inquiéter. Il avait la baraka. Depuis toujours. Personne n'oserait jamais toucher un seul de ses cheveux. Il se promenait librement, sans garde du corps et sans arme, dormant sur ses deux oreilles.

Mais ce jour-là, le parrain avait un réel motif de satisfaction, peu ordinaire, en dehors de la satisfaction que lui apportait son omnipotence sur le monde de la pègre : son fils unique, Félix, dix-huit ans, venait d'être admis au baccalauréat, série philosophie, avec la mention bien, et s'inscrirait bientôt en droit à la fac d'Aix-en-Provence. Quelle promotion pour cette famille où personne, en dehors de Pierre, le petit dernier, ne savait lire et écrire!

Il était si fier et si heureux, Antoine, qu'il venait de commander et de payer cash, en liquide, la voiture des rêves de Félix : une Triumph TR 4.

Il allait être 16 heures et tous deux partaient pour en prendre livraison, à l'agence du Prado. La circulation était fluide. Tout était calme à cette heure creuse. La plupart des Marseillais étaient au travail, d'autres avaient déjà pris le chemin de la plage pour se dorer au soleil.

16 h 10 : la Mercedes 250 S.E. blanche, immatriculée dans les Alpes-Maritimes (222 QX 06), avança vers l'une des pompes à essence, sur l'aire en béton de la station Shell-Beaumont, 293 avenue de Saint-Julien. A bord, deux hommes, Antoine Guerini et son fils, qui tenait le volant.

Sébastien Gibaja, le gérant, connaissant bien Monsieur Guerini. C'était un habitué, un gros client facile à servir, pas casse-pieds pour deux sous, qui faisait de fréquents pleins et laissait de gros pourboires. Depuis sa caisse, derrière la cage vitrée, il lui adressa un signe amical de la main. Mais Monsieur Guerini ne le vit pas. Assis sur le siège avant droit, il était en train d'allumer une cigarette, tandis que le jeune conducteur tendait les clés de contact de la luxueuse limousine au pompiste, Joseph Bobian, et lui demandait de faire le plein.

Une fois de plus, Bobian remarqua les initiales en or, « A. G. », incrustées sur la portière gauche de la voiture, détail peu ordinaire, unique même, à sa connaissance, qui fit hocher la tête au jeune pompiste, l'air de dire : « C'est quand, le jour où je pourrai me payer une telle fantaisie ? »

Sébastien Gibaja avait quitté son petit bureau, une

raclette et un seau d'eau à la main, afin de nettoyer le pare-brise de la Mercedes, comme d'habitude, un petit service qu'appréciait Monsieur Guerini. Tout juste remarqua-t-il la moto de couleur rouge, arrivée peu après la limousine, qui venait s'immobiliser parallèlement à elle. Deux hommes la chevauchaient, coiffés de casques blancs, les yeux cachés derrière de grosses lunettes noires de motards.

Le passager du siège arrière sauta souplement sur le sol, comme pour permettre au pilote de manœuvrer plus aisément pour faire son plein. Mais dans le même mouvement, il extirpa de son blouson de daim une arme de fort calibre, fit trois pas, et se plaça face au pare-brise, qui ne tarda pas à s'étoiler, car il venait d'ouvrir le feu en tenant son arme à deux mains, les jambes écartées, comme le font les policiers au stand de tir ou au cinéma.

Touché dès la première balle, Antoine Guerini poussa un hurlement et fut renvoyé contre le dossier de son siège par la puissance de l'impact. D'autres coups claquèrent, à une vitesse inouïe. Maintenant, il tentait, dans un dernier réflexe, d'ouvrir la portière gauche éclaboussée de sang, vers laquelle les balles le repoussaient, comme s'il n'avait pas pesé plus lourd qu'un coussin de plumes, tandis que Félix, miraculeusement indemne, se ruait hors de la voiture et courait vers le bureau vitré, blanc de peur mais implorant : « Un calibre! vite un calibre! On est en train de tuer mon père! »

Pantalon de flanelle grise, blazer bleu, cravate club, il avait vraiment l'air d'un étudiant. Le tueur savait qu'il n'était pas armé. Il l'avait délibérément laissé s'enfuir. De toute évidence, il n'avait rien contre lui. Le « contrat » concernait uniquement son père.

En quelques bonds, il s'était rapproché de la portière gauche, dont la vitre était baissée et, à bout portant, déchargea son arme, puis une autre, apparemment de même calibre, jusqu'à la dernière cartouche. Pour donner le coup de grâce, il se pencha et visa la nuque.

La scène s'était déroulée en moins d'une minute. Maintenant, le tueur avait repris sans hâte sa place sur le siège arrière de la moto, dont le moteur ronflait toujours, puis l'engin se cabra et démarra en direction de Saint-Julien, où il se perdit vite dans le flot de la circulation. Désormais, il ne restait du passage des tueurs à la moto que l'odeur entêtante de la poudre, montée du canon des deux armes.

Le docteur Roger Lucciardi, qui passait par là dans le cadre de sa tournée quotidienne de consultation, ne put que constater la mort d'Antoine Guerini, pantin désarticulé par les balles. Son corps avait glissé vers le sol par la portière ouverte. Il gisait, face contre terre, sur le ciment gris, dans une flaque de sang qui s'étendait et où brillaient quelques-uns des treize étuis de cuivre que la police retrouvera plus tard.

Partout, du Panier à l'Opéra, des salles de rédaction à l'Évêché, en passant par la magistrature et même des milieux non concernés, ce fut l'émoi. L'impensable était arrivé. On avait tué un intouchable, décapité un mythe. On ne respectait plus rien, c'en était fini d'un certain code, du respect des « anciens ». On glissait vers un gangstérisme à l'Américaine.

Une guerre allait sûrement éclater, peut-être pire que celle, pas tellement ancienne, du *Combinatie*, dont on se souvenait avec horreur : plus de vingt morts en dix ans et le double de blessé, Planche exécuté d'une balle dans la nuque contre le mur du cimetière de Saint-Loup, Dominique Colonna, les jambes coupées à la mitraillette, à Ajaccio, alors qu'il s'était réfugié sous une voiture en stationnement.

Mais qui donc avait osé ? se demandait-on en une bien hypocrite question, parmi les initiés du moins, car tout le monde savait, en tout cas supputait. C'était le secret de polichinelle.

Mémé offrit cependant un million de francs à qui lui permettrait de retrouver les assassins de son frère. Peut-être pensait-il au « bras », puisqu'il connaissait les « cerveaux ».

Arrivé sur les lieux en même temps que le parquet et une nuée de journalistes, le commissaire principal Germain Bézert (véritable encyclopédie du milieu, il avait envoyé Marius Salvatti, des Blouses Grises, derrière les barreaux des Baumettes), confiera en aparté à Paul-Claude Innocenzi, responsable des informations judiciaires du *Provençal* :

– Outre la volonté de vengeance, les tueurs ont voulu humilier le clan, l'écraser comme on écrase la tête d'un serpent, montrer au milieu que les Guerini ne représentent plus rien, qu'on peut même liquider leur chef devant son propre fils, ce qui ne se fait pas, qu'il est temps de passer à un nouveau règne, de déposer la couronne sur le front d'un autre *capo* ! Et ce n'est pas fini, vous allez voir : il y a encore un peu de ménage à faire, avant d'entrer dans les meubles, il va y avoir des suites !

Il ne pouvait si bien dire. L'équipe des vengeurs s'en prit en effet à François Carrara, frère d'Étienne, toujours à la Santé. L'imprudent avait juré trop haut qu'Antoine serait un jour vengé. Le 20 novembre 1967, il tombait sous les balles de deux tueurs à moto, à quelques pas de l'Évêché, où la police se contenterait désormais de tenir la comptabilité du massacre.

L'avertissement fut significatif. A sa sortie de prison, Étienne Carrara ne voulut pas courir le risque de séjourner en France. Les tueurs n'eurent même pas à le traquer. Il mourut dans son lit, à Playa Blanca, en Espagne, le 16 février 1968.

Le 22 octobre de la même année, Ange Leca, garde du corps de Jean-Baptiste Andréani, fut exécuté à Paris, rue Duret, au sortir d'un bar, au bras de sa femme.

Libéré fin décembre 1969, René-Antoine Mondoloni fut victime d'un accident de la route, au volant d'une Alfa-Roméo. On l'hospitalisa à Cavaillon, pour une fracture du rocher, avec très peu de chances de s'en sortir, selon les médecins. Allait-il finir de sa belle mort, comme son complice Carrara ? Non point ! Alors qu'il était veillé par son « cousin », Félix Guerini, deux hommes en cagoule pénétrèrent la nuit dans sa chambre, pistolet au poing. L'un d'eux l'acheva d'un coup de vendetta au cœur. On avait ainsi voulu montrer qu'on tenait à ce que sa mort ne fût pas le fait du hasard, qu'il devait payer l'addition, mourir au titre de la vengeance. On avait même choisi la symbolique vendetta, qui porte cette inscription sur la lame : *morte al nemico.*

– Bouge pas, petit, n'aie pas peur, ne dis rien, souffla l'un des tueurs à Félix, tremblant et vert de peur, ne bronche surtout pas et tu t'en sortiras : y a rien pour toi !

Témoin de l'assassinat de son père et du fils naturel de l'un de ses oncles, Félix Guerini aura par deux fois ostensiblement été épargné. La vie sera moins magnanime à son égard. Il sera terrassé assez jeune, dans les années 80, par une banale... maladie cardiaque.

Si Jean-Baptiste Andréani fut le seul protagoniste de ce roman noir à avoir été épargné par les vengeurs de Blémant, ce ne fut point en tout cas de leur fait : l'empereur des jeux s'était terré à Eze-sur-Mer, dès le début des hostilités, dans une sorte de forteresse quasi inaccessible par terre comme par mer, à laquelle on ne pouvait accéder que par un téléphérique privé, spécialement aménagé à partir du moment où il avait constaté qu'il était impossible d'avoir la peau de Francisci, gardé de jour et de nuit par des gorilles en armes.

Il mourra plus tard de sa belle mort, comme on dit, à Phoenix (Arizona), chez son fils Jean-Laurent, qui avait jugé plus sûre une installation aux U.S.A., et qui avait reconverti une partie de l'argent du jeu, détonateur de la guerre, dans l'exploitation tranquille d'un vaste ranch.

Jusqu'à l'assassinat d'un juge

Mais ce n'est pas fini. Les événements vont maintenant devenir si ahurissants que le plus prolifique des auteurs de romans policiers aurait bien du mal à imaginer, sous peine d'être taxé d'invraisemblance, la suite et la chute de cette histoire, tant elle est riche en rebondissements aussi inattendus qu'incroyables...

Le 27 juin 1967, soit quatre jours après l'assassinat d'Antoine, des obsèques dignes d'un sénateur romain sont célébrées à Calenzana.

Alors que la vieille chapelle de *Santa-Restituta* est envahie par des centaines de parents et d'amis venus du Continent et même de plus loin – la famille a loué une Caravelle à Marignane pour les proches –, alors que le catafalque croule littéralement sous les couronnes et les gerbes, alors que montent vers la nef les prières d'une foule en larmes et les *lamenti* des pleureuses, un événement extraordinaire se produit à Marseille, quartier de Saint-Julien, à « La Calenzana » aux volets pieusement clos... Un monte-en-l'air a l'outrecuidance de « casser » la villa du défunt, laissée sans surveillance, et d'emporter pour 190 000 francs de bijoux appartenant à la veuve.

Petit, sec, plus impulsif qu'Antoine, Mémé explose de colère, il voit rouge. Quoi! on ne respecte même plus la « trêve des morts »! Qui a osé ? Il jure de tuer de ses propres mains le ou les profanateurs. Il se persuade que les voleurs ont été « téléguidés » par les assassins d'Antoine, leurs ennemis, afin de signifier publiquement que les Guerini ne représentent plus rien, qu'on peut désormais leur cracher dessus, qu'on ne les laisse même plus enterrer leurs morts dans la paix. Ce geste, aussi vil que provocateur, il le ressent avec une profonde humiliation, et son orgueil meurtri va désormais le pousser à commettre les pires folies. Devenu *capo* du clan par la force des choses, il va tout prendre en main et mener rondement son affaire. On va voir de quel bois se chauffe un Corse de Calenzana!

Alice, la veuve, a porté plainte, plus pour se couvrir auprès des assurances que par mentalité, on s'en doute, et il faut reconnaître que Mémé va plus vite que les plus fins limiers de la police, qui par ailleurs se soucient comme d'une guigne de ce cambriolage ordinaire. Il a réitéré son offre de récompense d'un million et a alerté le monde des « fourgues ». La réponse ne tarde pas à venir. Jean Kaprikian, dit le Boiteux, receleur notoire, a été contacté par deux cambrioleurs : Claude de Mandroyan, vingt-quatre ans, une petite gouape de Besançon, et Luis Manez Tarazona, spécialiste de l'ouverture des coffres. Levant les bras au ciel, l'Arménien les a mis au parfum de leur bévue : ils ont « cassé » la villa d'un défunt caïd.

– Vous êtes jobards! Ces bijoux, c'est pire que de la dynamite! Vous pouvez pas les « laver », faut les rendre, sinon...

Kaprikian vient voir Mémé dans son Q.G. du *Méditerranée* et le rassure, quant à l'acharnement d'éventuels ennemis : ce ne sont pas des « soldats » appartenant au clan de ceux qui veulent sa perte. Il ne s'agit que de petits minables, des cambrioleurs indépendants, qui ont imaginé une combine, frapper dans les villes au hasard, à la faveur de funérailles inscrites dans la presse.

– Ils pouvaient pas savoir où ils mettaient les pieds, affirme Kaprikian. La preuve ? Ils ont essayé de fourguer la came à Marseille, ta propre ville!

Tarazona rend immédiatement sa part du butin, sauf une pièce ou deux, déjà vendues, et s'enfuit en Espagne sans demander son reste. Mandroyan l'imite et s'en retourne à Besançon vers d'autres funérailles, trop heureux de s'en tirer à si bon compte... Coup de théâtre : Alice Guerini annonce qu'elle a retrouvé ses bijoux dans son jardin, soigneusement rangés dans une boîte.

L'affaire pourrait en rester là. Mais, têtu, victime d'une idée fixe, Mémé s'est persuadé que Mandroyan a été « téléguidé » et qu'il en sait plus sur les intentions de ses ennemis. Voulant l'interroger, il charge son frère François, d'aspect plus rassurant que lui-même, d'organiser un rendez-vous avec le Bisontin. François retrouve sa trace par Kaprikian, lui téléphone, le tranquillise, lui dit qu'il veut le rencontrer pour le dédommager de ce « vol pour rien ». Rendez-vous est pris à Marseille, pour le soir du 22 juillet, au *Bar des Amis*, boulevard Barbès, tenu par un certain Marcel Fillot, vingt-sept ans, une connaissance de Mandroyan. A l'heure dite, Mémé, son frère Pascal,

Henri Rossi et Dominique Poli rencontrent Mandroyan, l'embarquent vers 22 heures dans une Mercedes et filent vers le centre-ville.

Des promeneurs découvriront le malheureux au Cap Canaille, entre La Ciotat et Cassis, dans la journée du 23 juillet. Son cadavre, criblé de balles, affreusement mutilé, prouvera qu'il a subi les pires tortures. Fallait-il que Mémé, ivre de rage et de vengeance, ait perdu la tête pour réserver un tel sort au petit cambrioleur! De trop nombreuses personnes étaient au courant des tractations pour la restitution des bijoux et de la rencontre du *Bar des Amis*. Jeanine Prillat, la compagne de Mandroyan, a d'ailleurs tout raconté à la police : le jour, l'heure et l'endroit du rendez-vous à Marseille. Fillot confirmera. Tuer Mandroyan, c'était signer le crime. Mémé et ses hommes sont appréhendés le 4 août 1967 par le commissaire principal Robert Mesini, dans les salons du *Méditerranée*, alors qu'ils tiennent un véritable conseil de guerre, armés jusqu'aux dents. Ils reconnaissent avoir rencontré Mandroyan mais nient l'avoir assassiné. Le dossier prouve en partie qu'ils n'avaient pas le temps matériel d'aller au Cap Canaille, de le torturer, de le tuer et de se retrouver, vers 23 heures, dans un restaurant du Vieux Port, où des dizaines de dîneurs les ont vus. N'empêche! Ils comparaissent devant la cour d'assises de la Seine le 5 janvier 1970; pour des raisons de suspicion légitime, on a préféré ne pas les juger à Aix-en-Provence, craignant qu'on n'achète ou n'intimide les jurés des Bouches-du-Rhône [1].

Marcel Fillot se rétractera, jurant avoir été torturé

1. Ce procès, qui durera dix jours, constitue une véritable énigme, qui mériterait un développement dont nous nous privons pour des raisons de place.

par la police. Les accusés affirmeront être victimes d'une machination. Ils seront défendus par dix-sept avocats, dont les plus grands ténors du barreau, Pollak, Isorni et Floriot notamment, mais seront condamnés à de lourdes peines de réclusion criminelle : vingt ans pour Mémé, quinze pour les trois autres.

Atteint d'un cancer, Mémé bénéficiera d'une grâce médicale et mourra le 1er mars 1982 à Cannes, douze ans après la fin de l'Empire Guerini.

Cet affrontement aura été le premier d'une série de guerres nouvelles, qui opposeront Jacky Imbert, dit le Mat, Francis Vanverberghe, dit Francis-le-Belge, à Gaétan Zampa, dit la Noisette, dit Tany, la nouvelle vague du milieu, au cours des années 70 et 80, pour des enjeux nettement plus importants que ceux – comme *Le Pain des Jules* [1] – qui agitaient jadis le milieu : les milliards de la drogue, des courses de chevaux truquées et de la fausse monnaie.

Le juge Pierre Michel y laissera la vie, le 21 octobre 1981 [2], mais ceci est une autre histoire, comme dirait Kipling, dans laquelle on retrouvera, comme par hasard, Gaétan Zampa, d'anciens caïds des *Trois Canards*, les filières de la drogue, les imprimeries de fausses coupures et de faux bons du Trésor, la Mafia sicilienne, les grâces médicales et leur trafic, et, enfin, l'incroyable tuerie du *Bar du Téléphone* – dix morts –, peut-être liée à la fausse monnaie, mais classée sans suite à ce jour, avec la vague mention passe-partout : « affaire entre petits proxénètes ».

André SILVA

1. Expression d'Auguste Lebreton, signifiant l'argent de la prostitution.
2. Voir *Le Juge Michel*, d'Alain Laville, Presses de la Cité.

La baignoire fatale

Le chef de la sûreté à Marseille, M. Cals, regardait et écoutait, avec un étonnement grandissant, la jolie blonde assise devant son bureau. Cette femme, dans l'éclat d'une trentaine épanouie, racontait, d'une voix douce et tranquille, à peine marquée d'un léger accent étranger, l'assassinat d'un homme et d'une femme et l'abominable façon dont elle et ses complices, son amant et sa sœur, avaient fait disparaître les corps.

Les fantaisies byzantines de la cathédrale, la rectitude des quais de la Joliette où s'amarraient les courriers de la Corse et de l'Algérie, les reflets de la mer, laissaient M. Cals indifférent.

Habitué après des années d'expérience aux délits les plus extraordinaires, aux crimes les plus sordides, il était stupéfait par le récit de la jeune femme blonde révélant une manière inédite de se débarrasser des corps de personnes assassinées. Il tenait une affaire criminelle absolument hors du commun. Tout avait pourtant débuté quelques jours plus tôt par une affaire de routine, une escroquerie dont l'originalité résidait dans l'importance de la somme détournée et la personnalité d'un des accusés.

Le 27 mars 1931, les journalistes marseillais,

rédacteurs au *Petit Marseillais*, au *Petit provençal*, au *Soleil* et au *Radical*, se retrouvaient, sur le coup de dix heures, dans les locaux de l'Évêché. On appelait de cette curieuse façon l'Hôtel de police, s'ouvrant sur une cour intérieure par un escalier à double circonvolution du côté de l'église de la Major et de la cathédrale, siège du véritable évêché, un monument de style romano-byzantin. L'Hôtel de police possédait des entrées secondaires rue de l'Évêché. Il avait pris sans doute par le jeu d'une plaisanterie ce nom épiscopal alors que l'on nommait simplement les bâtiments religieux la cathédrale et la Major.

Chaque matin, les journalistes se rencontraient dans une salle du rez-de-chaussée où travaillaient une dizaine d'inspecteurs de police chargés des besognes administratives. Les procès-verbaux des faits divers, agressions à main armée, vols, cambriolages, accidents de la circulation, particulièrement nombreux dans une ville de plus de 800 000 habitants dont la pègre avait une sérieuse réputation, étaient à la disposition des journalistes.

L'habituelle cueillette des « chiens écrasés » terminée, les journalistes gagnaient le premier étage où se trouvaient les bureaux de la sûreté nationale.

La porte du bureau du chef de la sûreté était entrebâillée. M. Cals, un homme de haute taille, aux formes athlétiques, au visage avenant, entretenait des relations cordiales avec la presse. Les jours assez rares où il n'était pas trop occupé, il aimait parler de ses exploits de pêche, l'été en Lozère. Il passait le plus clair de son temps à pêcher dans la Truyère, cet affluent du Lot où les truites étaient abondantes. Il ne racontait pas qu'il se livrait parfois au braconnage avec un paysan du coin, habile à dénicher, à la main, les grosses pièces entre les pierres. On voyait, par la porte entrouverte de son bureau, la chevelure blonde d'une femme qui paraissait jeune et jolie et la chevelure brune d'une autre femme.

M. Cals dévoila aux journalistes marseillais une histoire déjà considérable qui n'était que le point de départ d'une énorme affaire criminelle. Il s'agissait d'une escroquerie à l'assurance qui, à la façon des poupées russes s'emboîtant les unes dans les autres, allait révéler une suite d'escroqueries rocambolesques.

Trois personnes avaient été arrêtées, deux femmes et un homme.

Les deux femmes étaient les sœurs Schmidt, la brune Philomène et la blonde Catherine, deux Allemandes nées en Bavière.

L'homme s'appelait Georges Sarret.

L'émoi des journalistes devant les révélations faites par le chef de la sûreté fut d'autant plus grand que l'individu arrêté, le complice des deux femmes, était un homme fort connu dans le monde des affaires, un avocat-conseil réputé pour sa grande habileté. Son cabinet était situé rue de la Palud.

Il rêvait, disait-on, d'un grand destin politique, hésitant encore à choisir entre la gauche et la droite. On le voyait dans un certain nombre de permanences d'élus, serrant déjà des mains avec l'amabilité requise.

Il fréquentait à intervalles plus ou moins réguliers le *Café Noailles* à l'angle de la Canebière et du boulevard Dugommier où les élus et les dirigeants de la S.F.I.O. locale s'affichaient quotidiennement.

Il se rendait aussi au *Café Pélissier* sur la Plaine, cette vaste place baptisée quelques années plus tôt place Jean-Jaurès et que les Marseillais s'obstinaient à appeler la Plaine. En son centre, trônait un bassin autour d'un îlot. Une barque en faisait le tour pour la plus grande joie des enfants. Dans le café, un député de droite, un « modéré », comme on disait, tenait table ouverte.

Mais Georges Sarret aimait plus particulièrement retrouver les Marseillais des multiples négoces, courtiers, industriels, commerçants en gros, officiers de la marine marchande, chefs de service de l'administration ou des compagnies de navigation, journalistes, *shipchandlers*, etc., clients d'un des survivants des cafés de la Belle Époque qui avaient fait la fortune de la Canebière. Créé en 1866, le *Café Glacier* était situé à l'angle de la Canebière et de la place de la Bourse.

Il avait été un chef-d'œuvre de la machinerie hôtelière. Il était, dans les années suivant la Première Guerre mondiale, semblable à ses concurrents avec ses tables envahissant le large trottoir l'été, ses vérandas l'hiver servant surtout de vitrine pour les gens de passage ou pour de jolies femmes en quête d'un client lui aussi de passage.

Il était presque en face du palais de la Bourse et certains affairistes suivaient les cotations des actions grâce à un grouillot allant du café à la corbeille.

Sarret faisait partie du groupe d'habitués qui régulièrement jouaient au poker au cours de parties fort animées aux enjeux très élevés.

L'avocat-conseil était un joueur invétéré. Il partageait cette passion avec bien des Marseillais. Ce qu'écrivait, soixante ans plus tôt, Émile Zola dans *Les Mystères de Marseille* était toujours d'actualité.

« Dans une ville comme Marseille où l'argent règne en souverain maître, où la population est secouée par une terrible fièvre commerciale, le jeu devient une nécessité, une sorte de banque ouverte à tous dans laquelle chacun, le pauvre et le riche, peut risquer ses gros sous ou ses pièces d'or. »

En dehors des cercles de jeux plus ou moins clandestins, on jouait un peu partout dans les cafés, les bars bien que les jeux d'argent et de hasard soient interdits. On jouait même dans les bistrots à un jeu bien particulier : le saquet. Sur une table, les lots étaient exposés, en général des volailles. Le banquier de ce jeu curieux tendait vers le client un sac noir (d'où le nom de saquet) où se trouvaient des petits rouleaux de cuivre dans lesquels étaient enfermées, par paires, deux des 52 cartes. Le joueur choisissait les deux rouges ou les dix noirs ou les valets noirs, etc. Il prenait un rouleau. Si les cartes étaient celles qu'il avait choisies, il gagnait.

Sarret était joueur et, comme tous les joueurs, il perdait le plus souvent. Il avait d'énormes besoins d'argent.

L'escroquerie à l'assurance vie faisait, dès le soir du 27 mars 1931, la une des journaux.

L'histoire était particulièrement complexe. Les policiers avaient, en quelques jours, réussi à dérouler l'écheveau.

Une Allemande, Catherine Schmidt, avait souscrit une assurance vie d'1,7 million de francs, une somme énorme pour l'époque, au profit de sa sœur Philomène.

Quelques mois après, Philomène déclara à la mairie de Marseille le décès de sa sœur Catherine survenu à Beaumont-Saint-Julien, proche banlieue de la ville.

Philomène encaissa une première somme de 500 000 francs et la fille de Sarret, Andrée, toucha un billet à ordre émanant de Philomène, lui aussi de 500 000 francs.

Les dirigeants de la compagnie d'assurances flairèrent un coup tordu et avertirent la police. M. Cals et la sûreté marseillaise s'attachèrent aux pas de la bénéficiaire de l'opération, Philomène Schmidt. Ils découvrirent qu'après le décès et l'enterrement de Catherine, sa sœur, Philomène avait abandonné la villa de Beaumont pour s'installer 6, Marché des Capucins à deux pas de la Canebière.

En interrogeant les entreprises de déménagement, ils apprirent qu'une femme disant se nommer Hélène Vilette avait, elle aussi, quitté la demeure de Beaumont et fait transporter ses meubles au n° 4 du boulevard de Marseille-Veyre dans le quartier de Bonneveine.

Toutes les fois que les inspecteurs de la sûreté se présentèrent, Hélène Vilette était absente de son nouveau domicile. La piste devenait d'autant plus intéressante que la description de cette femme faite par des voisins correspondait au signalement de Catherine Schmidt.

L'enquête menée à Beaumont révéla que trois femmes y vécurent ensemble : les deux sœurs Schmidt et une certaine Mme Deltreuil.

Les policiers firent de curieux rapprochements. Le nom de Vilette était celui de Philomène, veuve d'un M. Vilette et le nom de Deltreuil, celui du mari, lui aussi décédé, de Catherine.

Cet imbroglio ouvrit la voie de la vérité. Les inspecteurs de la sûreté allèrent cueillir Philomène à son domicile.

Philomène prit de grands airs et refusa pendant un certain temps de répondre aux questions qu'on lui posait. Elle protesta avec véhémence contre son arrestation.

Conduite à l'Hôtel de police et prise en main par

le chef de la sûreté, M. Cals, et deux ou trois inspecteurs se relayant, Philomène après quelques heures d'interrogatoire craqua et avoua que sa sœur Catherine était encore en vie. Elle ignorait où elle se trouvait. Peut-être avait-elle quitté Marseille.

Il restait à savoir qui était la morte enterrée sous le nom de Catherine Schmidt dans une tombe de la terre commune du cimetière Saint-Pierre.

Philomène finit par dévoiler le pot aux roses. Elle et sa sœur avaient recueilli une jeune lingère, sans famille, du nom de Magali Herbin. Celle-ci était atteinte de tuberculose, ce qui avait motivé le choix des deux sœurs.

Magali Herbin vécut avec Philomène et Catherine sous divers noms d'emprunt. Le dernier en date était celui de Deltreuil.

Son état empira et ce qu'espéraient les deux sœurs arriva. Elle mourut.

Au cours d'autres interrogatoires, on apprit que Magali était morte après avoir bu une coupe de champagne à laquelle elle avait trouvé un goût bizarre. Il semble que la tuberculose ait eu bon dos. Le médecin qui avait constaté le décès avait fait preuve de quelque légèreté, ce qui l'amena trois ans plus tard devant les assises.

Philomène, tout en endossant la responsabilité de la filouterie, désigna comme en étant l'instigateur Georges Sarret, aussitôt arrêté dans son bureau, rue de la Palud.

Quant à Catherine qui se cachait, à Nice, sous le nom de Catherine Raynaud, dès qu'elle apprit on ne sait trop comment l'arrestation de sa sœur, elle rejoignit Marseille et se constitua prisonnière.

Sa chevelure d'un blond éclatant avait fait rêver les journalistes en cette matinée du mois de mars.

Les deux sœurs révélèrent toute une série d'escroqueries à l'assurance au détriment des compagnies l'Univers, le Phénix, le Monde, etc. Elles avaient rapporté au trio, en quelques années, plus de 3 millions de francs, une fortune.

Si l'avocat-conseil jouait, Catherine taquinait les cartes ou le baccara, Philomène montait des affaires. La dernière en date était l'achat d'une maison de rendez-vous, rue Sénac.

Quelques jours après l'arrestation du trio, au cours d'un interrogatoire de routine de Catherine Schmidt, les policiers eurent une énorme surprise.

Avec une effarante tranquillité, comme s'il s'agissait d'un quelconque incident relié aux diverses escroqueries, la jeune femme avoua sa participation à un double assassinat resté célèbre dans les affaires criminelles.

Sarret avait, quelques années plus tôt, tué un homme, Eugène Chambon, et sa maîtresse, Noémie Ballandreaux. Il avait trouvé un moyen inédit pour se débarrasser des corps.

Landru brûlait ses victimes dans une cuisinière d'un usage courant.

Sarret, lui, avait fait dissoudre, avec l'aide des sœurs Schmidt, les deux cadavres dans de l'acide sulfurique.

Toujours avec Catherine et Philomène, ils avaient éparpillé l'horrible mélange de chairs rongées, de liquide visqueux, dans les collines environnantes et dans les jardins d'une villa meublée qu'il avait louée près d'Aix dans le village de Saint-Marc-Jaumegarde, sur la route de Vauvenargues.

Philomène et Georges Sarret furent confrontés avec elle.

Autant Catherine n'avait rien d'un ange de la

mort, autant Philomène, avec son visage ingrat, sa raideur, ses allures d'adjudant en jupons, pouvait apparaître comme un être démoniaque.

Elle confirma, point par point, les déclarations de sa sœur.

Sarret nia avec violence. Il accusa les deux sœurs de le charger d'un crime qu'il était bien incapable d'avoir commis. Elles veulent tirer de lui une vengeance dont il ne voit pas les raisons.

– Monsieur le chef de la sûreté, dit-il d'une petite voix insinuante et doucereuse, avec l'exquise urbanité dont il faisait preuve en annonçant un full ou un carré à une des tables du *Café Glacier*, ces deux femmes m'en veulent.

Chambon ? il le connaissait pour avoir traité avec lui des affaires parfaitement régulières.

– Vous savez, il n'était tout de même pas très clair. Il a dû avoir besoin de changer d'air.

L'affaire Sarret occupa la une des journaux. On ne parlait plus que de cela à Marseille. Les habitués du *Café Glacier*, les clients de l'avocat-conseil, tous ceux qui avaient eu l'occasion de rencontrer celui qui apparaissait comme un des grands criminels de l'époque arrivaient difficilement à comprendre comment cet homme pouvait dissimuler derrière une parfaite amabilité et une grande intelligence d'aussi bas instincts.

Les petits malins, ceux qui savaient tout, ne manquaient pas de dire en cultivant le racisme :

– Vous savez, je me suis toujours méfié de lui comme je me méfie des Orientaux, des Levantins souriants et cauteleux.

Sarret s'appelait en réalité Georges Sarrejani. Il était né à Trieste, en 1879, de parents grecs. Ceux-ci étaient arrivés à Marseille alors qu'il avait quatre ans.

Ils avaient eu assez rapidement pignon sur rue. Si bien que Georges Sarrejani fit de solides études au lycée Thiers, passa le baccalauréat et entra comme employé à la préfecture des Bouches-du-Rhône. En 1903, il se fit naturaliser et francisa son nom en celui de Georges Sarret.

Il avait trente-cinq ans en 1914 et, comme tous les Français de son âge, il rejoignit son corps d'armée à la mobilisation. Il fut un bon soldat, faisant à diverses reprises preuve d'un grand courage face à l'ennemi. Il fut décoré de la médaille militaire.

A la fin de la guerre, il décida de reprendre ses études. A quarante ans, il entra à la faculté libre de droit de Marseille et obtint sa licence.

Ses études terminées, il ne se fit pas inscrire au barreau, pensant que la carrière d'avocat-conseil serait plus lucrative et conviendrait mieux à ses qualités.

L'affaire Sarret éclipsa un événement d'une toute particulière importance pour Marseille, la mort, le 26 mars 1931, du vieux maire, Siméon Flaissière et la résistible ascension de son premier adjoint, Simon Sabiani, qui devint avec ses acolytes, les gangsters Carbone et Spirito, maître de la cité.

Pourquoi Catherine Schmidt s'était-elle rendue à la police alors que, de Nice, elle aurait pu s'enfuir facilement ? Avait-elle voulu aider sa sœur, son aînée d'une dizaine d'années qui avait toujours eu une profonde influence sur elle ? Ne pouvait-elle se dissocier de Sarret qui était son amant mais aussi celui de Philomène ? Pourquoi avait-elle spontanément avoué les crimes commis six ans plus tôt, qui n'avaient fait l'objet d'aucune enquête et l'effroyable manière dont le trio s'était débarrassé des corps ? Avait-elle voulu se venger d'on ne sait quel maléfice voulu par Sarret contre elle et sa sœur ? Avait-elle pensé que tôt ou tard les policiers s'intéresseraient à la disparition d'Eugène Chambon et de Noémie Ballandreaux et que sa révélation spontanée atténuerait sa responsabilité et celle de sa sœur en chargeant, ce qu'elles ne cessèrent de faire, Sarret qui les tenait à sa merci étant donné leur vieille complicité dans la succession d'escroqueries et de mystérieuses disparitions dont les enquêteurs remontaient le cours jour après jour ?

Philomène et Catherine Schmidt étaient nées en Bavière. Leur père était officier de gendarmerie. Philomène fit des études dans une pension, une *english Frauleïn*. Catherine resta à la maison. A la fin de la guerre, leur père se suicida.

Curieusement pour une Allemande, peu après la signature de l'armistice, Philomène s'installa à Paris. Catherine la rejoignit.

En 1920, Philomène avait trente-cinq ans, elle épousa un vieillard nommé Vilette. Celui-ci, s'il n'était pas d'une santé florissante, ne devait pas manquer de tempérament puisqu'il fut sans doute l'amant de Catherine.

Vilette et les deux sœurs vinrent habiter le quartier de Saint-Barnabé à Marseille. C'est à cette époque que Sarret fit la connaissance des Allemandes. Peut-être l'idée qu'il allait pousser jusqu'à ses dernières limites germat-elle dans son cerveau. Il conseilla à Philomène de faire prendre une assurance vie à son vieux mari.

Les assureurs étaient assez sévères en ce qui concerne la santé de leurs clients. On est un peu étonné qu'ils aient accepté d'assurer pour une grosse somme un vieillard à la santé chancelante. Quelqu'un, et peut-être Sarret lui-même, passa-t-il la visite à sa place ? Mystère.

Toujours est-il que l'opération réussit. Vilette mourut. De vieillesse ? Qui le sait ?

Sarret devint l'amant de Catherine et de Philomène. Il leur prodigua ses bons conseils.

En 1925, il fit épouser à Catherine un certain Deltreuil qui avait vingt-cinq ans de plus qu'elle.

L'appétit vient en mangeant. Les besoins ne cessant d'augmenter, Sarret recommença, avec Deltreuil, l'opération Vilette. Catherine fit souscrire à son mari une assurance vie d'un million de francs. Ce ne fut évidemment pas le vieux Deltreuil qui passa la visite mais un certain Chambon. Huit mois plus tard, Deltreuil mourut.

Curieux personnage que cet Eugène Chambon. C'était un prêtre défroqué devenu prêteur sur gages. Sarret si souvent à court d'argent avait obtenu ses services pour régler une pressante dette de jeu.

Chambon vivait avec une certaine Noémie Ballandreaux. Il l'avait séduite. Noémie avait quitté son mari en emportant l'argent du ménage, une somme particulièrement importante pour permettre à Chambon d'acheter un hôtel meublé dans la rue Paradis.

Le mariage de Catherine et de Deltreuil, l'assurance vie souscrite par celui-ci, la visite médicale passée par un Chambon en pleine santé et la mort de Deltreuil, réduit à cinquante kilos dans des conditions inexpliquées, se situaient en 1925.

Six ans plus tard, impliquée dans une nouvelle affaire d'escroquerie, ayant vécu jusque-là sans que sa conscience soit inquiétée par le souvenir des horribles journées passées par elle et par Philomène, Catherine racontait avec un luxe de détails et une étonnante jouissance la tragique histoire.

Les trois complices déférés au parquet et emprisonnés, elle la répétera, à plusieurs reprises devant le juge au cours de la longue instruction, laissant dans l'ombre une série de disparitions qui, à l'image de celles de Vilette et de Deltreuil, n'étaient pas tout à fait innocentes.

Prêtre défroqué, Eugène Chambon était loin d'être un enfant de chœur. S'il accepta de jouer le rôle qu'on lui avait prêté, c'était pour en tirer des bénéfices. Sarret lui avait donné une somme rondelette mais il demeurait le gros gagnant de l'opération. Chambon ne l'entendait pas de cette oreille. Il menaça Sarret de tout révéler à la police. C'est alors que naîtra, chez Sarret, une idée aussi effarante qu'abominable.

Catherine racontait. Philomène confirmait. Sarret niait et opposait à toutes les accusations des arguties juridiques qui firent dire au magistrat instructeur, parfois pris en défaut :

– Cet homme est le diable en personne !

Et ce n'était pas seulement pour la parfaite connaissance du Code et de la procédure avec lesquels jouait Sarret, mais pour l'effarante et méticuleuse préparation de son crime.

Le 25 juillet 1925, Catherine loua la villa « Les Jasmins » dans le quartier marseillais des Aygalades. Sarret la visita. Elle ne lui convint pas. Peut-être parce qu'elle n'était pas suffisamment isolée.

Le 7 août 1925, il loua la villa « L'Ermitage » dans le village de Saint-Marc-Jaumegarde près d'Aix-en-Provence sur la route de Vauvenargues. Avec ses deux cyprès dominant le jardin, ses murs gris, elle était sinistre.

Le 13 août, il paya 1 500 francs pour six semaines de location au propriétaire, M. Poucel.

Le 31 juillet, Sarret avait commandé à un droguiste, M. Amici, cent litres d'acide sulfurique qu'il fit livrer quelques jours plus tard à son bureau de la rue de la Palud en petites bonbonnes.

Lui qui n'avait jamais chassé se fit délivrer un permis, non pas pour aller tirer le perdreau ou le lièvre mais pour ne pas attirer l'attention sur l'achat d'un fusil et de balles. Sarret se rendit aussi acquéreur d'une moto.

Catherine acheta, sur la foi d'une annonce parue dans *Le Petit Marseillais*, à une Mme Custaldi, une baignoire usagée qu'elle paya 100 francs.

Six ans plus tard, sans émotion apparente, au cours de multiples et successifs interrogatoires, Catherine refit le récit de cette abominable journée d'une voix très douce.

– J'ai été chercher M. Chambon à Marseille comme me l'avait demandé Sarret. Nous avions rendez-vous devant le théâtre des Variétés. J'avais pris un taxi à Aix. Dans le taxi qui nous conduisit à la villa, lui parlait affaires et moi couture. Quand nous sommes arrivés j'ai demandé au chauffeur de taxi de revenir une heure plus tard. Je suis montée avec Chambon au premier étage. J'ai ouvert les volets. A ce moment, il y a eu une épouvantable explosion. J'ai vu le monsieur tomber et Sarret un fusil à la main.

Sarret m'a dit : « J'ai fait une folie. J'avais besoin d'argent. Ne dis rien. Je vais arranger ça. »

Il a recouvert le cadavre d'une couverture d'andrinople rouge prise sur le lit. Le taxi est arrivé. Je suis retournée à Marseille pour chercher Mme Ballandreaux. J'ai dit à Noémie que Chambon l'attendait à Aix avec Sarret. Nous avons discuté tout le long du trajet. Nous sommes arrivées. Nous avons gagné la salle à manger au rez-de-chaussée. Je suis allée sur la terrasse. J'ai entendu un nouveau coup de feu. J'ai vu Sarret tenant un revolver. Il venait de tuer Mme Ballandreaux. Philomène qui faisait le gué est arrivée en courant. Sarret nous a ordonné de ne pas crier.

« Il faut vous taire, menaça-t-il, vous êtes allemandes. Je suis français. J'ai fait la guerre. Je suis un homme puissant et je peux faire tout ce que je veux. Ayez confiance. »

Nous avons transporté le cadavre de Chambon dans la salle à manger près de celui de son amie. Sarret a pris la montre en or de Chambon et l'a mise dans sa poche. Sarret est retourné à Marseille avec sa moto. Philomène et moi nous sommes allées dormir à Aix dans un hôtel.

Tragique trio : Sarret l'exécuteur, Catherine la messagère de la mort, Philomène la guetteuse. Ils rangèrent les cadavres dans un coin comme des bagages encombrants.

Le surlendemain, le 21 août, ce fut l'horreur.

– Le surlendemain, continuait à expliquer Catherine, Sarret a déposé dans la baignoire le corps de Chambon sur celui de Noémie. Il a versé sur eux de l'acide sulfurique. Nous avons regardé le vitriol faire son effet. Nous avons laissé les corps se dissoudre pendant plusieurs jours en vidant d'autres bonbonnes d'acide.

Il ne restait plus qu'une masse d'eau et de matière gélatineuse. Nous avons vidé la baignoire avec de grandes précautions. Sarret, à l'aide d'une pelle, remplissait des seaux de cette sorte de boue gluante. Nous l'avons jetée dans les collines, dans les rochers, dans les cabinets, un peu partout.

Nous avons nettoyé la maison à fond, repeint les murs, verni les planchers, fait couler des litres d'eau dans la baignoire... Malheureusement, une mauvaise odeur persistait. »

Quelques jours après le double crime, Sarret demanda au propriétaire de la villa de proroger la location jusqu'au 23 octobre. Il lui donna un supplément de 500 francs. Sans doute, espérait-il que, pendant ces deux mois, la pluie et le soleil feraient disparaître à jamais les restes macabres dispersés dans les jardins de la villa « L'Ermitage » où il continua à venir et à séjourner deux ou trois jours en compagnie de Philomène et de Catherine.

Donc, le 19 août 1925 à quatre heures de l'après-midi, tout était fini pour le prêtre défroqué et pour sa maîtresse. Quelques jours après, leurs corps n'étaient plus qu'une horrible bouillie d'acide, de gélatine, de graisse, répandue aux quatre coins des collines et du jardin de la villa aux deux cyprès.

Sarret pouvait se croire tranquille et débarrassé des menaces que faisait peser sur lui Eugène Chambon, si tranquille qu'il eut l'audace d'aller à la demeure de sa victime, la villa « Les Gatons » dans le quartier marseillais de Bonneveine. Avec ce culot et ce cynisme dont il ne se départira jamais, il joua les héritiers de Chambon. Il liquida les meubles et les biens du prêtre défroqué, dont cent mille francs de billets de fonds. Un faux Chambon que l'on ne retrouva jamais vendit l'hôtel meublé de la rue Paradis pour le compte de Sarret à un couple, M. et Mme Vidal.

Sarret, comme il continuait à jouer tranquillement au poker dans la salle du *Café Glacier*, se livrant aux plaisanteries habituelles accompagnant tout jeu de cartes, jouait avec la mort et se jouait des incertitudes.

M. Ballandreaux, le mari volé et trompé, avait

gardé des relations avec sa femme qu'il ne cessa jamais d'aimer. Il s'inquiéta du sort de son épouse. Il interrogea Sarret dont il savait les relations avec Chambon. L'avocat-conseil calma ses soupçons, affirmant que Noémie était partie en voyage à l'étranger.

Pendant qu'il déménageait les meubles de la villa « Les Gatons », une femme se présenta. C'était la modiste de Noémie, Mme Béranger. Elle venait encaisser une note de 150 francs. Sarret était en train d'entasser chaises et fauteuils sur un taxi-camionnette. Il lui dit que Mme Ballandreaux était en voyage. Il paya la facture. Son tempérament l'emporta et il fit rabattre à la modiste la somme combien modique d'un franc.

Sarret et ses deux amies continuèrent à vivre d'expédients. Les crimes seraient restés impunis sans les aveux soudains de Catherine et sans les audaces de plus en plus grandes de Georges Sarret. Qu'on en juge.

Philomène découvrit un savetier agonisant du nom de di Lorenzo. Elle le séduisit et lui fit contracter une assurance vie à son profit. Un cuisinier nommé Lufreaux passa la visite à la place du savetier. Celui-ci mourut bientôt. 300 000 francs tombèrent dans l'escarcelle du trio et de complices plus inconscients que coupables, le cuisinier Lufreaux, les agents d'assurances Siotis et Brun et jusqu'à la propre fille de Sarret, Andrée, qui encaissa pour son père les billets à ordre venus de la bourse de di Lorenzo.

Les deux sœurs et l'avocat-conseil montèrent ensuite une affaire rocambolesque dont on se demande par quel miracle elle a pu réussir.

Catherine souscrivit au nom de sa mère une assurance vie pour la somme de 1,7 million de francs. Philomène se déguisa en vieille femme et se rendit chez un notaire. Elle fit croire à celui-ci qu'elle était la vieille Mme Schmidt et obtint une procuration à son nom.

Le déguisement était particulièrement réussi. Il amusa beaucoup Sarret qui, en la voyant, s'écria :

– Oh que vous êtes drôle. Il faudrait faire une photo...!

Accompagnée de Catherine et toujours déguisée, Philomène réussit à souscrire l'assurance et à faire croire à la mort de la vieille dame. Non déguisée, elle toucha la prime.

Tant va la cruche à l'eau. La dernière tentative d'escroquerie, celle dont Magali Herbin était le centre, morte après avoir absorbé une coupe de champagne au goût bizarre, leur fut fatale. Philomène et Sarret arrêtés, Catherine les rejoignit en prison. Le château de cartes s'écroula.

Sarret, s'il reconnaissait certaines escroqueries, s'entêta à nier le double crime. Il se réfugia dans une succession d'arguties juridiques qui ne cessèrent de ralentir l'instruction.

Ses habiletés obligèrent le magistrat à accumuler documents et témoignages, à reprendre interrogatoires et confrontations, à multiplier les procès-verbaux.

L'instruction dura près de trois ans, exactement trente et un mois, pour aboutir au renvoi par la Chambre d'accusation du trio infernal devant la cour d'assises des Bouches-du-Rhône.

Le procès s'ouvrit le samedi 21 octobre 1933, la veille d'un match de football qui vit au stade Fernand-Bouisson, sur les bords de l'Huveaune, l'Olympique Lillois battre l'Olympique de Marseille.

Le procès Sarret se déroula dans la salle du vieux palais de justice, devant la place des Prêcheurs où, des siècles durant, avaient été pendus les condamnés à mort. Il était l'affaire la plus importante de la session d'automne de l'année 1933.

Il y avait foule à Aix ce 21 octobre. La salle du palais de justice était archicomble. Il fallut aménager une large place pour la presse. Les journalistes de Marseille, de Paris et même de l'étranger, notamment d'Allemagne, en raison de la nationalité des sœurs Schmidt, étaient nombreux. On remarquait les vedettes de la presse, Geo London, Madeleine Jacob, une des rares femmes journalistes de l'époque et le plus brillant des chroniqueurs judiciaires marseillais, Giova-Lucchi, qui opérait à *Marseille-Matin*.

On notait la présence des écrivains Jerôme et Jean Tharaud et Pierre Mac Orlan.

Huit personnes étaient sur le banc des accusés, au premier rang, Sarret et les sœurs Schmidt. Lui était assisté de deux avocats marseillais Mes Brion et Roche, Catherine, de Me J.-B. Grisoli, Philomène de Mes de Moro-Giafferi et A. Vidal-Naquet. Derrière eux, étaient assis les comparses, le Dr Guy, défendu par Me Pollack, il avait délivré le permis d'inhumer de Magali Herbin; le cuisinier Lufreaux qui avait passé la visite pour di Lorenzo, défendu par Me R. Vidal qui, plus tard, sera député; les agents d'assurances Siotis, défendu par Me Arnal, et Brun, défendu par Me H. Bertrand, et la malheureuse Andrée Sarret, défendue par Me C. Blanc.

Au banc de la partie civile, représentant les compagnies d'assurances, assisté par Me Franceschi, avait pris place le célèbre avocat parisien,

Me C. Campinchi, dont on attendait le duel habituel avec Me de Moro-Giafferi dont les effets de manches et la parole véhémente faisaient le bonheur du public.

Le conseiller Gesta présidait les débats, l'avocat général Lacaux occupait le siège du ministère public.

Il n'y avait naturellement que des hommes parmi les jurés puisqu'ils étaient choisis sur les listes électorales. Les femmes n'avaient pas le droit de vote.

Dès le début du procès, le président Gesta prit une mesure qui serait aujourd'hui tout à fait invraisemblable. Il interdit l'accès de la salle d'audience aux femmes sous le prétexte qu'elles étaient trop émotives et risquaient, devant l'horreur de certains détails, de perturber les débats. Un étrange carré blanc sur un procès où deux des principaux accusés étaient des femmes.

Sarret avait cinquante-quatre ans. Il n'était pas très grand mais robuste. Sa tendance à la graisse a été accentuée par son séjour en prison. Il avait l'œil petit et vif, la bouche méchante, une allure sobre et rigoureuse accentuée par le costume sombre, le classique trois-pièces, veston, gilet, pantalon. On sentait chez lui une recherche de respectabilité. Il avait une petite voix sèche, insinuante et doucereuse, dont il usait avec intelligence et précision.

La brune Philomène avait quarante-sept ans. La prison ne semblait pas avoir eu de prise sur son corps maigre, son visage tendu, ses allures rudes. Les apparences étaient trompeuses. Le rôle de gorgone que lui fera jouer à plusieurs reprises Me Campinchi, l'avocat de la partie civile, s'accordait à sa silhouette et à ses façons autoritaires.

Catherine fut jolie mais ses beaux cheveux blonds

qui, trois ans plus tôt, attiraient les regards étaient semés de mèches blanches. L'approche de la quarantaine était maintenant visible malgré un effort de coquetterie et un habile maquillage. Elle donnait une impression de douceur corrigée par l'ardeur du regard et la séduction du sourire.

La lecture de l'acte d'accusation fut longue et pénible. Sarret l'écouta avec une grande attention et une remarquable indifférence. A plusieurs reprises, les deux sœurs pleurèrent bruyamment.

L'interrogatoire des accusés débuta par celui de Catherine. Elle répéta ce qu'elle n'avait pas cessé de dire depuis ses aveux spontanés. Elle rappela comment elle acheta, sur la demande de Sarret, la fameuse baignoire, comment elle alla chercher en taxi Eugène Chambon puis Noémie Ballandreaux, comment Sarret les tua, comment tous les trois firent dissoudre les corps dans de l'acide sulfurique et dispersèrent les restes.

Philomène confirma les dires de sa sœur. Elle ajouta avec une effarante inconscience :

– Nous étions bien malheureuses et nous avons pleuré.

Le procureur Lacaux ne put maîtriser son indignation :

– Comment ? Vous voilà toutes les deux faisant la chaîne comme dans un incendie pour vider dans les broussailles des seaux remplis de cette matière sans nom et vous n'êtes pas mortes d'horreur !

– Je ne faisais qu'exécuter les instructions de Sarret, répondit Philomène. Il nous obligeait...

Sarret non plus n'était pas horrifié. Il comprit que simplement nier ne trompait personne. Il eut la journée du dimanche pour réfléchir. Le lundi 23 octobre, il présenta une nouvelle version. Se tournant vers les jurés, il affirma avec une grande conviction. En réalité l'avocat retrouvait son métier. Il plaida :

– J'étais dans mon cabinet à Marseille quand Philomène est venue. Elle était inquiète, et pour cause. Elle m'a dit que Chambon était venu à la villa avec Mme Ballandreaux. Ils avaient eu une violente dispute et il avait tué Mme Ballandreaux.

Je me suis rendu immédiatement à la villa. Chambon avait un revolver. J'ai voulu le désarmer. Nous nous sommes battus. Le coup est parti. Il était mort. Je n'ai pas voulu que Philomène et Catherine soient inquiétées. J'ai eu alors l'idée de l'acide sulfurique.

Catherine continua à l'accuser. Elle se fâcha, se jeta sur lui, le frappa à coups de poing. Les gendarmes les séparèrent.

– Cette femme est folle, dit Sarret. Je vous donne ma parole d'honneur que la mort de Chambon est un accident.

Les autres accusés se joignirent à Catherine et à Philomène pour l'accuser. Sarret eut réponse à tout. Les deux sœurs tout à coup se mirent à crier et à pleurer.

Au soir de la deuxième journée du procès, Sarret dit à Me Brion, son avocat :

– Je vais m'en tirer avec deux ans.

Il regagna tranquillement sa cellule le « chauffoir », comme on dit en terme de milieu, qu'il partageait avec Maucuer.

En 1932, Maucuer et sa bande avaient attaqué, dans la proche banlieue marseillaise, le bureau de poste de Saint-Barnabé. Le receveur ayant résisté, un des bandits l'abattit. Les auteurs du hold-up furent arrêtés les uns après les autres, à l'exception de Maucuer. Pendant des mois, il joua l'Arlésienne des faits divers. On le voyait partout. De nombreuses battues eurent pour théâtre les collines des environs de Marseille, investies par des centaines de gendarmes et de policiers. Maucuer fut finalement arrêté à Paris.

Dans leur cellule, les deux hommes faisaient preuve l'un envers l'autre d'une constante politesse, se vouvoyant et se donnant du Monsieur. Cette promiscuité des deux criminels ne manqua pas d'être utilisée par les journalistes qui parlèrent, d'une bien étrange façon, de « l'assassin civilisé » Sarret et de « l'assassin sauvage » Maucuer.

Le 24 octobre, on évoqua les escroqueries à l'assurance et la mort, dans des circonstances inexplicables, de Magali Herbin, la jeune turberculeuse.

Philomène Schmidt affirma avec cette inconscience dont ni elle ni sa sœur ne se départirent et crut apporter une preuve :

– Elle n'est pas morte empoisonnée... Quand on est empoisonnée on souffre. Elle n'a pas souffert.

Le Dr Guy qui avait délivré le permis d'inhumer en profita pour répéter que la jeune femme était morte de sa maladie.

Les témoins défilaient. Le propriétaire de la villa de Saint-Marc-Saumegarde était venu, en 1925, discuter avec Sarret.

– J'ai trouvé, dit-il, des choses bizarres. J'ai averti les gendarmes.

Le colonel de gendarmerie Maria – il était à l'époque capitaine – avait fait d'inquiétantes constatations.

– Le parquet avait été passé au rouge. On sentait une persistante odeur d'acide. L'herbe était brûlée dans le jardin. Des arbres étaient morts. J'ai trouvé des tampons de coton tachés d'une matière noirâtre. J'ai aussi découvert un soulier de femme. J'ai averti la brigade mobile.

Les policiers de ce service installé boulevard d'Athènes à Marseille n'avaient-ils pas donné suite à la déclaration du gendarme ou avaient-ils été rassurés par le bagout de Sarret et par le séduisant sourire de la belle Catherine ?

Le 26 octobre fut le jour des experts. Ce fut aussi le jour de la formation d'un nouveau gouvernement, Albert Sarraut succédant à Édouard Daladier.

Les experts psychiatriques conclurent à l'entière responsabilité de Sarret et des sœurs Schmidt.

Le lendemain, un notaire, Me Bieutaud, raconta comment Philomène, en se présentant déguisée, se fit passer pour sa propre mère et, comment, sans déguisement, elle encaissa une coquette somme.

Pendant que le notaire parlait, un mince sourire marquait les lèvres de Sarret. Il avait toujours trouvé amusante cette supercherie.

Le 27 octobre, un vendredi, les deux épouses de Sarret passèrent successivement à la barre des témoins. Il a divorcé deux fois. Ni l'une ni l'autre n'accablèrent leur ex-époux lui trouvant seulement un goût prononcé pour les jolies femmes. Pour la première fois, Sarret parut ému. Il se mit à pleurer.

Le lendemain, le procès durait depuis une huitaine de jours, Sarret était épanoui. Il présenta une preuve de son innocence ou plus exactement de sa culpabilité atténuée. C'était une lettre de Deltreuil, l'époux de Catherine, dont la mort avait rapporté un joli magot au trio. A en croire cette lettre, Chambon avait la spécialité d'acheter d'importantes quantités de produits chimiques et de se livrer dans un local de la rue Vacon à des expériences. Pour Sarret, cela expliquait la présence des litres d'acide sulfurique à la villa « L'Ermitage ».

Malheureusement, le droguiste, M. Amici, avait

témoigné auparavant et dit que l'acheteur de l'acide était Sarret lui-même. Il n'avait pas manqué de s'étonner de la demande de ce client de livrer le vitriol, dans un bureau de la rue de la Palud, en petites bonbonnes.

L'inspecteur Gugliero, chargé par Cals de l'arrestation de Philomène et de l'enquête sur le passé des deux Allemandes et de Sarret, expliqua comment il avait identifié Chambon, que Sarret appelait Duverger.

A propos de Chambon et de Deltreuil, trois médecins affirmèrent que Chambon n'avait pas passé la visite au lieu et place du mari de Catherine. Leur client n'avait pas l'accent marseillais. En revanche, ils eurent quelque peine à expliquer comment un homme robuste faisant quatre-vingt-dix kilos s'était réduit en quelques mois aux cinquante kilos de Deltreuil mourant. Or quatre-vingt-dix kilos, c'était le poids de Chambon.

Le défilé des témoins achevé, Me Campinchi plaida au nom de la partie civile. Il fit de Philomène la principale responsable des crimes.

Le réquisitoire du procureur Lacaux fut sobre, avec des accents dramatiques à la mesure de la tragédie de la villa d'Aix.

Il tonna à propos de Sarret :

– Cet innovateur dans les annales criminelles, cet inventeur de la dissolution, cet homme et ses complices aux forfaits innombrables.

Il conclut par cette péroraison :

– Sarrejani Georges, Schmidt Philomène, Schmidt Catherine ont désormais leurs noms dans l'effroyable mémorial du crime. Dans l'horreur de l'assassinat, ils ont trouvé de l'inédit.

Il réclama la peine de mort pour Sarret et des peines exemplaires pour les deux sœurs. Sarret ne broncha pas. Catherine et Philomène s'effondrèrent en larmes.

L'empoisonnement de Magali Herbin n'ayant pas été retenu par le procureur, les affaires des comparses furent disjointes.

Leurs avocats n'eurent pas grand mal pour les faire acquitter.

Le 31 octobre, les avocats de Sarret et des sœurs Schmidt plaidèrent. Me de Moro-Giafferi, défenseur de Philomène, fut particulièrement brillant dans sa volonté de réduire à néant la thèse de Me Campinchi. Me Grisoli fut émouvant en faisant de Catherine la victime d'un monstre.

Me Brion, défenseur de Sarret, chargea les sœurs Schmidt, présentées comme les inspiratrices des crimes.

Quand il fut ramené au banc des accusés, Sarret dit à son avocat à propos de l'acquittement de sa fille :

– C'est bien fait, ajoutant, le verdict sera très intéressant.

Le président Gesta lut les 174 questions posées aux jurés. Sarret toujours confiant en sa bonne étoile glissa à Me Brion :

– Je viens d'apprendre quelque chose d'intéressant. Venez me voir.

Ni Me Brion ni personne ne saura de quoi il s'agissait.

Après la délibération du jury, le président Gesta reprit la parole; le jugement tomba :

– La Cour condamne Sarrejani Georges dit Sarret à la peine de mort et à cent francs d'amende. Sarrejani sera conduit sur la place publique d'Aix-en-Provence pour y avoir la tête tranchée.

Philomène et Catherine Schmidt étaient condamnées à dix ans de réclusion et dix ans d'interdiction de séjour.

Le 10 avril 1934, les douze coups de minuit sonnaient à la cathédrale Saint-Sauveur. Le ciel éclatait d'étoiles. Une étrange rumeur baignait les rues d'Aix-en-Provence et venait battre les murs de la prison.

Dans sa cellule, Sarret ne dormait pas. Il appela le gardien et lui demanda : « Est-ce que ? »

– Dormez en paix, répliqua celui-ci. C'est la foire à Aix, on monte les baraques.

A l'aube, le cortège traditionnel entrait dans la cellule et trouvait un Sarret éveillé.

Il y avait là le procureur général, le juge d'instruction, l'avocat général, le greffier, les avocats Roche et Coste, remplaçant Me Brion, l'abbé Roux, aumônier de la prison, l'archimandrite de Marseille, Sarret était de religion orthodoxe.

L'avocat-conseil avait terriblement grossi en prison. Il était devenu un vieillard obèse. Que son pourvoi soit rejeté l'étonnait. Il avait toujours espéré bénéficier de la grâce du président Albert Lebrun.

Il eut cette phrase : « C'est bon... Faites vite. »

Il se tourna vers ses avocats :

– Je suis victime d'une injustice. Conseillez ma fille pour la révision de mon procès.

Il refusa de s'entretenir avec les prêtres. Il ne voulut ni le verre de rhum ni la cigarette. Il but deux tasses de café.

Pendant qu'on l'entravait, il demanda :

– Ne me serrez pas si fort. Je n'ai pas l'intention de m'échapper.

Les fenêtres des immeubles autour de la prison avaient été louées à prix d'or. Des hommes et des femmes, à la curiosité malsaine, se pressaient sur les balcons. Dans toutes les rues adjacentes, la foule mur-

murait, criait, sifflait, écoutait tous les bruits de cette cérémonie publique de la mise à mort d'un homme.

Les aides du bourreau, M. Deibler, poussèrent le condamné vers la guillotine. Il avait un cou énorme, trop gras pour s'encastrer facilement dans la lunette. Deibler le tira par les oreilles. Cela dura une demi-seconde. La scène fut affreuse et l'instant parut terriblement long.

Le couperet tomba. Il était cinq heures trente-cinq.

La fille de Sarret avait réclamé le corps. On le lui rendit. Elle introduisit une demande de révision du procès. En vain.

Les trois ans de prison préventive ayant joué, leur bonne conduite aidant, Catherine et Philomène Schmidt n'accomplirent pas plus de la moitié de la peine qu'elles avaient encourue.

Libérées, elles retournèrent dans leur Bavière natale.

Un journaliste marseillais, Étienne Ronserail, les découvrit et publia dans *Marseille-Matin* un reportage qui fit quelque bruit.

Le silence tomba sur l'affaire Sarret.

En 1974, le premier film d'un jeune metteur en scène, Francis Girod : *Le Trio infernal*, ramena un moment l'affaire Sarret sur le devant de l'actualité.

Tout en soulignant l'intérêt du ton sarcastique de l'œuvre, la critique nota que le film se complaisait dans la pourriture et le morbide.

« Pourriture et morbide » deux termes qui qualifiaient bien la monstrueuse réalité de ces corps rongés dans la baignoire fatale par des litres d'acide sulfurique, sous les regards tranquilles d'un homme et de deux femmes.

André REMACLE

Cet ouvrage a été réalisé par la
SOCIÉTÉ NOUVELLE FIRMIN-DIDOT
Mesnil-sur-l'Estrée
pour le compte des Presses de la Cité
12, avenue d'Italie, 75013 Paris
en avril 1995

Imprimé en France
Dépôt légal : avril 1995
N° d'édition : 175856 – N° d'impression : 30328

12.5.95